Pięść dowódcy ponow

opadła. Nim jeźdźcy zdąży

już na koniach tuż za nimi.

Doskonałe wyszkolenie l... wojowników dało o sobie znać. Skrzydła błyskawicznie zawinęły się, otaczając wrogów i krępując im ruchy. Lewe dłonie powędrowały na usta, tłumiąc wzbierające krzyki, a prawe, uzbrojone w noże, gładko rozpłatały gardła. Zanim krew wskrzeszeńców zdążyła dotknąć ziemi, napastnicy opanowali konie i skręcali w las, by moment później zniknąć w gęstwinach.

Chwilę potem od drzew oderwała się kolejna czwórka.

Gdy pierwszy oddział skrzydlatych postaci runął z nieba, rumak Walkirii przystanął na moment. Jego pani, zmęczona łowami, zlekceważyła jednak ostrzeżenie. Uderzyła piętami w boki konia i wplótłszy palce w grzywę, wyszeptała zaklęcie. Wierzchowiec ruszył zgodnie z jej wolą. Parę kroków dalej stanął jednak ponownie. Zastrzygł uszami i parsknął.

Tym razem wojowniczka zareagowała. Odwróciła się, by spojrzeć na swój oddział, sięgnęła do pasa po róg, uniosła go do ust i zadęła krótko.

Wskrzeszeńcy unieśli głowy.

– Przekażcie tylnej straży, by byli ostrożni! – zawołała Walkiria.

Kilka poharatanych łbów odwróciło się, prowokując do spojrzenia za siebie kolejnych i kolejnych, niczym popychające się kostki upadającego domina. Zaraz też ciche szepty przerodziły się w pełne zdumienia okrzyki.

– Pani! – zabrzmiał pierwszy skierowany do niej. – Nie ma tyl…

Rzucony z głębi lasu nóż ze świstem przeszył powietrze i zagłębiając się w gardle, stłumił resztę meldunku. Drzewa zaszumiały, jakby tysiące ptaków wzbiło się nagle do lotu, a księżyc w jednej chwili zniknął zasłonięty chmarą unoszących się nad drogą istot. Spomiędzy konarów wyleciały dziesiątki strzał.

Walkiria spięła konia i jednocześnie znów sięgnęła po róg. Szybko zorientowała się, że nie ma szans na wyratowanie swoich wojaków z tej zasadzki, a choć wolałaby, zgodnie ze swoim przeznaczeniem, stanąć do walki, choćby i po śmierć, wiedziała, że stawka jest teraz o wiele wyższa niż jej honor. Pognała więc przed siebie, unikając atakujących ją skrzydlatych i dmąc ile sił w płucach. Grotów strzał, które odbijały się od otaczającej ją niewidzialnej aury, zdawała się nawet nie dostrzegać.

Jednak na wzywanie odsieczy było już za późno, a na zaalarmowanie kogokolwiek – wciąż za daleko. Dźwięk rogu bogini mieszał się z wrzaskami tracących swą drugą szansę wskrzeszeńców, głośnym szumem dziesiątek par skrzydeł i hukiem wypełniającym jej głowę.

Tuż przed nią pojawiła się nagle ściana ognia. Szkolony do podobnych sztuczek rumak nawet nie zwolnił, przeskoczył przez płomienie i gnał dalej przed siebie, wciąż nabierając prędkości. Jeszcze kilku niedawno martwych śmiałków spróbowało tej samej sztuczki, ale ich wierzchowce nie miały w sobie dość odwagi. Spłoszone stawały dęba, zrzucając jeźdźców z pleców i tratując kopytami, albo zatrzymywały się gwałtownie, zwieszając łby i wystrzeliwując wskrzeszeńców prosto w ogień. Walkiria słyszała ich krzyki i choć zaciskała zęby z wściekłości, wiedziała, że nie może się teraz choćby obejrzeć.

Odgłosy walki cichły powoli, gdy dotarła do zakrętu. Przed sobą widziała wielkie jezioro, a z wysokości siodła mogła dostrzec ponad linią tataraków płonące daleko na przeciwnym brzegu lasy, spomiędzy których wyłaniały się przerwane mury obleganej teraz ze wszystkich stron Walhalli.

„Zatem jednak nadszedł czas", pomyślała, a jej ciałem wstrząsnął dreszcz. „To Ragnarok".

W tej samej niemal chwili cwałujący koń źle postawił nogę w ciasnym zakręcie. Szarpnęła go za grzywę, ale było już za późno. Wierzchowiec potknął się, zatoczył, a ona, wyrwawszy nogi ze strzemion, rzuciła się na bok i z impetem runęła na ziemię. Na szczęście trafiła na rozmiękczoną wodą skarpę, przez co upadek nie był szczególnie bolesny. Ziemia osunęła się jednak pod jej ciężarem i Wojowniczka potoczyła się do wody.

Przez chwilę leżała w bezruchu, nasłuchując, czy nie nadciąga pościg, po czym z wysiłkiem podniosła się na kolana. Na ścieżce dostrzegła jakiś błyszczący przedmiot, w którym, gdy odgarnęła z czoła włosy i przyjrzała się uważniej, rozpoznała swój hełm.

Nie poszła po niego, tak jak i nie wstała, by zobaczyć, czy któremukolwiek z jej wojowników udało się wyrwać z pułapki. To nie miało już teraz znaczenia. Zamiast tego wydobyła sztylet, by poprzecinać paski zbroi. Zdjęła z siebie wszystko i naga zagłębiła się w tataraki. Nie ufała już ścieżkom ani drogom, a skrzydlaci przecież nie popłyną. Dotrze na przedpola Walhalli, tam przywdzieje nową zbroję i umrze w walce. Nigdzie indziej.

Obok niej drgnęła nagle mała łodyżka, a chwilę później w tym samym miejscu wynurzyła się ociekająca wodą głowa. Wypluła rurkę, a uczynna ręka wsunęła między zęby ostrze noża…

Cherubin Nataniel zeskoczył z konia, odpowiedział niedbałym gestem na saluty wartowników i ruszył w głąb obozu. Szedł pewnym krokiem z niewielkim tobołkiem w garści, mijając brudne, obszarpane namioty przepełnione rannymi. Leżeli cicho na połamanych pryczach otuleni we własne skrzydła uwalane w błocie i krwi. Zażywali spokojnego snu po ciężkiej, wyczerpującej walce.

Ci, którzy mieli więcej szczęścia, chronili swoje zabandażowane głowy czy ręce i oddawali się ćwiczeniom, by następnym razem nie ulec wcześniej niż inni. Nataniel podziwiał ich zawziętość. Szczęk mieczy milkł tylko na chwilę potrzebną, by oddać hołd mijającemu ich oficerowi, po czym znowu przybierał na sile wzbogacony świstem nierównych oddechów.

Rumor, jaki rozległ się przy wartowni, świadczył wyraźnie, że reszta oddziału Nataniela dotarła już do obozu. Cherubin uśmiechnął się. „Nie ma to jak dobre wrażenie", pomyślał, skręcając w prawo, w szeroką dróżkę między namiotem narad a kantyną oficerów. Przed nim wznosił się już namiot wodza.

Nataniel stanął przed wejściem. Zadarłszy głowę, by spojrzeć w twarz jednego z dwóch rosłych strażników, wyrecytował formułę wejścia zawierającą dyskretnie zawoalowane hasło i status odbytej misji. Wartownik zniknął na chwilę we wnętrzu namiotu, po czym pojawił się ponownie i wpuścił oficera do środka. Cherubin poprawił pancerz i wszedł.

1

KŁAMCA

JAKUB
ĆWIEK

1

CYNGIEL NIEBIOS
KŁAMCA

writer's cut

Kraków 2018

Aniołom, tym prawdziwym,
najbliższym… codziennym

Kłamca 1. Cyngiel niebios

Redakcja – Tomasz Hoga
Korekta – Aneta Wieczorek
Projekt typograficzny i skład – Joanna Pelc
Okładka – Paweł Szczepanik / BookOne.pl
Ilustracja na okładce – Piotr Sokołowski
Rysunki w książce – Agnieszka Jednaka

Jakub Ćwiek

www.jakubcwiek.pl
www.facebook.com/JakubCwiekOfficial

wsqn.pl www
WydawnictwoSQN
wydawnictwosqn
SQNPublishing
WydawnictwoSQN
E-booki
Zrównoważona gospodarka leśna
Tempori serviendum est 382

SQN Wydawnictwo Sine Qua Non

Wydanie III zmienione i poprawione, Kraków 2018
ISBN: 978-83-8129-278-8

PROLOG
ANIOŁ STRÓŻ

CHICAGO

Przypadkowe wersy na otwartej na chybił trafił stronie Pisma. Tak zwykł przemawiać Bóg.

„Ale Boga już nie ma", skarcił się w myślach, „a ja i tak nie mam wyboru".

Mimo to uniósł głowę i wlepił wzrok w światła ulicy za szybą. Jego dłonie rozwarły okładki, otwierając księgę na nieoznaczonej wcześniej stronie, a następnie palec wskazujący prawicy dotknął liter. Mężczyzna pochylił głowę nad Księgą, dopiero gdy miał pewność, że wybór się dokonał. Przeczytał na głos wylosowane słowa z Ewangelii:

– Wy macie diabła za ojca i chcecie spełniać pożądania waszego ojca. Od początku był on zabójcą i w prawdzie nie wytrwał, bo prawdy w nim nie ma. Kiedy mówi kłamstwo, od siebie mówi, bo jest kłamcą i ojcem kłamstwa.

Podniósł wzrok i dostrzegł w lusterku zdumione, nieco rozbawione spojrzenie kierowcy.

– Włączyć panu lampkę z tyłu?

Pasażer speszył się i zatrzasnął książkę.

– Nie, dziękuję – odparł. – Zresztą to już chyba tu, prawda? Proszę zatrzymać przy tamtej knajpce.

– Przy „Afrodycie”? Oj, panie, tam to Biblia na niewiele się przyda. Dziwki pan będziesz nawracał? Znaczy, przepraszam... tancerki?

– Mam umówione spotkanie. – Pasażer usiłował powiedzieć to naturalnie, jednak drwiące spojrzenie kierowcy łypiącego na niego z lusterka sprawiło, że zaczerwienił się niczym mały chłopiec.

„Umówione spotkanie z Kłamcą”, dodał już w myślach.

Taksówka zatrzymała się przy samym krawężniku. Szczupły, siwy czterdziestolatek o budzącej sympatię, pucułowatej twarzy podał kierowcy dziesięciodolarowy banknot. Po chwili wahania dołożył jeszcze jeden i burknął ciche „do widzenia”. Złapał płaszcz i wysiadł pospiesznie.

– Miłego spotkania! – zawołał za nim taksówkarz przez otwarte okno, po czym wóz odbił od krawężnika i gładko włączył się do wieczornego ruchu.

Mężczyzna został sam na szerokim chodniku. Stojąc dwa kroki od wypełnionego śmieciami rynsztoka, z płaszczem przewieszonym przez jedną rękę i z Biblią w drugiej, wpatrzony w neon, na którym wielki małż otwierał się, by wypuścić zeń boginię, wyglądał jak turysta z południowych stanów i wyraźnie rzucał się w oczy. Za chwilę któryś z mijających go przechodniów zwróci na niego uwagę policyjnego patrolu, a ci go zaczepią i będzie musiał wyjaśniać, kim jest i dlaczego tu sterczy.

Sam się właściwie nad tym zastanawiał; powinien już dawno wejść do środka. Co prawda, wtedy nie będzie już odwrotu, bo to ostatnia linia do przekroczenia, ale czy to nie tak, że czas na decyzje już minął? Wyciągnął paczkę papierosów i udał, że przetrząsa kieszenie w poszukiwaniu zapalniczki. Byłby nawet skłonny zapalić, byle postać tu jeszcze chwilę i...

– Nie – skarcił się stanowczo, schował papierosy i przetarł rękawem spocone czoło. Rozejrzał się dokładnie, po czym ruszył w stronę wejścia.

Nigdy wcześniej nie był w takim lokalu. Tuż za drzwiami siedziało na stołkach dwóch barczystych ochroniarzy. Jeden skasował go za wejście i przystawił pieczątkę na nadgarstku, drugi nakazał zostawić płaszcz w szatni. Najlepiej razem z książką.

Nie oponował, choć twarz szatniarza poznaczona śladami rozlicznych wstydliwych chorób raczej nie wzbudzała zaufania. Siląc się na naturalny uśmiech, przełożył portfel do kieszeni spodni, oddał płaszcz, wziął numerek i wszedł na główną salę.

W szerokim na całą ścianę lustrze nad barem dostrzegł swoje odbicie i stwierdził, że z całą pewnością nie pasuje do tego migającego niezliczonymi neonami wnętrza. Poczynając od wystroju, a kończąc na kołyszących się na parkiecie parach, wszystko było wyuzdaną prowokacją lub przymilną zachętą. Każdy ruch, gest, żart i głośny śmiech zaraz po nim zmierzały w prostej linii do jednego i nikt nawet się nie łudził, że jest tu z innego powodu niż zaspokojenie swojej lub cudzej chuci.

Śliczna, skąpo ubrana dziewczyna mrugnęła do niego, przechodząc obok. Obejrzał się za nią i zderzył z przechodzącym kelnerem. Przeprosił grzecznie, wyciągając przed siebie ręce, ale tamten zbył go pogardliwym prychnięciem. Z tyłu, przy wejściu dał o sobie znać mocno już zaprawiony, rozbawiony tłum, który lada chwila miał uporać się z szatnią i naprzeć na wąskie przejście, mężczyzna uznał więc, że najlepiej będzie usunąć się z drogi. Uciekł na bok i oparty o ścianę poszukał wzrokiem tego, z którym miał się spotkać. Nie dostał żadnych wskazówek w stylu goździka w klapie czy Biblii w lewej kieszeni marynarki, ale był pewien, że gdy go zobaczy, będzie wiedział. I rzeczywiście, ledwie jeden utwór zaczął przechodzić w drugi, zmuszając skonfundowane pary do zmiany rytmu podrygiwań lub zejścia z parkietu, mężczyzna uśmiechnął się i ruszył w najbardziej zaciemniony róg sali.

– Przepraszam – zapytał niepewnie, podchodząc do stolika – czy mam przyjemność z panem Lionelem Smithem?

Spytany odłożył czytaną właśnie książkę i uniósł głowę.

– Tak się nazywam – potwierdził. – Ale nie masz przyjemności. Spóźniłeś się.

– Przepraszam, ale...

Smith przyłożył palec do ust i wskazał miejsce naprzeciwko siebie. Mężczyzna usiadł. Przez chwilę przyglądał się towarzyszowi. Nie tak go sobie wyobrażał. Po tym wszystkim, co słyszał o nim, o jego pomysłach, metodach, oczekiwał bardziej... Nie, w zasadzie sam nie wiedział kogo. Na pewno jednak nie długowłosego blondyna, który wyglądał na ledwie dwadzieścia pięć lat, a i to tylko z powodu dodającej powagi, starannie przystrzyżonej brody. Miał na sobie dobrze skrojony czarny garnitur i sprawiał wrażenie świetnie zapowiadającego się prawnika lub maklera, ale raczej nie kogoś zdolnego rozwiązywać takie problemy...

– No? – ponaglił go młody elegant.

Mężczyzna odchrząknął.

– Nazywam się Kwiryniusz – powiedział – i jestem aniołem stróżem.

Twarz Smitha rozciągnęła się w paskudnym uśmiechu.

– Wspaniale. A ja jestem schrystianizowanym nordyckim bogiem. – Sięgnął do stojącego na stoliku kubeczka z wykałaczkami. – Skoro mamy za sobą te śmieszne oczywistości, może przeszlibyśmy do rzeczy. Połowę twojego czasu pochłonęło spóźnienie.

Anioł nerwowo poskubał czubek nosa. Wcześniej linia ostateczna kreśliła mu się przed wejściem do klubu, teraz zdał sobie sprawę, że jest ona tutaj, przy tym stoliku. W tym momencie. Jeszcze mógł zrezygnować.

– Przychodzę – wydukał po chwili – bo potrzebuję pańskiej pomocy, panie Smith.

– Wystarczy Loki. – Wykałaczka powędrowała do ust i znalazła przytułek w prawym kąciku. – I nie mów mi rzeczy, o których już wiem. Nikt z waszej uskrzydlonej gromadki nie zadaje się ze mną, jeśli nie musi… a jeśli już, muszę szukać miejsc takich jak to, gdzie nie narazicie się na przypadkowe spotkania. Swoją drogą, czy to nie smutne? Tyle ludzi pozbawionych swoich Stróżów? Tyle pięknych kobiet zupełnie bez opieki?

Kwiryniusz milczał.

– Możesz odpuścić sobie również historię o twoich poprzednich podopiecznych – stwierdził Loki. – Znam relacje z ich wypadków w najdrobniejszych szczegółach. Powiem ci, i tak masz fart, że ciągle robisz w tym fachu.

– Nie moja wina – żachnął się Kwiryniusz – że przydzielali mi samych ateistów. Bez wiary i modlitwy mam związane ręce.

Loki wzruszył ramionami.

– Nie interesują mnie techniczno-teologiczne niuanse. Nie wnikam też, gdzie teraz kryje się twój klient czy klientka. Nie moja sprawa. Krótko, czego chcesz i jak płacisz?

– Potrzebuję, byś nawrócił moją obecną podopieczną – odparł anioł. – A płacę tym.

Rozejrzał się niepewnie i sięgnął do wewnętrznej kieszeni marynarki. Podał Lokiemu niewielką, cienką kopertę. Ten zajrzał do środka i wyciągnął białe pióro. Przez chwilę gładził je, sprawdzając autentyczność, po czym włożył z powrotem.

– Mało – zakomunikował.

Kwiryniusz zrobił zdziwioną minę.

– Jak to mało? To przecież anielskie pióro!

– Tak – odparł spokojnie Loki. – Anielskie jak cholera, ale tylko jedno. Jak powiedziałem, nie wiem, jak ty się w ogóle utrzymałeś w tej robocie po tylu wpadkach, ale wiem, że aktualnie jesteś po drugim ostrzeżeniu i przy następnej porażce czekają cię chóry. A to, że dasz swej anielskiej dupy, to niemal pewniak, jeśli ci nie pomogę, prawda? Dwa pióra albo zaczynaj już stroić harfę.

– Mogę pomyśleć do jutra?

– Jutro będą trzy.

Anioł opuścił głowę zrezygnowany.

– Zgoda – bąknął w końcu.

Loki uśmiechnął się. Wstał.

– W takim razie jutro idę się rozejrzeć. Będę w kontakcie.

Susan pchnęła szklane drzwi i pewnym krokiem weszła do redakcji. Jej mina nie wróżyła nic dobrego. Minęła kilka boksów, kompletnie nie zwracając uwagi na to, że od rytmicznego, gniewnego stukotu jej obcasów cichły klawiatury, a zza ścianek wyłaniały się jedna po drugiej zaciekawione głowy. Zatrzymała się dopiero przy samym końcu alejki, gdzie na brudnej ściance wisiała tabliczka „Jack Rayan – aktualności". Zastukała we framugę.

– Jack?

Mężczyzna przy zawalonym śmieciami biurku oderwał wzrok od monitora i odwrócił się na podniszczonym fotelu.

– Witaj, Susan – powiedział, nie kryjąc rozbawienia. Zaplótł ręce niczym groteskowy przestępca z dawnych filmów o Bondzie. – Ślicznie dziś wyglądasz. Urlop ci widać służy. O, i nie wiedziałem, że masz przebity pępek!

– Pieprz się – warknęła, zasłaniając odkryty brzuch torebką. Sięgnęła do niej i wydobyła zrolowaną gazetę. – Dlaczego nic o tym nie wiem?!

Rzuciła rulon na biurko. Jack nawet bez rozwijania rozpoznał najnowszy numer ich pisma. MICHAEL LEVINSON NA WOLNOŚCI! – krzyczały litery na pół tabloidu.

– Jak to nie wiesz? – zapytał z niewinnym uśmiechem. – Przecież piszemy o tym w gazecie.

Susan wzdrygnęła się, jakby właśnie dostała w twarz albo zmuszono ją do przełknięcia czegoś ohydnego. Potrzebowała trzech Missisipi, by choć odrobinę zapanować nad głosem.

– Nie rozumiesz, idioto?! – wrzasnęła. – To przecież ja go wsadziłam!

– Po pierwsze, nie ty, Susie, tylko policja, po drugie…

– Ja! – Doskoczyła do Jacka i w pierwszym odruchu złapała go za poplamioną, brudną koszulę. Odsunęła się równie szybko, jakby odbiła się od śmierdzącego pola siłowego, i rozejrzała za czymś, w co mogłaby wytrzeć ręce. Nie znalazłszy, sięgnęła do torebki po chusteczki. – Wsadził go mój artykuł!

Stojący niedaleko czarnoskóry sprzątacz w pomarańczowym uniformie zbliżył się do nich, nie przestając szurać mopem po podłodze. Nikt nie zwrócił na niego uwagi.

Jack zajrzał do stojącego na biurku kubka, potrząsnął głową z dezaprobatą na widok tego, co zobaczył w środku, i ponownie przeniósł wzrok na Susan.

– Jak właśnie widzisz, jeszcze go nie wsadziłaś, bo sprawa nie jest taka pewna, jak się wydaje – wyjaśnił. – Ponoć interweniował prokurator stanowy, bo istnieje szansa, że mają drugiego podejrzanego. W każdym razie Levinsona puścili bez sprzeciwu prokuratury ze względu na jego zły stan zdrowia. Sędzia zgodził się na kaucję, ale zalecił elektroniczny dozór. Facet jest pod stałą obserwacją policji, w dodatku, jak wiesz, mieszka na osiedlu, gdzie straż sąsiedzka jest sprawna jak chyba nigdzie indziej. O ile wiem, urządzili sobie stanowisko obserwacyjne w domu naprzeciwko i obserwują go dwadzieścia cztery na dobę. Levinson mógłby ich za to zaskarżyć, ale jest ponoć tak nafaszerowany lekami, że ma to w dupie. Oby ten stan potrwał jak najdłużej, bo jeśli się okaże, że go weźmie na pozwy…

Jack podniósł się z trudem i spróbował położyć jej rękę na ramieniu. Wywinęła się.

– Dzwoniliśmy do ciebie, Susie, na służbowy, bo szef chciał, żebyś to ty pisała. Ale wyłączyłaś telefon, więc zlecił ten tekst mnie. Mogliśmy też, rzecz jasna, dzwonić na numer prywatny, ale… dałaś go w ogóle komukolwiek?

– Jest w kadrach – odparła bez entuzjazmu, wiedząc już, że to beznadziejne. W jakiś sposób wiedziała o tym już wcześniej i pewnie dlatego rozmawiała teraz z Jackiem, a nie poszła od razu do naczelnego. Nie miała do czego się przyczepić, odreagowywała tylko wściekłość. – Dobra, nieważne, teraz będziesz miał.

Pochyliła się nad brudnym biurkiem i zapisała ogryzkiem ołówka na żółtej karteczce ciąg cyfr.

– Masz, na przyszłość – powiedziała, podając kartkę Jackowi. – Tylko bez głupich żartów. A skoro sprawy wyskakują obecnie jak diabeł z pudełka, to jakby wyszło coś teraz, zaraz, to będę u siebie.

– Znaczy w domu?

– Nie, w swoim boksie.

Dziennikarz pokręcił głową z dezaprobatą.

– Susie, ja wiem, że to cię rozstroiło, ale spróbuj mimo wszystko złapać trochę urlopu. Zasłużyłaś na niego jak mało kto. No i wiesz, że żartowałem z tymi pozwami. Wszyscy pamiętamy, że ty swoją robotę zrobiłaś dobrze, rzetelnie, nie ma się do czego dowalić. Bądź spokojna, facet się do ciebie nie zbliży w żadnym ze znaczeń. – Uśmiechnął się krzywo. – Zwłaszcza jeśli faktycznie jest niewinny.

– Pieprz się!

Jack odchylił głowę i parsknął śmiechem, a potem stał w progu boksu, aż Susan zniknęła mu z pola widzenia. Dopiero wtedy podszedł do biurka i zrzucił z niego zwiniętą w rulon gazetę prosto do kosza. Usiadł.

Zanim napisał akapit, czarnoskóry sprzątacz skończył już z podłogą i zabrał się za opróżnianie koszy w boksach.

W gwar ulicy wśliznęły się cichutkie dźwięki *Stairway to heaven*. Kwiryniusz wydobył telefon, przyjrzał mu się, jakby widział go pierwszy raz, po czym odebrał i przyłożył do ucha.

– Słucham?

– Loki – odezwał się znajomy głos.

Anioł westchnął. Wątpliwości dotyczące Kłamcy nie zdążyły się rozwiać po spotkaniu. Wręcz przeciwnie. Teraz, w świetle dnia wizyta w „Afrodycie" wydała mu się aktem paniki, głupim, desperackim i zdecydowanie zbędnym odruchem. Mimo to teraz, gdy dostrzegł kolejną z ostatecznych linii, po której na pewno nie było już odwrotu, raz jeszcze zrobił krok do przodu. Trzeci raz. Piotrowa granica zdrady.

– I co? – zapytał. – Masz coś?

– Kim jest Michael Levinson?

– To... właściwie... – zaczął Kwiryniusz nie do końca pewien, co powinien powiedzieć.

Kłamca wszedł mu w zdanie.

– Ja ci wyjaśnię. A właściwie przeczytam, co piszą o nim we wczorajszej gazecie.

W słuchawce zaszeleściło.

– Michael Levinson, znany jako Szubienicznik, na wolności! Były nauczyciel biologii jednej z nowojorskich szkół, podejrzany, że w ubiegłym roku zgwałcił i udusił za pomocą radiowego kabla piątkę dziewcząt, w obliczu nowych faktów w sprawie oraz ze względu na pogarszający się stan zdrowia został zwolniony za kaucją wczoraj w godzinach przedpołudniowych. Adwokat Levinsona, Oliver Hughes, zapytany o okoliczności, w których sąd podjął tę niezwykle kontrowersyjną decyzję, komentuje... Czytać dalej? Czy już kojarzysz gościa?

Kwiryniusz przejechał ręką po spoconym czole. A coś mu mówiło, że powinien dziś posiedzieć przy podopiecznej.

– Kojarzę – wycedził.

– Tylko cię ostrzegam na wypadek, gdybyś nie czytał prasy i nie oglądał telewizji – kontynuował Loki. – Nie wiem, jak często zdarza ci się urwać jak wczoraj i zostawić podopieczną samą, ale sugerowałbym teraz mocne spięcie dupy. Moja robota to zadbanie o to, by się nawróciła, a nie chronienie jej przed tym Levinsonem, jasne? To twoja działka. Ty jesteś Stróżem. A jeśli coś się wysypie akurat na tym polu, to i tak wisisz mi pióra. Jasne?

Kwiryniusz chciał odpowiedzieć, ale Kłamca już się rozłączył.

Anioł niepewnie popatrzył wokół siebie, po czym zamachał na przejeżdżającą taksówkę. Nim jakakolwiek się zatrzymała, przypomniał sobie, że jest, do jasnej cholery, aniołem. Ukrył się więc w pobliskiej bramie i upewniwszy się, że nikt go nie widzi, zniknął.

Loki rozłączył się i wsadził telefon do kieszeni. Wciąż miał na sobie pomarańczowy uniform sprzątacza, ale wrócił już do swoich ulubionych rysów twarzy i włosów.

Podszedł do najbliższej ławki i usiadł wygodnie. Musiał pomyśleć.

Wciąż jeszcze nie wiedział, jak zabrać się do powierzonego mu zadania. Może to i lepiej, bo nawet gdyby już coś wymyślił, teraz należało wziąć pod uwagę nowe okoliczności.

Kwiryniusz to prawdziwy stróżowy antytalent, a ten cały Levinson, jeśli faktycznie wywinął się jakąś prawniczą sztuczką, mógł być poważnym zagrożeniem dla dziewczyny, a więc i dla fuchy. Trudno nawrócić kogoś uduszonego kablem.

Najłatwiej byłoby zająć się wszystkim kompleksowo, ale Loki naprawdę nie miał chęci na wykonywanie pracy Stróża, a gdyby jeszcze dowiedział się o tym ktoś z anielskiej góry... Nie, tego zdecydowanie wolał uniknąć.

Rozmyślania przerwał Kłamcy mężczyzna, który wszedł właśnie do pobliskiej budki telefonicznej. Złapał za słuchawkę, wrzucił kilka monet do aparatu i energicznie wstukał numer. Loki był pewien, że skądś zna tego typa, gdzieś już widział tę pobrużdżoną twarz. Może nie tak wychudzoną, może bez zarostu, ale...

– No jasna cholera, przecież! – Klepnął się w czoło, po czym zerknął na leżącą obok gazetę. Gdyby odjąć kilka kilogramów i zabronić przez parę dni golenia... Kłamca pokręcił głową.

– Jak na tak pilnowanego przez wszystkich skurwiela, czujesz się, kolego, całkiem swobodnie – mruknął i ponownie wyłowił z kieszeni telefon. Zanim usłyszał głos anioła, miał już w głowie cały plan.

Było dobrze po dwudziestej drugiej, gdy Susan stwierdziła, że czas iść do domu. Do tej pory przeczytała wszystkie swoje teksty na temat tamtej sprawy, przejrzała większość notatek, relacji świadków i źródeł, do których się odniosła. Na ile mogła to ocenić, faktycznie nie dała plamy. Cytowała właściwie, nie wyrywała zdań z kontekstu, dzieliła się wątpliwościami i nie stawiała tez, tylko pytania. Oczywiście wiedziała, że odetchnie dopiero, gdy wypowie się dział prawny, ani chybi ślęczący teraz nad tymi samymi materiałami, ale najprawdopodobniej od tej strony była kryta. Gorzej będzie z jej sumieniem, jeśli naprawdę Levinson był… Nie! Facet był winny bez dwóch zdań. Sprawdziła to, przeprowadziła śledztwo! Winny jak cholera i żadna prawnicza sztuczka ani polityczna zagrywka liberała na prokuratorskim stołku tego nie zmieni.

Przymknęła oczy i rozmasowała nasadę nosa, uświadamiając sobie, jak bardzo jest zmęczona. Nawet jeśli zostało coś jeszcze do zrobienia, do wypatrzenia, to w tym stanie i tak nie dałaby rady. Odchyliła się do tyłu na fotelu i przeciągnęła, po czym wyciągnęła dyskietkę ze stacji, wstała i…

Zobaczyła kopertę. Wisiała na ściance boksu naprzeciwko, cała czerwona z wyjątkiem dwóch rozmytych czarnych plam przypominających oczy, wpatrzone wprost w Susan.

Czyżby to Jack robił sobie żarty? Rozejrzała się niepewnie, ale nikogo nie dostrzegła. Zresztą akurat Jacka poznałaby, nawet jeśli nie po ciężkim chodzie, to po zapachu. Ale jeśli nie on, to kto inny? Nikt tu przecież nie podchodził.

Ostrożnie sięgnęła po kopertę. Nie była zaklejona. W środku znajdował się artykuł o Levinsonie. Na zdjęciu przedstawiającym skutego mężczyznę o atletycznej budowie, którego dwóch funkcjonariuszy wyprowadzało z budynku szkoły, ktoś czarnym flamastrem dopisał: Witaj.

Cofnęła się powoli w głąb boksu, gdzie gwałtownie złapała za słuchawkę i wystukała numer ochrony budynku. Przeczekała kilka sygnałów. Nikt nie odbierał.

– Halo, jest tu kto? – zawołała. – Hej, to nie jest śmieszne!

Cisza.

Chwyciła przycisk do papieru w kształcie Złotego Globu, prezent od Toma z działu sportowego, który wieszczył jej kiedyś karierę aktorską. Statuetka wydała jej się dość ciężka, by posłużyć za broń, więc mocno zaciskając na niej palce prawej ręki, lewą chwyciła za torebkę i pognała ku wyjściu.

Zjechała na dół, wypadła z windy i pognała wprost do recepcji, ale za szerokim kontuarem również nikogo nie było. Wiedziona strachem, minęła szklany blat i zastukała do drzwi pokoju ochrony. Żadnego odzewu. Nacisnęła klamkę, ale drzwi były zamknięte.

Lampy nad jej głową zamigotały i zgasły. Wrzasnęła. Światło znów zamigotało, by za chwilę rozbłysnąć bladą poświatą. Susan kolejny raz rozejrzała się nerwowo, upuściła Glob na posadzkę i ruszyła biegiem w stronę wyjścia.

Kiedy wypadła na ulicę, drzwi pokoju ochrony powoli się otworzyły i wyszedł zza nich uśmiechnięty Loki. Jego twarz powoli zaczęła się zmieniać.

Michael Levinson czekał. Tego akurat nauczył się w życiu całkiem nieźle. Cały ten czas, odkąd zrozumiał, kim jest naprawdę, był dla niego przede wszystkim czekaniem i obserwacją. Wyglądaniem w skupieniu chwil takich jak ta. Co prawda zwykle polował na inne ofiary i w nieco inny sposób, ale prawdziwy myśliwy wie, że nie chodzi o broń ani zwierzynę. Sednem jest coś innego, głębszego. Coś prawdziwego.

Z zaciemnionego zaułka doskonale widział wnętrze boksu Susan umiejscowionego przy oknie. Nigdy nie zasłaniała żaluzji. Patrzył więc, jak się zbiera, zatrzymuje, wraca pospiesznie, by porwać coś z biurka, a w końcu wybiega. Tak, to właśnie cała Susan. Zawsze w biegu.

– Już za chwilę przestaniesz się tak spieszyć, maleńka – szepnął. – Spędzimy ze sobą dużo czasu. Bardzo dużo.

– Przepraszam – usłyszał naraz za plecami.

Odwrócił się błyskawicznie i dostrzegł mężczyznę w prochowcu. Facet miał najwyżej czterdzieści lat i pospolitą twarz, jak z wyblakłej reklamy. W ustach trzymał wykałaczkę.

– Musimy poważnie porozmawiać – powiedział nieznajomy.

Susan pokonała prawie dwie przecznice koślawym biegiem w butach na zbyt wysokim obcasie, zanim zmusiła się, by zwolnić, a gdy udało jej się wreszcie złapać taksówkę, głos rozsądku zaczął powoli przebijać grubą warstwę paniki. „To pewnie któryś z chłopaków", myślała. „Nie pierwszy raz próbują mnie przestraszyć. Przecież jest tak, jak mówi Jack. Policja i sąsiedzi nie spuszczą drania z oczu. I musi być poważnie chory, skoro go zwolnili. Zwykły nauczyciel nie ma przecież takich znajomości, by się w ten sposób wywinąć".

Taksówkarz zatrzymał się przy głównej ulicy, bo dalej były roboty drogowe i oboje uznali, że ich objeżdżanie nie ma sensu. Susan zapłaciła, wysiadła i po pokonaniu kilku kroków skręciła w niewielką uliczkę wiodącą do domu. Zazwyczaj nie bała się tędy przechodzić, nawet późno w nocy, ale ostatnio jacyś smarkacze wytłukli większość lamp. Dwie cudem ocalałe dawały akurat tyle światła, by budzić groteskowe cienie na ścianach starych kamienic. I może to były właśnie te cienie, a może faktycznie coś dostrzegła, ale nagle poczuła przemożną chęć, by zawrócić. Wstąpi do najbliższej knajpki, tam spokojnie wyjmie komórkę i zadzwoni na policję. Przedstawi się, poprosi o eskortę do domu albo przynajmniej zapewnienie, że mają oko na Levinsona. Co tam, najwyżej się wygłupi…

Z drugiej jednak strony, wiedziała, że jeśli przejdzie jeszcze kilka metrów, zobaczy swoje okna. Raptem chwilka i będzie bezpieczna, bo w mieszkaniu miała antywłamaniowe drzwi i rolety. Ten dupek musiałby być Hulkiem, by dać im radę!

– Tylko kilka metrów – powiedziała cicho.

Poprawiła torebkę i szybkim krokiem ruszyła w głąb uliczki. Przyspieszyła, mijając ciemną bramę. Stukot obcasów, za które się teraz nienawidziła, poniósł się echem w ciemność. W odpowiedzi w mroku coś zaszeleściło, ale się nie obejrzała.

„To na pewno szczur". Zacisnęła zęby tak mocno, że rozbolała ją szczęka. „W Nowym Jorku szczury to prawdziwi gospodarze, reszta to tylko…"

Ktoś wypadł spomiędzy śmietników, strącając pokrywę jednego z kubłów, a ta uderzyła o asfalt z głośnym brzękiem. Susan z trudem stłumiła wrzask.

Mężczyzna o opuchniętej czerwonej twarzy posłał jej zdumione spojrzenie, po czym schylił się chwiejnie, by podnieść blaszaną klapę.

– Sii… – wybełkotał. – Bez hałasu, maleńka… luzie śpią.

Odruchowo skinęła głową, nie kryjąc ulgi. Szybkim krokiem doszła do drzwi swojej kamienicy, włożyła klucz do zamka i przekręciła.

Weszła do pogrążonego w mroku, ale znajomego korytarza. Zaraz jednak strach ogarnął ją na nowo, gdy nacisnęła włącznik światła i nic się nie stało. Nacisnęła jeszcze raz. I jeszcze.

– Nie stukaj tak, nie stukaj. Wysiadł prąd, dziecino. Rano mają przyjść dopiero naprawiać.

Dziennikarka uniosła głowę z wdzięcznością. Wprawdzie nic nie widziała, jednak trudno byłoby nie poznać ochrypłego głosu starej dozorczyni. Dobiegał z wysokiego parteru.

– Ma pani jakąś latarkę?

– A myślisz, dziecino, że stałabym tak teraz po ciemku, gdybym miała? Baterie szlag trafił wieki temu, a nie każdego stać na te akumulatory.

Susan wymacała poręcz i ruszyła w górę schodów. Przynajmniej była już w domu. Cóż mogło jej teraz zagrozić?

– Jak chcesz, dziecino, mogę ci dać parę świeczek – powiedziała po dłuższym namyśle dozorczyni.

– Może jedną na drogę. W domu pewnie znajdę jakąś latarkę.

Susan zaczekała chwilę, aż staruszka odpali świecę wyjętą z kieszeni fartucha. Podziękowała, obiecując, że odkupi.

– Jak nie zapomnisz – odparła dozorczyni z rozbawieniem. – Wy, młodzi, zawsze macie tysiące spraw na głowie. Ale nieważne. Jak widzisz, radzę sobie i bez światła. Zawsze miałam kocie oczy.

Dziennikarka raz jeszcze podziękowała i ruszyła w górę, chroniąc dłonią nikły płomień.

Weszła do mieszkania i zamknęła za sobą drzwi. Odruchowo sięgnęła do włącznika, ale przypomniała sobie, że to nic nie da.

Otworzyła szafkę z narzędziami i wydobyła z niej sporych rozmiarów latarkę. Sprawdziła, czy działa, i dopiero wtedy zdmuchnęła świecę. Uzbrojona w wąski snop białego światła przeszła do pokoju.

W ciemności jej mieszkanie wcale nie wydawało się przyjazne. Liczne meble – jak wtedy, gdy Susan była małą dziewczynką – stały się norami i kryjówkami najpaskudniejszych stworów. Teraz wszystkie miały jedną twarz. Wszystkie nuciły *I got you babe*, zupełnie jak Levinson na jednym z archiwalnych nagrań. Miał wtedy coś diabelskiego w spojrzeniu, zupełnie jakby te słowa znaczyły dla niego coś zupełnie innego, niż dla Sonny'ego i Cher.

Pociągnęła nosem. Miała wrażenie, że teraz jej mieszkanie nawet pachniało inaczej. Znała skądś tę woń...

Właśnie wtedy dostrzegła leżącą na stole płaską paczkę. Poczuła nagłe ukłucie strachu, zaraz się jednak opamiętała, bo do paczki przyklejona była karteczka z krótką notką od dozorczyni. Znała ten charakter pisma, starannie kaligrafowane, niemal dziecięco-szkolne litery.

Stara kobieta miała zapasowe klucze, a dzięki układom z listonoszem i kurierami dość często odbierała za lokatorów przesyłki, by potem zostawiać je u nich w mieszkaniach. Najwyraźniej tym razem dozorczyni zapomniała jej o tym powiedzieć.

„Odebrałam o 18:30. Powiedział, że bez opłat".

Susan jeszcze raz rozejrzała się po mieszkaniu, po czym usiadła z przesyłką w fotelu. Trzymając w prawej ręce latarkę, lewą rozerwała papier. W środku znajdował się obrazek z tekstem, oprawiony w prostą drewnianą ramkę.

Nakierowała światło na starannie wykaligrafowane litery i przeczytała:

– Aniele boży, stróżu mój, Ty zawsze przy mnie stój. Rano, wieczór, we dnie, w nocy, bądź mi zawsze ku pomocy. Strzeż...

Przerwała i raz pociągnęła nosem. Dziwny zapach jeszcze się nasilił. Gdzieś w jej głowie cicho popiskiwał alarm, że powinna go skojarzyć, że...

W tym momencie przypomniała sobie i przeszył ją lodowaty dreszcz pędzący jednocześnie od szyi w dół i od krzyża ku górze, a zaraz potem paraliżujący strach wypełnił całe jej ciało tysiącem bolesnych igiełek. Nie była w stanie się poruszyć. Zacisnęła palce na ramce.

Drzewo sandałowe – tak właśnie pachniał Levinson, gdy jeden raz się spotkali. Perfumy z tą nutą zapachową kupił, wedle relacji świadków, w drogerii matki jednej z ofiar. A teraz ta woń wypełniała jej mieszkanie...

Wzięła głęboki oddech, starając się wmówić sobie samej, że istnieją przecież halucynacje i złudzenia zapachowe. Gdzieś o tym czytała.

Znowu skupiła wzrok na tabliczce. Czy na pewno przyniosła ją dozorczyni? Czy na krótkiej notce rzeczywiście było jej pismo?

Wyczuła za plecami jakiś ruch, odwróciła się gwałtownie, ale nikogo nie dostrzegła. Mocniej chwyciła latarkę, a lewą ręką próbowała na oślep odłożyć ramkę na stół.

Wtedy ktoś z ciemności chwycił ją za nadgarstek. Wrzasnęła i odwinęła się, by uderzyć latarką. Napastnik przechwycił cios.

– Mam cię, dziecinko – wychrypiał.

W snopie światła na moment pojawiła się twarz. Ta twarz! Wykrzywiony w paskudnym uśmiechu pysk Levinsona. Wrzasnęła ponownie, próbując się wyrwać, ale doskonale wiedziała, że nie ma szans. Była zbyt słaba, by poradzić sobie samej, a szanse, że ktoś zareaguje na jej krzyki, równały się zeru...

Jednak nagle eksplodował błysk – tak mocny, że czuła, jak wypala jej oczy. Z całej siły zacisnęła powieki.

I znów krzyk, ale nie jej. Męski. Nie przerażenia, tylko bólu, tak potwornego, że zmieniającego ludzki wrzask w niemal zwierzęcy skowyt. Tak mogli krzyczeć potępieńcy z chrześcijańskich przedstawień piekła, ludzie paleni żywcem albo dręczeni przez ostatnie stadium wyjątkowo okrutnego nowotworu.

Nagle krzyk ustał, a pokój wypełnił się zapachem kwiatów i owoców. Wonią cudnego ogrodu podobną do tej, którą pamiętała z dzieciństwa... tylko jeszcze piękniejszą...

A potem oślepiające światło zgasło.

Susan siedziała jeszcze przez chwilę z zamkniętymi oczyma, a gdy je otworzyła, była sama. Nie czuła już tego pięknego zapachu, ale wraz z nim zniknęło również drzewo sandałowe.

Przez krótką chwilę zaczęła nawet wierzyć, że przeżyła jakąś niezwykłą halucynację... i wtedy właśnie dostrzegła wypalony na stoliku ślad ręki. Tuż obok leżał kabel, taki sam jak ten, którym Levinson dusił swe ofiary. A na małej ramce z modlitwą do anioła stróża zobaczyła ogromne, śnieżnobiałe pióro.

– Co z nią? – zapytał Kwiryniusz z troską w głosie. Stał na tyłach domu koło śmietnika i przed pojawieniem się Lokiego zerkał na przemian to na okna mieszkania Susan, to znów na drzwi wyjściowe budynku.

Kłamca wzruszył ramionami i wyciągnął z kieszeni paczkę wykałaczek. Jedną z nich włożył do ust.

– Zemdlała – odparł. – Ale myślę, że gdy się obudzi, jest twoja. Aha, to iluzyjne pióro zniknie za kilka dni, ślad na stoliku też, więc postaraj się, by miała jakieś głębsze podstawy do wiary. A ślad najlepiej po prostu wypal przy okazji. Niech ma pamiątkę.

– Cały czas zastanawiam się, czy nie przesadziliśmy – westchnął anioł stróż. – Nam nie wolno pokazywać się podopiecznym w chwale, a już zwłaszcza nie po to, by nakłaniać ich w ten sposób do wiary.

Loki wzruszył ramionami.

– To nie była twoja chwała, tylko moje sztuczki. Wątpię, by twoja moc była równie potężna. A teraz płać. Coś mi się należy za nałożenie tej ohydnej gęby. Dozorczyni i pijak to też nie była żadna przyjemność. Przy każdym z tej trójki nawet pachnieć musiałem inaczej. Takie szczegóły cholernie męczą.

– Napracowałeś się tej nocy – przyznał Kwiryniusz. – I myślę, że...

– Płać!

Anioł wręczył Kłamcy kopertę.

– Miło się współpracowało – powiedział.

Loki wypluł wykałaczkę i pokiwał głową.

– No, tak się podobno mówi... tyle że zwykle w filmach.

Uścisnął dłoń anioła i powoli ruszył przed siebie.

Nie uszedł nawet pięciu kroków, gdy poczuł, że jest obserwowany. Nauczony ufać temu przeczuciu odwrócił się, spodziewając się, że to Kwiryniusz wciąż mu się przygląda. Anioła jednak nie było.

Kłamca uniósł głowę.

– A to ty, Gabrielu – powiedział do postaci siedzącej na ozdobnym gzymsie. – Witaj. Piękna noc, nie uważasz?

Archanioł odgarnął włosy z czoła.

– Oj, Loki, Loki – westchnął. – I co ja mam z tobą zrobić?

Kłamca uśmiechnął się szelmowsko.

W budynku, kilka pięter wyżej, pewna kobieta ocknęła się i po raz pierwszy od wielu lat jej usta zaczęły szeptać modlitwę.

JAK BYŁO NA POCZĄTKU...

MŁOT, WĄŻ I SKAŁA

GDZIEŚ POZA CZASEM

Wyłoniła się z mgły. Jej koń z majestatem godnym królewskiego rumaka przestąpił szarą granicę światów i wkroczył na szeroką drogę. Rosnący po obu stronach traktu gęsty las przywitał przybyłą cichym westchnieniem i błyskiem kropel na liściach skąpanych w księżycowej poświacie. Uśmiechnęła się. Nareszcie w domu…

Z białej chmury wyjeżdżali czwórkami kolejni jeźdźcy. W przeciwieństwie do swej dumnej, odzianej w świetlistą zbroję i skrzydlaty hełm przewodniczki nie prezentowali się imponująco. Jechali ze zwieszonymi głowami, jakby pogrążeni w płytkiej drzemce. Na ich powyginanych zbrojach dawno już przekwitły rdzawe kwiaty wzrastające zwykle tam, gdzie pancerz okazuje się zbyt słaby. Popękane tarcze pełne były zamocowanych w pośpiechu klamer, a miecze i topory szczerb. Niektórzy z jeźdźców nie mieli twarzy, tylko mięsiste papki, z których wyzierały opuchnięte, przekrwione oczy, bądź też niemal nagie czaszki ze strzępami skóry i poszarpanymi mięśniami. Byli wśród nich i tacy, którym miecz lub topór odrąbał żuchwę, i teraz pozbawione oparcia języki zwisały niczym u zmęczonych biegiem psów.

Wbrew wszystkiemu jednak wojownicy żyli. Jakimś cudem zrosły się rozłupane niegdyś głowy, a pamiątką po śmiertelnych ciosach były wgłębienia ciągnące się od czoła po kark. Na powrót wepchnęli w oczodoły wyłupione oczy i teraz spoglądały one na świat z niemal identyczną jak niegdyś ostrością, a przez zasklepione tętnice poderżniętych gardeł na nowo płynęła krew. Bez cienia wątpliwości dano im drugą szansę.

Minął niemal kwadrans, odmierzany miarowym stukotem kopyt na ubitym trakcie, zanim ostatnia z blisko dwudziestu czwórek wjechała na drogę. Ci wojownicy wyglądali na bardziej wyczerpanych niż ich kompani, ale tylko dlatego, że krew wokół ich jeszcze nie tak dawno śmiertelnych ran wciąż mieniła się szkarłatem i nie przestała tworzyć swych wąskich, krzepnących ścieżek. Ich oczy, wciąż pełne zdumienia, wpatrywały się w plecy jadących przed nimi, jakby w nich szukając odpowiedzi na rodzące się pytania: „W jaki sposób? Dlaczego ja? Czy tak będzie wyglądać wieczność?".

Nie zdążyli odjechać daleko, gdy od drzew po obu stronach drogi oderwały się cztery skrzydlate postacie odziane w barwy lasu. Jedna z istot uniosła do góry zaciśniętą lewą pięść. Prawą ręką wyciągnęła z pochwy przymocowanej na udzie długi nóż o czarnym, matowym ostrzu. Poczekała, aż pozostałe zrobią to samo, i chwyciwszy ostrze w zęby, wolną dłonią wykonała kilka gestów. Towarzysze potwierdzili skinieniami głowy. Wzniesiona pięść opadła gwałtownie.

Księżyc skrył się za chmurami. Nikt nie dostrzegł, jak skrzydlaci sfrunęli nisko nad ziemię i pognali za kolumną. Wyhamowali w ostatniej chwili, by nie zdradzić się nienaturalnym powiewem, po czym unoszeni tylko delikatnym drganiem skrzydeł wzlecieli na wysokość siodeł.

Wnętrze było surowe jak wojna i tak jak ona pozbawione wygód. Po prawej stał pusty stojak na zbroje, a tuż obok wojskowa prycza. Wyglądała jak robiona na miarę dla olbrzyma. Obok niej na stołku ktoś pozostawił w nieładzie gliniane naczynia z resztkami posiłku.

W centrum znajdował się stół otoczony tuzinem nieociosanych pieńków, a po lewej na podwyższonej ławie rozłożona była wielka makieta pola bitwy. Nad nią właśnie pochylał się wódz.

Stał tyłem do wejścia, a trzy pary jego gigantycznych skrzydeł poruszały się delikatnie jakby muskane wiatrem. Pomiędzy nimi wisiał zamocowany wzdłuż kręgosłupa potężny miecz.

Oficer odchrząknął.

– Melduje się cherubin Nataniel, archaniele – wyrecytował. – Z pierwszego...

Wódz wzniósł rękę, zmuszając go do zamilknięcia.

– Wiem, kim jesteś – odparł. Wziął z makiety niewielką figurkę i przestawił ją odrobinę dalej. – Gdyby było inaczej, nie wszedłbyś tu.

Dobre samopoczucie cherubina odpłynęło w jednej chwili. Nadal miał jednak do zdania raport. Całkiem dobry raport. Godny pochwały. Może nie wszystko jeszcze stracone...

– Archaniele Michale! Oto głowa Walkirii. – Z dumą rozwinął tobołek i pokazał jego zawartość. – Pragnę zameldować, że misja została wykonana. Przy minimalnych stratach...

– Co?!

Wódz odwrócił się tak gwałtownie, że przewrócił skrzydłami makietę. Ława runęła z hukiem, niewielkie figurki rozsypały się po klepisku, wbijając swe maleńkie mieczyki w ziemię, a miniaturowa Walhalla pękła na dwoje.

Do środka wpadli dwaj wojownicy, nie strażnicy sprzed głównego wejścia, ale niewątpliwie z tej samej formacji. Wielcy jak ich wódz, jak on naznaczeni w boju członkowie elitarnego oddziału archanielskich pretorianów. Trzymając dłonie na rękojeściach krótkich mieczy, błyskawicznie otaksowali pomieszczenie, ale gdy zobaczyli, że dowódca nie jest zagrożony, wycofali się szybko i dyskretnie. Archanioł ruszył powoli w stronę cherubina, a jego pięści na przemian zaciskały się i rozluźniały.

– Chcesz mi powiedzieć, że mamy straty?!

Nataniel bezwiednie zrobił krok do tyłu.

– Doprawdy minimalne, panie, my... – Zamilkł, nie mogąc dodać już ani słowa.

Michał zatrzymał się krok od niego. Jego poznaczona bliznami twarz wyrażała teraz niczym niehamowaną wściekłość. Wytatuowany wokół lewego oka płomień zaczął mienić się czerwienią i żółcią, a zaciśnięte zęby ze świstem przepuszczały powietrze.

– Dostałeś dwie setki doborowych wojowników – wycedził – i cudowne miejsce na zasadzkę. Przeciwnik niemal żaden, A TY MI MÓWISZ O STRATACH?!

Nataniel zrobił maleńki kroczek do tyłu, potem kolejny, aż z przerażeniem odkrył, że właśnie dotarł do ściany namiotu. Wbił skrzydła w płótno.

– Oni mieli tę broń, panie – spróbował obrony raz jeszcze, prawie szeptem. – Tę, która...

Archanioł wziął głęboki oddech, po czym cofnął się o krok. Stał przez chwilę w milczeniu, jakby coś rozważał.

– Zostaniesz odprowadzony pod strażą do swojego namiotu – powiedział wreszcie niemal spokojnym głosem. – Nie wolno ci go opuścić do czasu, aż postanowię, co z tobą zrobić.

Zgłoś się do wartowników i powiedz im, co rozkazałem. I zabierz stąd ten wraży czerep. Precz!

– Tak jest, wodzu. – Nataniel zwiesił głowę, zrobił dwa kroki w bok wzdłuż płóciennej ściany, po czym otulił się skrzydłami i ruszył w stronę wyjścia.

„Pętak", pomyślał Michał, patrząc na wychodzącego cherubina. „Otaczają mnie tchórze i pętaki".

Broń? Ta broń? Dobre sobie! Ileż to odpraw poświęcił, by zdyskredytować mit o owej zabójczej broni, ową plotkę, która nieopatrznie wyrwała się z ust strażników olbrzyma Aegira i rozlazła po jego armii niczym szarańcza po polach Egiptu. Przeklęci! Jednym zdaniem zrobili więcej niż wszystkie Alfy, Karły i Walkirie swymi mieczami czy toporami.

Przez chwilę przyglądał się leżącym na ziemi figurkom, po czym podniósł jedną z nich. Przedstawiała dobrze zbudowanego wojownika o kruczoczarnej brodzie i z opaską na oku. Na jego zbroi widniał emblemat wielkiego drzewa ze zwisającą z gałęzi szubienicą.

– Nie przejmuj się, Odynie – wyszeptał archanioł Michał, uśmiechając się krzywo. Płomień na jego twarzy znów rozgorzał. – To nie opóźni naszego spotkania.

Niemal w tym samym momencie, gdy Michał przemówił do trzymanej w dłoni figurki, siedzącego na tronie Odyna, wszechojca, pierwszego z Asów i władcę szubienic przeszył dreszcz.

Chwilę później zatrzęsło się wszystko.

Kufle z czaszek zagrzechotały na stołach, a z glinianych mis powypadały piszczelowe łyżki. Ogołocone z broni stojaki runęły na rozciągnięte na podłodze zwierzęce skóry.

Stojący na środku sali bóg piorunów Thor położył na ziemi swój bojowy młot o komicznie wręcz krótkim trzonku i stanąwszy w rozkroku, rozłożył ręce. Nawet miał trudności z utrzymaniem równowagi.

Wstrząsy ustały równie szybko, jak się rozpoczęły. Znów słychać było dobiegające zza murów odgłosy bitwy, anielskie ryki tryumfu, gdy padały kolejne fortyfikacje, no i oczywiście równomierne uderzenia tarana we wrota Walhalli.

Bóg piorunów sięgnął po młot, podrzucił go, złapał lewą ręką i zakręcił młynka nad głową. Odyn skrzywił się z niesmakiem.

– Mogę wiedzieć, synu, dlaczego ci tak wesoło?

Thor wzruszył potężnymi ramionami.

– Trudno powiedzieć – odparł. – To chyba przez te wstrząsy. Przypomniały mi o starych czasach i starciach z olbrzymami z Jotunheimu, zanim jeszcze zjednoczyła nas ta skrzydlata heca. Poza tym podobne trzęsienia generował on, czyż nie? Ten, bez którego nic ostatecznego się przecież nie stanie. A on wciąż siedzi, gdzie siedział. Do tej pory tak cichutko, że w zasadzie na chwilę o nim zapomniałem.

Odyn spojrzał na wiszące pod sufitem jezioro, dar morskiego olbrzyma Aegira. Tego samego, który wymyślił, że ze skrzydlatymi można się układać. Biedny głupiec!

– Za to ja cały czas pamiętam o Kłamcy – rzucił smutno władca Walhalli. – Czasem mam ochotę zejść tam i zakończyć jego podły żywot.

Pan grzmotów spojrzał na niego z wyrzutem.

– Nie możesz! On przecież…

– …ma być przyczynkiem końca. Wiem, co chcesz powiedzieć i w co chcesz wierzyć – wszedł mu w zdanie ojciec. – Tyle tylko, że zasady się zmieniły. Oto właśnie nadszedł koniec. Nasz koniec. Naprawdę tego nie widzisz?! Innego Ragnaroku nie będzie!

Zza drzwi od strony komnat wyłoniła się głowa karła. Thor machnął ręką.

– Nie przeszkadzaj nam teraz, Gloinie.

Pokurcz posłusznie zniknął za drzwiami. Bóg oparł młot na ramieniu.

– To wciąż nie jest ostateczne, Odynie. Wiesz przecież, że choć sprawa wygląda teraz źle, wciąż jest sposób, prawda? – zapytał. – Pamiętasz o sekretnych drzwiach w twej komnacie i…

– Zamilcz! – krzyknął Odyn.

Bóg burzy westchnął.

– Więc o to chodzi – stwierdził. – Do niedawna myślałem, że masz plan, potem, że w rozpaczy zapomniałeś. Ale ty pamiętasz, ojcze, tylko… stchórzyłeś!

– Kazałem ci zamilknąć!

– I cóż mi zrobisz, jeśli nie wykonam twojego rozkazu? – zakpił Thor. – Nie masz odwagi, by zrobić to, czego nikt z nas – ani ja, ani ta pochowana po komnatach hołota – zrobić nie może. Nie masz odwagi, by uratować Walhallę.

Odyn poderwał się i złapał opartą o tron włócznię. Jego syn ani drgnął, tylko kilka maleńkich niebieskich błyskawic prześliznęło mu się po zbroi, a spoczywający na ramionach młot zamruczał cicho. Zabrzmiało to jak odległy grzmot. Władca Asów usiadł i zakrył twarz.

– Nie wiesz, jak to jest – odezwał się cicho. – Gdy ostatni raz oddałem się Drzewu… Nie pojmiesz bólu, cierpienia towarzyszącego przemianie ciała w nieskończoność włókien łyka, z których każde jest odsłoniętym nerwem wszechrzeczy. Ułamek chwili jest niczym dekady, obłęd zlewa cię z pniem, pokrywa korą, żłobi w twoim umyśle słoje szaleństwa. Ale nawet wtedy nie było tak strasznie, jak byłoby teraz. Wtedy wiedziałem, że mam szansę na powrót. A teraz… Ja nie wrócę. Nie odrodzę się. Trudno to pojąć komuś, nad kim do tej pory wisiał tylko odległy Ragnarok.

Thor umilkł i długą chwilę wpatrywał się w ojca. W końcu podszedł do podwyższenia, a potem wspiął się na ostatni stopień przy tronie, tak że mógł patrzeć na Odyna z góry. Zaraz jednak przyklęknął, złożył młot pod stopy wszechojca i oddał mu pokłon, dotykając czołem posadzki.

– Wybacz mą zuchwałość – wyszeptał. – Oczywiście rozumiem twój strach i przyjmuję twoją decyzję. Nie każdemu pisane jest oddać siebie w zamian za ocalenie świata. Nikt nie może wymagać od drugiego takiego poświęcenia.

Jakby dla podkreślenia tych słów brama zatrzeszczała, posypały się pierwsze drzazgi. Odyn jakby tego nie zauważył. Długo wpatrywał się w czubek głowy swego syna, aż w końcu westchnął głośno, dając za wygraną. Powoli, z wysiłkiem, podniósł się z tronu i zdjął hełm. Pusty oczodół, do tej pory ukryty za metalową przesłoną, nadał jego pooranej bliznami twarzy nowy, przerażający wyraz. Wyraz kogoś, kto wie, że nie ma już nic do stracenia.

– Potrzebuję kilku chwil przygotowań. Musisz mi dać czas, Thorze – powiedział, podając hełm synowi. Ten przyjął go i założył, odginając uprzednio ograniczającą widzenie przesłonę.

– Ile tylko zdołam – odparł bóg piorunów już bez żartów i kpin. Wstał i otrzepał kolana. Podniósł młot. – Cały czas naszego świata. Cały mój czas.

Poły namiotu wodza uniosły się i do środka wkroczył kolejny oficer, ostatni spośród wezwanych. Zasalutował archaniołowi i skinął siedzącym przy stole towarzyszom. Dwóch stojących za wodzem mrocznych, sześcioskrzydłych postaci odzianych w czarne togi wolał nie dostrzegać, zresztą zgodnie z przyjętym zwyczajem.

Udał też, że nie zauważa przewróconej makiety, choć jakieś wewnętrzne przekonanie kazało mu dotąd myśleć, że skutki trzęsienia ziemi ominą ten namiot. W jego głowie powstała nagle niepokojąca myśl, że skoro mylił się w tej kwestii…

– Usiądź tutaj, Mazariaszu – polecił archanioł, ustępując mu miejsca.

Oficer posłusznie usiadł przy stole, czując się wyróżniony tym zaszczytem, ale już po chwili przeklął w duchu chropowatość i wąskość wskazanego pieńka. Znał długość odpraw – czekała go nieprzyjemna godzina.

Wódz złożył ręce na piersi, otulił się skrzydłami, po czym skrzywił usta w pozornie złośliwym, a tak naprawdę starannie wyćwiczonym uśmiechu.

– Pewnie dotarła już do was, podłe plotkary, wieść o niekompetencji Nataniela – rzucił z przekąsem. – Wiem, że zwłaszcza Treazar lubuje się w podobnych historiach.

Wskazał głową na postawnego anioła o pucułowatej twarzy dziecka, który zawstydzony wzruszył ramionami. Pozostali ryknęli śmiechem.

– Nie wiem jednak, czy usłyszeliście też, że wasz szanowny przyjaciel próbował tłumaczyć się ową rzekomo zabójczą dla nas bronią…

Pomruki śmiechu urwały się nagle. Archanioł westchnął.

– Niestety, tym razem pogłoski były prawdziwe. Przeszukaliśmy wszystkie zwłoki i dotarliśmy do tego.

Pokazał im trzymany w dłoni wisiorek. Było to oko oprawione w złoto.

– Oto i oko Odyna – wyjaśnił. – Dzięki niemu mógł on dzielić się ze swymi poddanymi własną mocą. Rzecz jasna, moc ta nie była wystarczająca, by zaszkodzić mocniejszym aniołom jak wy, ale wystarczająca, by siać ferment wśród naszych żołnierzy. Ale teraz zdobyliśmy oko Odyna i…

– A co, jeśli wydłubie sobie i drugie? – wyrwał się Mazariasz. – Wydłubie, oprawi i ofiaruje, na przykład, olbrzymom? Przecież i bez tego giganty są niezwykle groźnym przeciwnikiem. A z takim okiem…

Jedna ze stojących za Michałem mrocznych postaci postąpiła krok do przodu i zdjęła kaptur. Naraz wszyscy ujrzeli przepiękną twarz archanioła Gabriela – boskiego posłańca i anioła śmierci. Bijąca od niej poświata na tle czarnego stroju milczącego dotąd wojownika przywodziła na myśl rozżarzony do białości metal świecący wśród węgli. Tylko archanioł Michał wytrzymał ten widok doskonałego piękna i grozy. Uśmiechnął się z wyższością do swych podkomendnych.

– Nie ma potrzeby, by martwić się drugim okiem Odyna – zapewnił swym melodyjnym głosem Gabriel – ani żadną inną częścią jego ciała. Aby coś mogło stać się artefaktem, musi najpierw być sławione w legendzie, jak na przykład to oko. Na zbudowanie legendy wokół drugiego oka nie mają już czasu.

Michał powiódł wzrokiem po zebranych. Nie wyglądali na całkowicie przekonanych, ale wystarczająco, by wypełniać rozkazy. A byli wszak o krok od zwycięstwa.

– To wszystko, co chciałem wam dziś powiedzieć. – Uśmiechnął się, widząc zdziwienie na twarzach swych oficerów. – Możecie odejść – zezwolił, rozkładając skrzydła.

Aniołowie posłusznie wstali z pieńków i opuścili namiot. Michał odczekał jeszcze chwilę, po czym odwrócił się do Gabriela i drugiej mrocznej postaci.

– Znakomicie się spisaliście – pochwalił. – Przyznam, że nie wpadłbym na to.

Gabriel wzruszył ramionami.

– Cała zasługa należy się naszej informatorce – stwierdził. – To ona przekazuje nam takie genialne pomysły, prawda Rafaelu?

Mroczna postać skinęła głową, ale nie wydała z siebie żadnego dźwięku.

– Rafael cały czas jest z nią w kontakcie – wyjaśnił Gabriel. – Zbudował drogę do jej umysłu.

– Dokonał tego? – zdziwił się Michał.

– Tak, bracie – odpowiedział mu śmiech posłańca śmierci. – A wiesz, co ona robi w tej chwili? Właśnie…

Do namiotu wpadł strażnik wraz ze skrwawionym żołnierzem.

– Ważne wieści z pola bitwy, panie – wyskrzeczał wojownik. – Brama Walhalli ustąpiła.

– Doskonale! – zawołał Michał, poprawiając miecz.

Żołnierz pokręcił głową.

– Nie do końca, panie. Bo tak naprawdę to nam nie robi żadnej różnicy.

Na ławie stał kielich. Był pełen, od kiedy pierwsze spośród anielskich oddziałów przysłoniły niebo swymi skrzydłami. Znajdujący się w nim miód nie smakował już tak, jak w chwili, gdy został nalany, a po jego powierzchni pływały drobinki kurzu i kilka małych robaczków. Mimo to Odyn wypił do dna i nawet się nie skrzywił. Widok leżących obok lin i tej przeklętej pętli, która już za chwilę zaciśnie się na jego szyi, odbierając resztki oddechu, nadawał bowiem trunkowi dodatkowego, niezwykłego posmaku. Zgniłej słodyczy życia.

Sięgnął po nóż i rozciął rzemienie przy napierśniku. Zdjął go powoli i położył obok sznurów. Podobnie uczynił z resztą zbroi.

Po chwili był już nagi. Rzucił przelotne spojrzenie ku zwierciadłu i widok wcale go nie ucieszył. Patrzył na starca zamkniętego w ciele siłacza. Zmęczonego życiem, ale i przerażonego śmiercią, zagubionego w świecie, który zmienił się w jednej chwili.

Widział w swej twarzy oblicze stojącego na wzgórzu głupca, który całe wieki temu zawarł pakt z Kłamcą. Uczynił go swoim bratem, a przyjmując w poczet Asów, niejako również i synem. Na swoją zgubę…

Nagle zakręciło mu się w głowie. Zrobił kilka niepewnych kroków, a przed oczyma zatańczyły mu błękitne i zielone ogniki. Jego gardło, a potem cały przełyk zaczęły się rozgrzewać coraz mocniej i mocniej, aż w końcu zapłonęły żywym ogniem. Spróbował krzyknąć, ale nie był w stanie wydobyć z siebie żadnego dźwięku. Nogi ugięły się pod nim i padł na kolana. Widział wszystko jak przez mgłę.

I wtedy właśnie zza kotary wyłoniła się ona. Rozpoznał ją od razu. Sygin, żona Lokiego zwanego Kłamcą.

Odyn pamiętał, jak kpił z niej, gdy przysięgła zostać przy małżonku na wieczność, chroniąc jego twarz przed potwornym jadem wiszącego nad nim węża. Wtedy nie wierzył, że wytrzyma. Ale ona trwała na posterunku przez wszystkie te lata, stulecia, milenia, z pokorą znosząc docinki i wyzwiska. Nie opuściła Kłamcy nawet na moment. Aż do dziś.

– Bądź pozdrowiony, Odynie, królu szubienic – zadrwiła Sygin, pochylając się nad władcą Walhalli. W jego oczach była teraz jedynie kształtną plamą bieli na tle bordowych zasłon. – Widzę, że nie czujesz się najlepiej.

Sapnął coś wściekle w odpowiedzi. Sygin się roześmiała.

– Łatwo było zgadnąć, że będziesz chciał odkupić Walhallę przez dobrowolne męczeństwo. Przy tym wszystkim, co się dzieje za murami, to rzeczywiście było już jedyne wyjście. Tyle że… ty nie umrzesz męczeńsko.

Wstała i podniosła z ławy pusty kielich.

– Nie smakowało ci jakoś inaczej? – zapytała. – Na przykład jadem? Ta podła żmija wisząca nad Lokim chlapie tym paskudztwem na lewo i prawo, więc kilka kropel mogło wpaść i do tego kielicha. Smutne, prawda?

Nikt nigdy nie otworzy już tych drzwi, nikt nie ujrzy już serca Drzewa i nie odda mu swego cierpienia. I nikt nie skorzysta już z jego potęgi.

Odyn zamknął oczy i z potwornym wysiłkiem wycharczał:

– Dlaczego?

Sygin pochyliła się jeszcze niżej i siłą uniosła mu powieki, zmuszając władcę Walhalli do spojrzenia jej prosto w oczy.

– Krzywd uczynionych rodzinie się nie wybacza – wyszeptała. – Nigdy.

Wstała, przysiadła na krańcu stołu i czekała, aż Odyn umrze.

Z oddali widać było, że u wrót Walhalli wre zacięta walka. Gabriel co rusz dostrzegał szturmujące ku bramie oddziały, które przy wtórze błyskawic i grzmotów zamieniały się we wzlatujące ku niebu ciała zmasakrowanych aniołów. Słyszał też potworny ryk dobiegający jakby z przepastnych czeluści. To, że w rzeczywistości ów krzyk wydobywał się z gardła stojącego na progu twierdzy samotnego obrońcy, nie pocieszało go ani odrobinę.

Odwrócił się w stronę Michała. Wódz poprawił ostatnie poluzowane zapięcie napierśnika. Płomień na jego twarzy mienił się czerwienią.

– Rafael przekazał mi właśnie, że Odyn nie stanowi już zagrożenia – rzucił Gabriel.

Michał skinął głową i przetarł matowe miejsce na zbroi.

– Zastanawiam się tylko, dlaczego nasz kochany patron dróg nie przekazuje mi tych wieści osobiście – powiedział. – Byłoby prościej i szybciej.

Anioł śmierci się uśmiechnął.

– Powiedział mi kiedyś, że boi się budować drogi do twego umysłu. Zbyt często spoglądasz w otchłań. Powiedział, że ona zwykle odpowiada tym samym.

– Kto? – Wódz nie zrozumiał aluzji.

– Otchłań. Spogląda również w ciebie. A Rafael nie chce być przez nią podglądany. Poza tym to ja jestem jej posłańcem i to moja praca, czyż nie?

Michał nie odpowiedział. Wydobył miecz spomiędzy skrzydeł i przypiął go do boku. Złożył dłonie i wyłamał palce.

– Jestem gotowy. Czas pogadać z tym odźwiernym.

Pewnym krokiem zszedł ze wzgórza i wkroczył między swoje wojska. Rozstąpiły się przed nim w jednej chwili, tworząc szeroką drogę aż do samych wrót, gdzie czekał nieco zdezorientowany nagłą przerwą w walce olbrzym uzbrojony w młot.

Wódz szedł spokojnie. Nie reagował na wiwatujące wojska, na dźwięk trąb, które nagle rozbrzmiały nad polem bitwy. Widział teraz jedynie rosnącą z każdym krokiem barczystą sylwetkę na końcu drogi. Cień przysłaniający sobą światło zwycięstwa.

Gdy zbliżył się na jakieś dwadzieścia kroków, stanął. Dobył miecza i uniósł go do góry.

– W imię Boga Wszechmogącego nakazuję ci ustąpić mi miejsca – przemówił i skrzywił się w pełnym drwiny uśmiechu. – Ustąp z drogi silniejszemu od siebie.

Thor, stojący dotąd z nisko pochyloną głową, teraz ją uniósł. Nawet zgarbiony górował nad archaniołem, ale w owej chwili zdawał się przerastać go niemal dwukrotnie. Młot w lewej dłoni obrońcy Walhalli mruczał cicho niczym przychodząca z daleka zapowiedź wiosennej burzy.

Olbrzym zdjął z głowy hełm Odyna i zarzucił złocistą grzywą. Stanął w rozkroku i chwycił broń w obie ręce. Po trzonku przebiegły dwie błękitne błyskawice.

– Ty i ja, przybyszu! – zawołał hardo. – Ty i ja.

Michał skinął głową i mocniej ścisnął rękojeść miecza. Głownia zapłonęła.

Przez chwilę przeciwnicy wpatrywali się w siebie, mierząc swoje siły, aż w końcu niemal równocześnie ruszyli do ataku.

Syn Odyna poruszał się z nieprawdopodobną wręcz szybkością. Zaczął od wykroku do przodu, chcąc lepiej wykonać błyskawiczny obrót. Z impetem uderzył w miejsce, gdzie jeszcze przed chwilą była głowa wroga. Ten jednak zdążył się uchylić i wykorzystał sytuację, tnąc od dołu na udo olbrzyma. Miecz uderzył w metalową osłonę, nadtapiając ją nieco, ale samemu Thorowi nie czyniąc krzywdy. Bóg piorunów odskoczył z wykrzywioną wściekle twarzą.

Stojący naprzeciw archanioł również się cofnął i bacznie obserwując przeciwnika, ruszył po łuku. Najpierw wykonał jeden krok w prawo, by sprawdzić, czy wzrok olbrzyma podąża w ślad za nim, a potem zaczął powoli przemieszczać się w lewo. Równocześnie z każdym poruszeniem niemal niezauważalnie zmniejszał dzielący ich dystans.

Thor nie dał się zwieść. Po trzecim kroku wiedział już, że jeśli będzie czekał dłużej, wejdzie w bliskie starcie… i zginie. Trzymając młot oburącz, powoli uniósł go do góry, jakby szykując się do potężnego uderzenia. Wygiął całe ciało lekko do tyłu, niby biorąc potężny zamach.

I nagle zabrał prawą rękę z trzonka. Trzymany w lewej dłoni młot pomknął do tyłu, momentalnie nabierając prędkości. Jednocześnie wojownik wyskoczył do przodu. Michał zareagował instynktownie, robiąc unik i ustawiając miecz do bloku. O to właśnie chodziło Thorowi. Młot z pełnym impetem uderzył od dołu, bez trudu zbijając broń przeciwnika, a jego samego wyrzucając w górę. Archanioł wypuścił rękojeść z dłoni i poleciał do tyłu, po czym zarył skrzydłami w piach. Błyskawicznie owinął się nimi i odturlał na bok. Wycelowany w jego głowę młot uderzył w ziemię.

Michał potoczył się jeszcze kawałek i poderwał, rozwijając skrzydła. Poszukał wzrokiem miecza. Nie leżał daleko. Podszedł do niego i chwycił. Zakręcił młynka.

– Gramy dalej? – zapytał.

Thor wzruszył ramionami i uniósł swą broń.

Archanioł ruszył do przodu. Widział, jak przeciwnik szykuje się do kolejnego ataku, ale tym razem nawet nie próbował go przewidzieć. Podczas całej tej walki stanowczo za dużo myślał.

Nie czekał ani chwili dłużej, tylko spiął się i skoczył... w górę. Machnął rozpostartymi skrzydłami, wzbijając wokół tumany kurzu.

Syn Odyna zmrużył oczy i instynktownie cisnął młotem w stronę Michała. Jego jednak już tam nie było, bo błyskawicznie złożył skrzydła, runął na ziemię i gdy świetlisty obuch zawracał w powietrzu, zaatakował. Płonące ostrze pomknęło od dołu, by zanurzyć się w nie dość osłoniętej pachwinie olbrzyma. Thor ryknął z bólu i stracił równowagę. Jego własna broń, która właśnie w tym momencie wpadła mu do ręki, przeciążyła go ostatecznie. Bóg piorunów runął na ziemię. Archanioł doskoczył, przydeptał rękę trzymającą młot i wbił ostrze w szyję boga piorunów.

Następnie cofnął się i spokojnie zaczekał, aż ciałem przeciwnika przestaną wstrząsać konwulsje. Dopiero wtedy wkroczył do Walhalli.

W rogu sali czekała już na niego Sygin. Niewiasta skłoniła się lekko, wyciągając przed siebie ręce, w których trzymała napierśnik Odyna.

– Witaj, panie – powiedziała.

Michał odpowiedział oszczędnym żołnierskim ukłonem i rozejrzał się po komnacie. Podobało mu się to surowe, ale niepozbawione wdzięku wnętrze, te stojaki na broń, teraz przewrócone, ale jeszcze niedawno pełne mieczy i toporów prezentujących się dumnie niczym najwspanialsze ozdoby. No i, rzecz jasna, tron władcy ze stojącą obok włócznią – symbolem władzy.

Chowając miecz, podszedł do tronu. Chwycił włócznię i zakręcił nią nad głową. Wycelował w jeden z zastygłych w suficie wodorostów, wziął zamach, po czym… opuścił broń. Złapał ją oburącz i złamał na kolanie.

– Chcę zobaczyć ciało – zażądał.

Sygin rzuciła napierśnik na ziemię i bez słowa ruszyła ku drzwiom prowadzącym do dalszych komnat. Michał poszedł za nią.

Dobrą chwilę trwało, zanim stojący u wrót aniołowie przemogli się i wkroczyli do środka. Najpierw było to tylko dwóch czy trzech śmiałków, lecz wkrótce cała sala wypełniła się skrzydlatymi. Po sufit.

– Co ci za to obiecano? – zapytał Michał. Podniósł się znad zwłok i spojrzał Sygin prosto w oczy. Dziewczyna nie opuściła wzroku.

– Wolność i życie – odparła. – Dla mnie i mojego męża.

Archanioł skrzywił się z pogardą.

– Gdzież jest ten, który potrzebuje pomocy niewiasty, by zdobyć wolność? Czyżby kaleka?

– W pewnym sensie, panie – odparła. – Ostatnie stulecia spędził przywiązany do skały. Ale może miast opowiadać historię mego życia, pójdziemy umożliwić ci wypełnienie twojej części umowy?

Michał uważniej przyjrzał się bogini.

– Czy twój mąż mówił ci kiedyś, że jesteś niezwykła? – zapytał, ruszając do wyjścia.

Sygin się uśmiechnęła.

– Po kilka razy dziennie. Ale to Kłamca. Prawdziwy kowal kłamstw, jeśli idzie o ścisłość.

Głęboko w podziemiach Walhalli leżał nagi mężczyzna. Tkwił w bezruchu przywiązany do skały ścięgnami, żyłami i splecionymi w liny kawałkami skóry. Nad jego głową wisiał kielich przymocowany do wygiętego w pałąk kija. Co jakiś czas wpadały do niego krople jadu leżącego na skale węża.

Twarz mężczyzny, mimo iż w wielu miejscach wypalona i poznaczona zielonkawymi ranami, wykrzywiona była w szyderczym uśmiechu.

– A opowiadałem już – zapytał – jak pewnego razu byłem z kumplami w Egipcie? Idziemy sobie brzegiem Nilu i nagle jeden mówi do mnie: „Patrz, jaki fajny wąż”. Zacząłem się rozglądać, a on na to: „Stoisz mu na głowie, idioto”. Rzeczywiście stałem, i do tego depnąłem tak niefortunnie, że biedakowi wylazły ślepia. Oczywiście wzięliśmy go ze sobą. Smakował jak kurczak, a pasek z jego skóry pewnie do dzisiaj leży gdzieś w szafie.

Wąż syknął i dwie krople wpadły do kielicha jedna po drugiej. Mężczyzna zarechotał.

– Jak chcesz, to opiszę ci dokładnie, jak wyglądał – zaproponował. – Może to jakaś twoja rodzina. Nie chcesz? No to nie.

– A opowiadałem ci – odezwał się ponownie po kilku chwilach ciszy – jak to podobno ten kretyn Herkules udusił dwa węże w kołysce? Aegir mi opowiadał. Mówił, że był wtedy w tamtej okolicy. Czujesz? Niemowlak. Tamci dwaj zaczaili się na dzieciaka, a tu figa! Wiesz, co to jest figa, pełzaczu? A może wiesz, co to gówno? Wpełzłeś kiedyś w jakieś?

Rozległ się kolejny syk i dwie następne krople wpadły z pluskiem do kielicha. Rechot mężczyzny przeszedł w głośny śmiech, który wypełnił całą jaskinię.

– Co mu tak wesoło? – zapytał Michał, wkraczając na schody wiodące do podziemi.

Sygin wzruszyła ramionami.

– Zawsze był taki. Jak chce, potrafi być strasznie denerwujący.

– A potrafi inaczej?

Kolejne wzruszenie ramion. Ruszyli w dół, bogini jednak zatrzymała się gwałtownie już po kilku stopniach.

– Właśnie sobie przypomniałam, że zapomnieliśmy o czymś ważnym. Jego więzy są wzmocnione klątwą i… Poczekaj tu, zaraz wrócę.

Podciągając suknię do pół łydki, wbiegła na górę i zniknęła za rogiem. Michał wydobył miecz, rozpalił głownię i używając broni jako pochodni, począł schodzić niżej.

Po pokonaniu blisko trzech setek schodów znalazł się przed ogromnymi dębowymi wrotami podobnymi nieco do bramy Walhalli. Lewe skrzydło było uchylone.

Archanioł zgasił ostrze miecza i delikatnie pchnął drzwi, mając nadzieję, że stare zawiasy nie zaskrzypią. Po cichu wśliznął się do wnętrza oświetlonego dziwną błękitną poświatą i omiótł je wzrokiem, przywierając plecami do ściany.

Stał w jaskini wielkiej jak sala tronowa Pana, gdzie kiedyś z rąk Metatrona otrzymał władzę nad zastępami. Archanioł był jednak pewien, że to pomieszczenie nie było dziełem boskiej ukierunkowanej mocy, lecz puszczonej samopas natury, mimo iż brakowało w nim stalaktytów i stalagmitów sterczących ze sklepienia i podłoża groty niczym kły bestii, a ścian nie drążyły podziemne strumienie. Komnata sprawiała wrażenie rzeźbionej wiatrem, potworną wichurą, która nieopatrznie wpadła pod ziemię i nie mogąc uciec, szarpała się w swym więzieniu przez stulecia. Może nawet milenia.

Na środku jaskini wznosiła się skała. Przywiązany do niej mężczyzna o potwornie zdeformowanej twarzy gadał do siebie i co jakiś czas wybuchał ochrypłym śmiechem. Spętany, oszpecony i irytujący – idealnie pasujący do opisu. Upewniwszy się więc, że nie musi się już skradać, archanioł ponownie rozpalił miecz i pewnie ruszył do przodu.

– Czy mam do czynienia z mężem Sygin? – zapytał, gdy ucichł kolejny wybuch śmiechu. Od skały dzieliły go raptem dwa kroki.

Przykuty odwrócił głowę i spojrzał Michałowi w oczy. Z bliska jego przeżarta jadem twarz wyglądała jeszcze koszmarniej.

– To zależy, kto pyta – odparł. – I jak jest szybki.

Archanioł w pierwszej chwili nie zrozumiał, ale nagle zauważył ruch. Zareagował instynktownie, odchylając się do tyłu. Tuż przed nim śmignął z sykiem wężowy łeb. Michał błyskawicznie wyciągnął rękę i złapał gada tuż za głową. Szarpnął.

– To było dobre, padalcu – wycedził, zbliżając trójkątny łeb do własnej twarzy i spoglądając w zimnokrwiste oczy. Jad kapał z jadowych zębów bestii i skwierczał, roztapiając ornamenty na bransolecie archanioła. – Nie dość dobre, ale niezłe. Teraz jednak czas, byś przypomniał sobie słowa Pana.

Uniósł miecz.

– Ponieważ to uczyniłeś, bądź przeklęty wśród wszystkich zwierząt domowych i polnych; na brzuchu będziesz się czołgał i proch będziesz jadł po wszystkie dni twego istnienia. Taka jest wola Pana.

Przysunął ostrze do pyska. Zaskwierczało. Wąż wił się przez chwilę, próbował nawet przyciągnąć swoje zwaliste cielsko i owinąć je wokół archanioła, jednak z każdą chwilą tracił siły, a uścisk wodza zastępów nie zelżał ani na moment. Wręcz przeciwnie.

Gdy było już po wszystkim, Michał odrzucił ścierwo na bok. Płonący tatuaż na jego twarzy przygasł.

– Na czym to stanęliśmy? – zapytał przykutego do skały mężczyznę.

Więzień nerwowo oblizał spieczone wargi. Z rany na jego czole pociekł zielonożółty śluz.

– Przedstawiłem ci się jako Loki, mąż Sygin, i obiecałem, że nigdy z tobą nie zadrę. Czy to dobra odpowiedź?

Twarz archanioła wykrzywił uśmiech. Zamachnął się i uderzył mieczem w splecioną z żył linę krępującą prawą rękę Lokiego. Podobnie uczynił z resztą więzów.

Uwolniony niepewnie poruszył najpierw dłonią, później ramieniem, stopą… Zaskoczony sprawnością zastałych mięśni, szarpnął się, wybił, zrobił w powietrzu salto i po chwili stał już pewnie na własnych nogach. Podbiegł do ściany jaskini, dotknął jej, przykucnął. Każdemu ruchowi towarzyszyła ogromna, nietłumiona radość. Dopiero gdy przypadkowo przejechał ręką po twarzy, skrzywił się z niesmakiem. Spojrzał na swego wybawcę.

– Nie wygląda to dobrze, co? – zapytał.

Michał wzruszył ramionami.

– Wyżyjesz.

Loki przykucnął z twarzą ukrytą w dłoniach. Wyglądał, jakby płakał. Trwało to dłuższą chwilę i wódz zamierzał już podejść i klepnąć go w ramię, gdy nagle tamten wstał, odsłaniając odmienione oblicze, na którym nie było śladu blizn ani nawet drobnych krost. Okryła je równo przystrzyżona blond broda, zaś nos, do tej pory bulwiasty, zmienił się w prosty i wąski, charakterystyczny dla ludów Północy.

Na oczach archanioła odrastały przerzedzone włosy niedawnego więźnia, a osiągnąwszy odpowiednią długość, same zaplotły się w warkocz. Ponadto na nagim dotąd ciele Loki miał już skórzane spodnie i białą płócienną koszulę.

Rozłożył ręce niczym akrobata po udanym występie.

– A jak teraz? – zapytał.

Michał ponownie wzruszył ramionami.

– Dla mnie nie ma różnicy. A teraz chodźmy, twoja żona pewnie już na nas czeka.

Brodaty blondyn posłusznie ruszył ku wyjściu.

– Właśnie się zastanawiałem – rzucił naraz lekkim tonem – dlaczego po mnie nie przyszła.

– Mówiła coś o jakichś więzach wzmocnionych klątwą i czymś, co jest potrzebne, by… Ej, dokąd biegniesz?!

Ale Loki już go nie słuchał. Dopadł wrót i klnąc straszliwie, pognał schodami ku górze.

– Jak to się stało, Gabrielu? – zapytał Michał, gdy tylko udało mu się dopchać do odzianego w czerń towarzysza. Nie było to łatwe. Zaaferowany tłum aniołów na nic nie zwracał uwagi. Nawet na swego wodza.

– Nie było mnie przy tym – odparł czarnowłosy posłaniec śmierci. – Według świadków, podbiegła do młota Thora i chciała go podnieść. Wtedy nastąpiło wyładowanie. Rozniosło w pył przeszło dwa tuziny naszych, a ona upadła. Nie jest martwa, ale… cóż, żywa też nie bardzo.

Michał odepchnął anioła zasłaniającego mu widok i przyjrzał się leżącej na ziemi Sygin. Była nieprzytomna. Tuż przy niej kucnął Loki, trzymając w dłoniach jej dłoń. Szeptał coś cicho. Nie płakał, ale widać było, że cierpi.

Wódz zastępów pokręcił głową.

– Wydobrzeje? – ponownie zwrócił się do Gabriela.

– Kto wie, miała wiele szczęścia. Jest żywa i w jednym, nietlącym się kawałku. Może ktoś nad nią czuwa.

Z wnętrza Walhalli oddział zwalistych gwardzistów Michała wyprowadził grupę mieszkańców zamku. Na ich czele szły dwa stwory w zbrojach pałacowych strażników. Pomimo iż jeden z nich był olbrzymem, a drugi karłem, łączyło je zadziwiające podobieństwo. Zupełnie jakby takie same głowy zamocowano na skrajnie różnych ciałach.

Dostrzegłszy w tłumie wodza, prowadzący więźniów zatrzymali się.

– Co z nimi, panie? – zapytał jeden z nich.

Michał raz jeszcze spojrzał na Lokiego i Sygin.

– Zadbaj o nią, Gabrielu – szepnął. – O niego również. Zasłużyła, byśmy dotrzymali obietnicy.

Z całej siły wybił się w górę i tuż ponad anielskimi głowami rozłożył skrzydła. Zatrzepotał nimi, łapiąc równowagę.

– Zabijcie wszystkich – rozkazał. – A zamek spalcie do fundamentów. Jego czas minął.

Po młocie Thora przebiegła niewielka błyskawica. Z obucha ześliznęła się na trzonek i dotknąwszy ziemi, zniknęła w pyle.

Armia była gotowa do wymarszu. Gdzieniegdzie stały jeszcze rozbite namioty, ale większość aniołów niecierpliwie wyczekiwała już tylko rozkazu opuszczenia obozu.

Gabriel i Michał stali na skalistym wzgórzu wpatrzeni w zgliszcza Walhalli. Płonęła ponad tydzień jasnym, zielonkawym ogniem i zdawało się, że nigdy nie zgaśnie. Teraz była już tylko kupką popiołu i stertą rozrzuconych w nieładzie kamieni.

– Mówisz, że kim jest? – zapytał Gabriel.

– Kłamcą – raz jeszcze powtórzył Michał. – Bogiem kłamstwa. A oprócz tego adoptowanym synem Odyna i znakomitym kowalem. No i zapowiedzią ich wersji Apokalipsy. Jej sprawcą, jeśli idzie o ścisłość.

Gabriel pokiwał głową.

– Słyszałem, co to Ragnarok. Mów dalej.

– Skazany za liczne przestępstwa – kontynuował swój wywód wódz zastępów – w tym za pośrednie zabicie boskiego syna Baldra, został przywiązany do skały wnętrznościami własnego syna i... A właściwie to resztę już znasz.

– Znam, tylko nadal nie rozumiem, dlaczego mi o tym opowiadasz. I czemu on cię tak interesuje.

Michał wzruszył ramionami.

– To proste. Miałem nadzieję, że pomożesz mi znaleźć coś, co mogłoby go przekonać, żeby pracował dla nas. Teraz, kiedy już nie ma nawet cienia szansy, że jego żona się ocknie.

Anioł śmierci nie próbował nawet kryć zaskoczenia.

– A po co ci on? – zapytał. – Skoro tak bardzo chcesz dotrzymać obietnicy, to puść go wolno. Sam jeden nie stanowi zagrożenia, a poza tym możemy go mieć na oku. Nie widzę sensu, dlaczego ma się za nami ciągnąć.

Wódz przejechał ręką po tatuażu, jak zawsze, gdy intensywnie się nad czymś zastanawiał.

– Nie o to chodzi. Myślałem raczej, że mógłby być powiewem świeżości w naszych szeregach – wyjaśnił. – Od lat stosujemy te same metody, a naszych agentów da się wyczuć z daleka. Potrzebujemy kogoś, kto będzie z nami, ale nie jednym z nas. Kogoś, kogo nie krępuje Prawo. Kto może kłamać i oszukiwać dla dobra sprawy. Naszej sprawy.

Zaskoczenie na twarzy Gabriela ustąpiło miejsca oburzeniu.

– Jak możesz tak myśleć? Mamy przecież zasady!

Michał przykucnął i podniósł z ziemi patyk. Nabazgrał na piasku chrześcijańską rybę, a po namyśle dorysował jej płetwę grzbietową jak u rekina. Przyglądał się jej przez chwilę, po czym powiedział:

– I rzekł Pan: „Kto z was jest bez grzechu, niech pierwszy rzuci kamień". – Podniósł głowę i jak zwykle bez lęku spojrzał w oczy anioła śmierci. – Czy to aby nie ty przekonywałeś mnie do tej historyjki o oku Odyna?

Gabriel chciał odpowiedzieć, ale wódz zastępów nie dał mu dojść do głosu.

– Trwa wojna, bracie, i jedyne, czego musimy pilnować, to tego, by jej nie przegrać – stwierdził. Wstał i położył rękę na ramieniu towarzysza. – Wiem, jak ważne są zasady. To dlatego żaden szeregowy anioł nie jest zdolny do kłamstwa. Ale nawet gdyby był, gdy zaczniemy sami używać tego narzędzia, nie będziemy różnili się niczym od Lucyfera i jego popleczników. Ale, jak miałeś okazję się przekonać, czasem kłamstwo to jedyna droga. Dlatego właśnie potrzebujemy Lokiego. I dlatego muszę znaleźć na niego sposób.

Gabriel strącił rękę Michała, minął go i stanął na krawędzi skały. Na dole skrzydlata armia, teraz wielkości mrówek, uwijała się jak w ukropie, składając ostatnie z machin oblężniczych. Było niemal pewne, że w takim tempie zdążą przed zmierzchem.

Podrapał się po głowie.

– Myślisz, że możemy mu zaufać? – zapytał, odwracając się.

Pooraną bliznami twarz wodza wykrzywił okrutny uśmiech.

– A kto tu mówi o zaufaniu, bracie?

Loki powoli zaczynał nienawidzić swojego obozowego przewodnika. Nie dość, że ów barczysty cherubin o twarzy dziecka nie odstępował go na krok, to jeszcze ani na chwilę nie przestawał gadać. Poruszył już chyba wszelkie możliwe tematy od kształtu chmur po leczenie gangreny. Obecnie był na etapie przedstawiania anielskiej hierarchii.

– I tak, podczas gdy Pan przemierza inne światy – tłumaczył pełen zaaferowania – najwyższą władzę pełnią Trony i Zwierzchności. Podobno mają po siedem i więcej par skrzydeł, i wszyscy mówią jednym głosem, ale kontakt z nimi ma tylko archanioł Rafael, a on nigdy się nie odzywa, więc pewności nie ma. Tak naprawdę rządzą archaniołowie. Ich już poznałeś. To serafiny, czyli sześcioskrzydli. Jest ich tylko trzech. Kiedyś było czterech, ale…

Loki przystanął i udał, że wyciąga coś z buta. W rzeczywistości z utęsknieniem zerknął w stronę żołnierzy siedzących wokół stołu zrobionego z kilku złożonych razem skrzynek. Ci aniołowie nie gadali o bzdurach, tylko grali w karty, śmiejąc się i popijając coś z metalowych kubków.

Cherubin kontynuował:

– Właściwie to nie do końca wiadomo, jak to było z tym Lucyferem, ale skoro zburzył spokój samego Pana, to musiał naprawdę zrobić coś złego. Bez obrazy, ale moim zdaniem, to miał coś wspólnego z powstaniem całej tej pogańskiej hałastry. Tych wszystkich bogów i…

Kłamca podniósł się z klęczek i nie odrywając oczu od karciarzy, zapytał:

– Dlaczego oni grają o pióra?

Przewodnik wzruszył ramionami.

– To jedyne, co przedstawia jakąś wartość. Nie dostają żołdu ani nic innego. Jedzenia mają pod dostatkiem, a inne potrzeby zaspokaja im śpiew chórów, naszej najniższej kasty. Właściwie to…

Loki uciszył go gestem ręki. Nie miał ochoty słuchać o kastach i podziałach, zwłaszcza gdy rodziła się okazja, by coś zarobić.

– Jaką wartość mają pióra?

Cherubin wahał się przez chwilę, ale w końcu machnął ręką i zaczął tłumaczyć. Każde kolejne zdanie sprawiało, że poszerzał się uśmiech na twarzy Lokiego.

Z oddali dobiegł ich dźwięk trąb ogłaszający wymarsz pierwszych zastępów.

Strażnik wkroczył do namiotu wodza.

– Przybył odmieniec – zameldował. – Prosi, by go przyjąć. Mówi, że to pilne i że będziesz wiedział, panie, o co chodzi.

Michał odłożył pudełko z figurkami na stos jemu podobnych. Cała reszta skromnego wyposażenia namiotu wodza już została wywieziona.

– Wpuść go – polecił archanioł.

Wartownik zasalutował i zniknął, a chwilę później wszedł Loki.

– Przychodzę z odpowiedzią – rzekł od progu. – Jeśli propozycja jest aktualna, mogę pracować w zamian za waszą puchatą walutę.

Archanioł uśmiechnął się i wyciągnął zza pazuchy zaklejoną kopertę. Podał ją gościowi.

– Od dziś masz się do mnie zwracać „wodzu". A oto twoje pierwsze zadanie.

TERAZ...

SAMOBÓJCA

PRAGA

Bohuslav Chrasticky wszedł do mieszkania i starannie zamknął za sobą drzwi. Oparł o ścianę wysłużoną aktówkę, zdjął buty i kurtkę, włożył kapcie.

– Więc to już – wyszeptał do pustych ścian. – Czas najwyższy.

Stał przez chwilę w wąskim przedpokoju, karmiąc oczy każdym krzywo przyklejonym kawałkiem tapety, każdym uwypukleniem czy wgłębieniem ścian i wszystkimi innymi drobiazgami, z którymi nie zdążył się pomysłowo rozprawić. Prawie było mu żal. Prawie.

„To draństwo może się rozwijać w tobie latami", przypomniał sobie słowa Horáčka. „Ale jak już pojawią się pierwsze widoczne oznaki, to pójdzie lawinowo".

Nie miał podstaw, by nie wierzyć przyjacielowi. Ufał mu, znał go jeszcze z dawnych czasów akademii, kiedy to obaj zapowiadali się na dobrych fachowców. Szli wtedy łeb w łeb, ale Horáček nie miał rodziców wywrotowców, za to całkiem solidne znajomości. I to on został lekarzem.

Pierwsze oznaki… Dziś rano Chrasticky omal się nie zadławił krwią. Lawina ruszyła.

Westchnął i podniósłszy walizeczkę, wszedł do salonu. Tak nazywał ten średniej wielkości, za to znakomicie nasłoneczniony pokój. On też nie był pozbawiony wad, podobnie jak reszta mieszkania, tu jednak nie rzucały się w oczy. Przez lata pracował nad tym, by skrzętnie je zatuszować: a to ciekawą półeczką, a to imitacją chińskiej wazy czy wielkim kwietnikiem. Jak sam niejednokrotnie twierdził, mieszkanie w bloku daje niesamowite możliwości rozwoju wyobraźni.

Chrasticky usiadł w fotelu i zerknął z ukosa na wiszący nad oknem karnisz. Szczerze wątpił, by przedmiot podołał nowemu zadaniu. Nie zrażając się jednak przedwcześnie, otworzył aktówkę i wyjął z niej niewielkich rozmiarów książeczkę. Przewertował pożółkłe strony. To, czego szukał, było na dwudziestej. Węzeł mistrzowski. Stryczek.

Kolejny raz sięgnął do walizeczki i wyciągnął z niej dwa metry linki alpinistycznej. Przez chwilę ważył ją w rękach, po czym, podążając za wskazówkami zawartymi w książce, zabrał się do pracy.

Mimo pozornej prostoty zadania wykonanie pełnych trzynastu splotów zajęło mu dobre półtorej godziny. Ale było warto. Takiego stryczka nie powstydziłby się profesjonalny kat z czasów Franciszka Józefa. Zadowolony z siebie Chrasticky wziął stołek i podszedł do okna. Stanął na krześle i starannie przywiązał wolny koniec liny do karnisza. Szarpnął kilka razy. Trzymało.

Zszedł z krzesła i przez chwilę przyglądał się swemu dziełu. Zachodzące za oknem słońce zabarwiło pętlę krwistą czerwienią. I wtem przed oczami stanęły mu te wszystkie dyndające ciała, które jako sanitariusz odcinał przez ostatnie dziesięć lat. Przypomniał mu się potworny smród, jaki im towarzyszył. Odór niekontrolowanych wypróżnień. Prawie biegiem pognał do toalety.

Wrócił po dłuższej chwili, wycierając ręce w jednorazowy ręcznik. Włożył mokry papier do kieszeni, ostatni raz odwrócił się od okna, by spojrzeć na swój przytulnie urządzony salonik i… znieruchomiał. W fotelu siedział szczupły, elegancko ubrany, długowłosy blondyn z kieliszkiem czerwonego wina w prawej dłoni. Jego mina wyrażała ogromne znużenie.

– Co pan tu robi?! – wrzasnął oburzony gospodarz. – Jak pan tu wszedł?!

Nieznajomy zmrużył oczy i syknął, przykładając wolną dłoń do skroni.

– Nie wrzeszcz tak – poprosił. – I właściwie co to dla ciebie za różnica? Zamierzasz się przecież zabić.

Trafność spostrzeżenia była niepodważalna. Mimo to Chrasticky zaprotestował:

– Pan narusza moją prywatność! Proszę stąd natychmiast wyjść albo zaraz zadzwonię na policję.

Przybysz westchnął ciężko.

– Ciekaw jestem, co im powiesz. „Przepraszam, panie władzo, ale przyszedł do mnie jakiś facet i nie pozwala mi się powiesić?"

Gospodarz zwiesił głowę na znak kapitulacji.

– Bardzo pana proszę, niech pan wyjdzie. Czuję się trochę niezręcznie.

– I słusznie – stwierdził obcy. Upił łyk wina i kantem dłoni otarł wąsy. – Bardzo słusznie. Przez twoje głupie pomysły musiałem dziś wstać naprawdę cholernie wcześnie i tłuc się przez całe to pieprzone miasto do tej podłej, szarej dzielnicy. I to właśnie dziś, kiedy w końcu udało mi się z trudem wywalczyć parę dni wolnego.

– Jak to? – nie zrozumiał Chrasticky.

Nieznajomy machnął ręką.

– Nieważne – westchnął ponownie. – Mam obowiązek poinformować cię, że to, co zamierzasz zrobić, nie podoba się Niebu.

– Ale... Ja nie wierzę w Boga.

– A kto tu mówi o Bogu? – Przybysz wywrócił oczami, pokazując, jak bardzo lubi prowadzić takie rozmowy. – Wyrażam tylko opinię Nieba. Jako ogółu.

– W niebo też nie wierzę – zaparł się gospodarz.

– Jakoś nieszczególnie przeszkadza mu to istnieć. Czego dowodem jest moja tutaj obecność.

Na twarzy Chrastickiego zagościło bezbrzeżne zdumienie.

– Jesteś... aniołem?

– Pewnie – zakpił nieznajomy – tylko skrzydła zostawiłem w przedpokoju, żeby nie nabłocić.

– Nie rozumiem – powiedział zgodnie z prawdą niedoszły samobójca.

Dopiero teraz, gdy minęło pierwsze zaskoczenie, dostrzegł, w jak kiepskim stanie jest jego gość. Owszem, na pierwszy rzut oka wyglądał całkiem nieźle, ale Chrasticky, który każdego dnia musiał patrzeć na umęczone kacem twarze alkoholików, nie dał się zwieść. Stan przybysza był gorszy niż doktora Puchty po piątkowej partyjce szachów, gdzie rolę pionków pełniły zazwyczaj literatki czystej. Z całą pewnością ciągnął ostatkiem sił.

Głośne westchnienie i mina nieznajomego potwierdzały te przypuszczenia. Widać było, że wcale nie ma ochoty niczego objaśniać, lecz mimo to zaczął. Mówił powoli, jakby tłumaczył coś dziecku. Albo idiocie.

– Samobójstwo jest uznawane za jedyny grzech niewybaczalny. Ci, którzy się na nie zdecydowali, z miejsca zasilają armię Lucyfera. A to, z jasnych przyczyn, nie podoba się Niebu.

Jestem tu po to, by zapobiegać takim sytuacjom. Loki, gość od brudnej roboty. To właśnie ja... Nie musisz klaskać.

Chrasticky milczał, walcząc z natłokiem myśli. W końcu potrząsnął głową.

– W piekło też nie wierzę – powiedział.

– Wszyscy mówicie to samo – odparł zniecierpliwiony Loki. Z cierpiętniczą miną podniósł się z fotela. – Niemal dokładnie, słowo w słowo. Aż się czasem rzygać chce. Zdziwiłbym się, gdybyś powiedział coś innego. Ale oczywiście to i tak niczego by nie zmieniło.

W jego lewej dłoni znikąd pojawił się pistolet z tłumikiem. Strzelił dwa razy, w głowę i pierś. Chrasticky zachwiał się i poleciał na plecy.

Loki niespiesznie dopił wino, kieliszek odstawił na stół, ale po chwili namysłu zdecydował się go przewrócić. „Dla dramatyzmu", pomyślał. Wstał i ruszył ku wyjściu, po drodze chowając broń.

Gdy był już na parkingu, wyciągnął przed siebie rękę. Białe pióro zawirowało tuż przed jego twarzą i wylądowało dokładnie na dłoni.

KREW BARANKA

EGIPT
CZAS PANOWANIA RAMZESA II

Pomiędzy glinianymi domostwami zalegała mgła. W kraju walczącym o każdą kroplę wody, w którym wystarczyło oddalić się ledwie kilkanaście kroków od Nilu, by poczuć między zębami suchy piach pustyni, było to nad wyraz niepokojące.

Wielu zastanawiało się, czy to nie bogini wilgoci Tefnut, która zstąpiła na ziemię, pragnąc uczcić swe zaślubiny z Szu, panem powietrza.

„A może wcale nie ona", szeptali inni, „tylko Horus, szalony syn Ozyrysa, dawnego pana Nilu. Sokoli bóg, opętany przez ojca pragnącego odzyskać swą dawną domenę, obudził rzekę i wzniósł ją pod niebo".

Niespotykane zjawisko wzbudzało lęk, ale nocne dziwy wcale się na tym nie skończyły.

Cisza. Oprócz mgły to ona właśnie przerażała najbardziej. Z żadnej chaty, z żadnego obejścia, nieważne, czy egipskiego czy hebrajskiego, nie dobiegał nawet najcichszy szelest. Nie szemrały zawieszone u wejść talizmany ani wiatr nie poruszał kotar. Nie postękiwali schorowani starcy, nie chrapali zmęczeni pracą młodzi. Nawet bydło, w uboższych zagrodach zwykle od zmroku do świtu ryczące z głodu, tej nocy bało się poruszyć, by nie zaszeleściła rozsypana na ziemi wyściółka.

Nagle, nie wiadomo skąd, na niebie zaczęły pojawiać się chmury. Wyglądało to, jakby bogini Nut po kolei gasiła gwiazdy, a zdmuchnięte przez nią płomyki zmieniały się w błyskawicznie rosnące obłoki smolistego dymu. Już po chwili całe niebo wypełnione było czarnym oparem. I wtedy właśnie pojawił się on.

Gdyby w inną noc lub inny dzień dostrzegł go któryś z hebrajskich niewolników, pewnie uznałby, że to nowy szaleniec pokroju Mojżesza. Podobnie jak tamten szedł bowiem boso, wspierając się na sękatym kosturze, odziany w zgrzebną szatę z kapturem. Przez ramię miał przewieszoną pasterską torbę. Był, co prawda, dużo większy niż prorok, ale czy każdy szaleniec musi być wychudzonym pustelnikiem?

Jednak to nie wszystko. Lewa część twarzy wędrowca… płonęła. Pomarańczowe języki ognia wychylały się raz po raz, szarpiąc drapieżnie materiał kaptura. Czasem obejmowały nagle całą twarz, innym razem znikały niemal całkowicie, pozostawiając jedynie dwa maleńkie ogniki w przymrużonych oczach.

Poza tym miał skrzydła, i to aż sześć. Były jednak prawie niewidoczne, tak delikatne, że drżąc, wyglądały jak podążające za mężczyzną kłęby mgły.

Nagle wędrowiec przystanął. Energicznym ruchem odrzucił kostur, pochylił się i nabrał w dłoń piasku. Zbliżył go do twarzy. Egipska ziemia pachniała nieprzelaną jeszcze krwią, niespełnionym przerażeniem. Bezsensownym uporem i złowrogą obietnicą. Był na miejscu.

– I powiedział Pan – wyszeptał, podnosząc się. – „Wszystko pierworodne Egiptu, od pierworodnego syna faraona, który siedzi na swym tronie, aż do pierworodnego tego, który był zamknięty w więzieniu…"

Wzniósł głowę ku niebu.

– Na pewno tego właśnie chcemy? – zapytał. Nie czekając na odpowiedź, uniósł ręce i wyrecytował formułę.

W jednej chwili zniknęła gdzieś zgrzebna szata, a skrzydła stały się dobrze widoczne jak u ptaka. Wędrowiec stał nago na środku drogi i wyglądał jak opiewany w greckich pieśniach młody bóg. W jego ręce znikąd pojawił się miecz. Mężczyzna przyjrzał mu się krytycznie, po czym odrzucił na ziemię obok kostura.

– Nie tym razem, przyjacielu – wyszeptał, krzywiąc się w uśmiechu. Przewiesił przez ramię swą podróżną torbę. – Ale nie martw się, wrócę po ciebie. Jeszcze mi się przydasz.

Trupio blady księżyc przełamał opór chmur i na krótki moment oświetlił miasto. Gdy na powrót zniknął, na drodze pozostał tylko miecz i kostur.

Zwolnił uścisk, ale nie puścił szyi chłopca, dopóki nie upewnił się, że ten nie żyje. Już kilka domów wcześniej odkrył ze zdumieniem, że jeśli dusza tylko wychyli swój zdziwiony łeb, to jest jeszcze zdolna wrócić. Więc on też musiał wracać i poprawiać. Teraz czekał już cierpliwie, aż dusza wylezie cała, po czym odsyłał ją, skąd przyszła. O ileż łatwiejsze byłoby to wszystko, gdyby mógł podzielić się robotą ze swoimi najwierniejszymi. O ileż szybciej by się z tym uporali. Niestety, to zadanie mógł wykonać on i tylko on. Resztę mogłoby to skalać po kres czasu.

– No dalej, pierworodna cholero – wycedził, wciskając kciuk w krtań dziecka. – Nie mam całej nocy.

W końcu się wyłoniła. Jak wszystkie w tej części świata miała niebieską poświatę, barwę zmarnowanej okazji. Tak wyglądały dusze tych, którzy mieli sposobność poznać Pana, ale z niej nie skorzystali. Potępieńcy inaczej.

Dusza rozejrzała się niepewnie po izbie. Zobaczywszy anioła nad łóżkiem, wydała z siebie ciche westchnienie i... zniknęła.

Odsunął się od zwłok i po cichu ruszył ku wyjściu. Zanim zniknął za kotarą, pogładził jeszcze po twarzy śpiącą obok rodziców maleńką siostrę chłopca. Ssała kciuk, śniąc o skrzydlatych postaciach czuwających nad jej snem.

POŁUDNIOWA HISZPANIA WSPÓŁCZEŚNIE

Limuzyna zatrzymała się przed hotelem. Ubrany w czerwony uniform odźwierny wyprężył się jak struna i już ruszał otworzyć drzwi, gdy nagle ktoś złapał go za ramię.

– Przecież mówiłem ci, Miguel – rozległ się cichy szept portiera Alberta – im masz nie otwierać. No, chyba że chcesz, by cię podziurawiły pingwiny.

Miguel nie chciał. Był tego pewien od chwili, gdy pierwsze z nich, uzbrojone w karabiny maszynowe przewieszone na paskach, pojawiły się na terenie hotelu. Pingwiny, czyli agenci ochrony, nazwani tak przez Alberta z powodu ich ubioru: czarnych marynarek na białych T-shirtach. Zdaniem Miguela nie była to dobra nazwa, brzmiała mało oryginalnie, nieświeżo. Zupełnie jak oddech portiera.

Poza tym co to za pingwiny, skoro wszyscy pochodzili z Egipskiej Agencji Ochrony „Sfinks"? Już bardziej pasowałyby ibisy, one przynajmniej żyły w Egipcie. Nie było wątpliwości. Stary Albert kretyniał coraz bardziej.

Mimo to Miguel postanowił go posłuchać i nie ruszył się z miejsca, choć stojąca na podjeździe limuzyna drażniła go jak uparta myśl o niewyłączonym żelazku. Aż się skręcał, by wsiąść i przejechać choćby te kilkanaście metrów na parking.

Siedzący w samochodzie chłopiec, ubrany w idealnie skrojony garnitur i przepasany czerwono-białą szarfą, też nie wyglądał na zadowolonego.

– Tato, naprawdę nie widzę sensu mojej obecności tutaj – powiedział już chyba po raz dziesiąty tego dnia.

Siedzący naprzeciwko mężczyzna, ubrany niemal identycznie, przejechał ręką po czole.

– Mówiłem ci już, że jako mój syn powinieneś pokazywać się na jak największej ilości podobnych wydarzeń. Tytuł książęcy zobowiązuje do...

– Wiem, wiem – wszedł mu w zdanie chłopiec. – Rzeczywiście, już to mówiłeś. I nawet się z tobą zgodziłem, pamiętasz? Tyle że to wydarzenie to kuriozum, ojcze. Pożywka dla gazetowych i telewizyjnych sępów. Mógłbym być gdzieś, gdzie moja obecność na coś by się przydała, a tymczasem... Nadal nie widzę sensu organizowania szczytu dla młodych następców tronu. O czym mamy rozmawiać? O gospodarce?

– Młody człowieku, przerwałeś mi – odezwał się oburzony ojciec, odczekawszy jednak, aż syn skończy mówić. Jednak młody książę kontynuował grzecznym, choć stanowczym tonem:

– Nie licząc tego z Anglii, będę tu najstarszy. A mam dopiero trzynaście lat. Skazujesz mnie na niemal tydzień w towarzystwie dzieciaków. Naprawdę nie mogę jechać z tobą na wasz szczyt?

Mężczyzna pokręcił tylko głową i wcisnął przycisk interkomu.

– Przygotujcie się – powiedział. – Książę wychodzi.

Spojrzał synowi prosto w oczy.

– I tak powinieneś się cieszyć. W średniowieczu już dawno byłbyś zaręczony. Idź i spraw, by Monako miało powody do dumy.

– Dobrze – burknął chłopiec, gramoląc się z miejsca.

„Zmienię pieluchę następcy tronu Danii. To dopiero będzie jazda", cisnęło mu się jeszcze na usta, ale tę uwagę zatrzymał już dla siebie.

Otworzono mu drzwi, wysiadł. Czterech ochroniarzy, dwóch jego prywatnych i dwóch potężnych Egipcjan, od razu zasłoniło go ze wszystkich stron. Różnili się od siebie wyłącznie karnacją i znaczkami w klapach marynarek, poza tym byli niemal identyczni, zarówno pod względem postury, jak i w ruchach, drobnych gestach. Być może szkolono ich nawet w tych samych miejscach? Młody książę dotąd nie zastanawiał się, z czego śmieją się takie draby, gdy mają wolne i zostają we własnym gronie, teraz natomiast ciekawiło go, czy po pracy również zachowywali się tak samo, czy utrzymywali kontakty ponad zawodowymi podziałami, czy mieli swoje internetowe fora? „Jeśli tak", pomyślał książę ze wstydem, „to najbliższe dni dostarczą im dowcipów na cały rok".

Wszyscy – od polityków przez media po szeregowych obywateli – wiedzieli, że całe to wydarzenie, to spotkanie przyszłych następców tronu, było zwyczajną farsą. Antyrojaliści ze wszystkich krajów, gdzie wciąż jeszcze istniała oficjalnie arystokracja i monarchia, drwili z wielkiej przechowalni potomstwa. Oto wielcy tego świata faktycznie pokazali swoją ludzką stronę. Każdy dorosły człowiek potrzebuje urwać się czasem w piątkowy wieczór, ale mało kto robi z tego tak wielkie, międzynarodowe halo.

Byli też tacy, przeważnie amerykańscy satyrycy i komicy, którzy sugerowali, że zjazd jest przykładem na stopniowe otwieranie się koronowanych głów na zasady współczesnego świata. Co prawda wciąż kojarzyli małżeństwa kilkulatków, ale teraz przynajmniej dawali im okazję wcześniej się poznać. Może nawet zbudować razem parę zamków w piaskownicy? Cokolwiek by jednak wymyślili, jak bardzo by żartowali, trudno byłoby im przeskoczyć rzeczywistość.

Większość książąt zdążyła się już zadomowić. Niemowlęta na rękach nianiek gaworzyły bądź popłakiwały z cicha. Kilku brzdąców dostępowało właśnie przyjemności przewijania na specjalnie podstawionych stoliczkach. Nieco dalej dwu-, trzy- i czterolatki pod bacznymi spojrzeniami opiekunek okupowały stojącą w holu fontannę, przemieniając ją w staw pełen gumowych kaczek i żółwi.

Grupa nieco starszych dzieci, dowodzonych przez pierworodnego cesarskiej dynastii Chin, parodiowała swych ojców, dumnie wkraczając na schody tylko po to, by zaraz zjechać po starannie wypolerowanej poręczy.

Książę Monako zatrzymał się w drzwiach. „A gdyby tak zrobić tu teraz kilka zdjęć i podesłać do któregoś z tabloidów?” – pomyślał i westchnął ciężko.

– Vincent? – rozległo się nagle gdzieś z głębi holu. Książę się rozejrzał. Machał do niego wysoki chłopak siedzący na kanapie w rogu sali. Choć obaj mieli po trzynaście lat, tamten wyglądał nawet na piętnaście. Jedyny w całej tej menażerii prezentował poziom godny księcia. Mimo to Monakijczyk wcale nie miał ochoty do niego podchodzić. Wolałby pobawić się z maluchami przy brodziku.

Siedzący na kanapie zawołał raz jeszcze i książę wiedział już doskonale, że nie może odmówić. Kiedyś wszak obaj będą udawać, że mają coś do powiedzenia, a wtedy głupio byłoby mieć wroga w Wielkiej Brytanii. Odmachał i ruszył w stronę Anglika.

– Odnieście moje rzeczy do apartamentu – polecił osobistej ochronie. – A potem jesteście wolni. Tu i tak jest więcej agentów, niż w życiu widziałem. Nic mi nie grozi.

„Z wyjątkiem śmierci z nudów przy tym angolu”, dodał w myśli. Przeszedł przez hol i stanął przy kanapie.

Książę Anglii wstał.

– Witaj, Vincent – powiedział, wyciągając rękę. – Nareszcie ktoś w normalnym wieku.

– Witaj, Edwardzie – Monakijczyk odwzajemnił uścisk. – Długo już tu jesteś?

– Nieszczególnie. Ale wystarczająco, by padać z nudów. Pociesza mnie tylko fakt, że zaczynające się wieczorem spotkanie naszych ojców też jest wyłącznie pokazówką odciągającą świat od prawdziwych problemów. Właściwie, tak jak oni, jesteśmy jedynie marionetkami.

Książę Vincent pokiwał głową.

– Tyle że na ich szczycie nikt pewnie nie zjeżdża po poręczach. Usiądziemy?

Gdyby słyszał go teraz ojciec, z pewnością byłby dumny. W głosie chłopca nie pojawiła się najmniejsza nawet nutka niechęci. Nic, co zdradzałoby, że ostatnie słowo wypowiada całkowicie wbrew sobie. Z pewnością szanowny rodzic powiedziałby nawet, że jego latorośl to urodzony dyplomata.

Anglik zajął miejsce i sięgnął w stronę tacy zastawionej wysokimi szklankami.

– Lemoniada – wyjaśnił. – Dobrze schłodzona. Widać lodówki działają im lepiej niż klimatyzacja. *À propos*, widziałeś gdzieś gospodarza?

Monakijczyk także sięgnął po szklankę i zajął miejsce w fotelu naprzeciwko.

– Pytasz o następcę tronu Hiszpanii? – zapytał z przekąsem. – Ostatnio zjeżdżał po poręczy. Wyglądało na to, że wielka kula u jej zwieńczenia dość boleśnie zagroziła ciągłości dynastii.

Obaj zachichotali. Mało arystokratycznie, ale za to szczerze.

– Ciekawe, czy będzie jeszcze kulał podczas wieczornego bankietu – zastanawiał się książę Edward. – Podobno tańczy pierwszy taniec.

Vincent upił lemoniady i po raz pierwszy popatrzył z sympatią na angielskiego następcę tronu. Wcale nie wydawał się taki zły, gdy wokół nie było całej tej głupiej otoczki etykiety i nadętej arystokracji. Więcej, sprawiał wrażenie całkiem niezłego gościa.

– Czy to prawda – zagadnął Monakijczyk – że na bankiecie mają być jakieś modelki?

Edward ze smutkiem pokręcił głową.

– Był podobno taki pomysł, żeby każdy z nas miał partnerkę – wyjaśnił. – Miało to dodawać powagi całej imprezie. Siłą rzeczy koncepcja upadła, gdy ktoś w końcu przypomniał sobie, że większość owych dziewczyn musiałaby zostać niańkami zamiast damami do towarzystwa. Bawić się więc będziemy w swoim gronie. No i w gronie ochroniarzy. Widziałeś, ilu ich tu jest?

– Nie dało się nie zauważyć – przyznał Vincent.

– Portier nazywa ich pingwinami, ale moim zdaniem to kretyńska nazwa, bo cała ta banda pochodzi z Egiptu. Podobno są najlepsi na świecie.

Monakijczyk skrzywił usta w złośliwym uśmiechu.

– Inaczej nie zatwierdziliby ich nasi ojcowie, czyż nie? Ciekaw jestem, z kim będzie tańczył Hiszpan.

Kolejny raz roześmiali się niemal równocześnie. W cień odeszły wszelkie animozje i rozmowa trwała jeszcze przez dwie godziny. Aż do momentu, gdy ktoś z obsługi przypomniał im uprzejmie, że wkrótce rozpocznie się bankiet.

Sala bankietowa wyglądała należycie. Ściany wyłożone białym marmurem specjalnie na tę okazję obwieszono ogromnymi, jedwabnymi flagami z herbem każdego z gości, a otoczony kolumnadą podest dla orkiestry ozdobiono laurem i złotymi nićmi. Pod sufitem skrzyły się kryształowe żyrandole, a na ułożonej na podłodze mozaice czarno-srebrny toreador tryumfował nad czerwono-złotym bykiem. Ustawione w podkowę stoły uginały się pod półmiskami owoców i drobnych przekąsek. W kilku miejscach ustawiono też rzeźbione w lodzie syreny, które mimo gorąca ani myślały topnieć.

Wzdłuż ścian stali ochroniarze. Prawie setka.

Największy zachwyt wzbudziły jednak wwiezione z chwilą rozpoczęcia zabawy posągi ze stiuku. Przedstawiały każdego z książąt w pozach charakterystycznych dla greckich bogów. Dzięki temu nawet wizerunki niemowlaków wyglądały dostojnie i groźnie.

Oczywiście najmłodsi, uspokajani właśnie przez niańki, nie potrafili docenić artystycznego kunsztu, ale starsi nie mogli się powstrzymać, by nie dotknąć swych nieruchomych sobowtórów i nazachwycać się wspaniale oddanymi liniami mięśni i dyskretnie pozbawionymi pryszczy twarzami.

Właściciel hotelu, dystyngowany Egipcjanin w średnim wieku, powitał wszystkich i życzył im miłej zabawy, zapewniając przy okazji, że zarówno on, jak i cała obsługa są do całkowitej dyspozycji książąt. Potem wyszedł, a do sali wkroczyła trzydziestoosobowa orkiestra. Ustawili się i niemal z miejsca zaczęli grać *Yesterday*.

Edward zbliżył się do Vincenta i szturchnął go dyskretnie.

– Zauważyłeś coś dziwnego? – zapytał.

Monakijczyk wzruszył ramionami.

– Oprócz Beatlesów na trąbki i skrzypce?

– Nie ma okien – wyjaśnił angielski książę. – W całej sali nie ma ani jednego. Co to za sala bankietowa bez okien?

– Pewnie zasłonili.

– Czym? – Edward nie był przekonany. – Tymi flagami? Może na długość by wystarczyły, ale na szerokość… Są za wąskie.

W drzwiach pojawili się ostatni spóźnialscy. Jedyna prócz opiekunek dziewczyna, która umiała już sama chodzić – dwunastoletnia księżniczka Liechtensteinu, i przyszły król Portugalii, rok od niej młodszy Xavier. Plotki głosiły, że w zeszłym roku zaręczyli się w tajemnicy przed rodzicami na obozie fanów Harry'ego Pottera, a teraz wyglądali już jak parodia starego małżeństwa. Zaszczycili ukłonem wszystkich zebranych, chwycili się za ręce i wkroczyli dumnie do sali.

W ślad za nimi wszedł właściciel hotelu. Uśmiechał się szeroko. Stanął przy orkiestrze i z ukrytego za kolumną statywu wyjął bezprzewodowy mikrofon. Przyciskając go do piersi, czekał ostatniego taktu.

– Dziękujemy bardzo naszej wspaniałej orkiestrze – powiedział, gdy przebrzmiały oklaski. – To był naprawdę cudowny kawałek. Zanim jednak, szanowna publiczności, usłyszymy kolejny szlagier w arcyciekawej aranżacji, obsługa hotelu przygotowała dla was małe przedstawienie.

Kilku agentów ochrony wystąpiło z szeregów i wypchnęło na środek sali posągi książąt i księżniczek. Ustawili je w dwóch szeregach frontem do zebranych. Vincent zauważył, że stojąca za figurami orkiestra pospiesznie zabiera instrumenty i staje przy ścianach.

Właściciel hotelu cofnął się do drzwi i z niegasnącym uśmiechem dokonał prezentacji.

– Szanowni goście, oto przed wami grupa teatralna „Sfinks" w przedstawieniu pod tytułem *Najczarniejszy scenariusz*. Proszę o uwagę.

Ochroniarze zasłonili posągi książąt i księżniczek. Nawet Edward, choć całkiem wysoki, dostrzegł tylko, że lufy trzymanych przez nich pistoletów maszynowych powędrowały w górę.

– Ognia! – wrzasnął właściciel i salę wypełnił huk. Wszyscy goście odruchowo przykucnęli, zakrywając uszy.

Gdy strzały ucichły, z posągów pozostały jedynie sterty różnokształtnych kamieni. Ochroniarze opuścili broń i odwrócili się przodem do przerażonej publiczności. Rozległy się wrzaski przerażonych dzieci, szybko i brutalnie stłumione przez mamki, a następnie zapadła absolutna cisza. Przerwał ją dopiero właściciel hotelu swoim wolnym, miarowym klaskaniem. Sięgnął ponownie po mikrofon.

– Czyż to nie było wspaniałe? – zapytał pierwszych podnoszących się. – Cóż za wyczucie chwili, szanowni państwo, cóż za wirtuozeria w operowaniu dźwiękiem! No i ten efekt końcowy.

Wskazał ręką na pozostałości rzeźb i pokręcił głową z uznaniem.

– Cóż o tym sądzicie? – powiódł wzrokiem po dziecięcych twarzach. Jego spojrzenie zatrzymało się na Edwardzie. – Cóż o tym myśli mój ulubiony książę?

Anglik hardo uniósł głowę.

– Myślę, że to polityczna prowokacja – wycedził przez zęby. – I nie zamierzam odpowiadać na nią w ża…

Właściciel aż pisnął z radości. Ruszył powoli w stronę chłopca.

– Jakże się cieszę – powiedział głośno, odkładając mikrofon na stół. – Następca brytyjskiego tronu też postanowił wziąć udział w naszej improwizacji.

Błyskawicznym ruchem wydobył broń z zamocowanej pod pachą kabury i wycelował prosto w głowę księcia.

– Na to też nie zamierzasz odpowiadać w żaden sposób? – wyszeptał.

Edward milczał. Stał dumnie wyprostowany, ogniskując spojrzenie nieco powyżej głowy hotelarza. Ten wzruszył ramionami.

– No skoro tak… – westchnął i strzelił.

Kula przeszła na wylot przez książęcą głowę, wypadła tyłem, wyrywając kawałek czaszki pokryty z jednej strony mózgiem, a z drugiej kępką starannie przystrzyżonych włosów, i trafiła w stojącą za nim niańkę. Dziewczyna, łapiąc się za rozoraną rękę, wrzasnęła ile sił w płucach i upadła na ziemię. Stojący najbliżej niej ochroniarz brutalnie podniósł ją za zdrowe ramię. Spojrzał pytająco na właściciela hotelu.

– Zostaw, niech sobie żyje – polecił tamten, podchodząc do ciała księcia. Z całej siły kopnął zwłoki. – To za te wszystkie lata okupowania Egiptu, królewski pomiocie. I za egipskie trupy na dnie waszego kanału.

Na sali zapanowała absolutna cisza. Niańki najmłodszych zatykały swoim podopiecznym usta tak gorliwie, że prawie ich dusiły. Starsi również, choć wielu zbierało się na płacz, nie wydawali z siebie żadnych dźwięków, za to każdy oddychał tak, jakby chciał zrobić sobie zapas powietrza na później.

Na polecenie właściciela orkiestra wróciła na swoje miejsce i zaczęła grać *Wonderful life*.

Gdy około dwudziestej trzeciej Stevenson dotarł na miejsce, wszędzie roiło się już od miejscowej policji. Na uboczu stało kilka wozów antyterrorystów, a polankę zajmowały dwa helikoptery. Dwa kolejne krążyły w powietrzu, przeganiając śmigłowce prasy. Wszystkie pojazdy, mundury i twarze były na razie hiszpańskie.

„Scotland Yard znowu pierwszy", pomyślał z gorzkim uśmiechem Stevenson.

Zatrzymał samochód i przejrzał się w lusterku. Z dwudniowym zarostem, podkrążonymi oczami i rozczochranymi siwymi włosami wyglądał nawet starzej, niż się czuł. A czuł się cholernie staro.

– Czas pomyśleć o jakimś wolnym – powiedział, odpinając pasy i poprawiając kaburę z trzydziestką ósemką zamocowaną przy pasku. – Dość się już naharowałeś w służbie Jej Królewskiej Mości.

Przyczesał włosy i raz jeszcze skrzywił twarz w uśmiechu. Wysiadł.

Chwilę trwało, zanim znalazł kogoś, kto na tyle znał angielski, by można się było z nim dogadać. Przez kolejny kwadrans razem szukali dowódcy akcji. W końcu znaleźli go przy wozie antyterrorystów dyskutującego zawzięcie z ich oficerem.

Barczysty wąsacz ubrany w kamizelkę cedził słowa, miętoląc w rękach kominiarkę. Stevenson był niemal pewien, że mówi coś w stylu: „Moi ludzie się niecierpliwią. Powinniśmy wchodzić". Zawsze, gdy już się zjawiali, prędzej czy później chcieli sobie postrzelać.

Dowódca akcji, opalony blondyn ubrany w kolorową koszulę i biały garnitur, wyglądał na może trzydziestoletnią gwiazdę hiszpańskiej wersji *Policjantów z Miami*. Jednak w przeciwieństwie do tego, co mają w zwyczaju bohaterowie takich filmów, tylko bezradnie rozłożył ręce i powiedział coś niemal płaczliwie.

– Ekhm… – dał o sobie znać Stevenson. – *Habla inglés, señor*? – To było wszystko, co umiał powiedzieć w obcym języku.

Obaj rozmówcy spojrzeli w jego kierunku.

– A pan to…? – zapytał dowódca, gładko przechodząc na angielski.

– Samuel Stevenson, negocjator ze Scotland Yardu. Podobno macie tu jakichś terrorystów, którzy chcą rozmawiać z kimś od nas.

Dowódca antyterrorystów skrzywił się pogardliwie.

– Przyjechał pan do nas sam? – zapytał. Jego angielski nie był tak gładki jak dowódcy. Za to mówił powoli i wyraźnie, bez drażniących hiszpańskich szelestów.

Stevenson wzruszył ramionami.

– Nasi chłopcy w kominiarkach już jadą – wyjaśnił. – Ale nie zabrałem się z nimi, bo nie odpowiada mi ich poczucie humoru.

– Nie gra panu angielski humor? – Wąsaty oficer skrzywił się w pełnym ironii uśmiechu.

– Ależ nie – odpowiedział negocjator. – Ma to raczej związek z ich zawodem i kompleksem kulturystów.

Uniósł rękę, kciukiem i palcem wskazującym pokazując rozmiar czegoś bardzo małego.

Ręce antyterrorysty mocniej zacisnęły się na kominiarce, ale Stevenson udał, że tego nie zauważa.

– Jest tu gdzieś miejsce, gdzie mógłbym doprowadzić się do stanu używalności? – zapytał. – Mało spałem i nie zdążyłem się ogarnąć przed wyjściem.

– Pójdę z panem – zaproponował dowódca.

– Pojawiły się jakieś żądania? – zapytał negocjator, gdy oddalili się od samochodów.

Dowódca pokręcił głową.

– Tylko groźby. Mówili, że mamy się stąd zabierać albo zaczną zabijać zakładników.

– Kto z nimi rozmawiał?

– Nasz negocjator, ale trudno to nazwać rozmową. – Policjant spuścił wzrok. – Nie trwało to dłużej niż minutę.

Stevenson klepnął go w ramię.

– I tak długo jak na pierwszy kontakt – pochwalił. – Kto rozmawiał z ich strony?

– Właściciel hotelu, niejaki Jeremiah Smith. Prawdziwe imię i nazwisko nieznane. Egipcjanin.

– Tylko tyle wiemy? – zdziwił się Anglik. – Właściciel takiego hotelu, pewnie jeden z najbogatszych ludzi w okolicy, organizator takiego wydarzenia, a my nie wiemy, czy ma rodzinę, przyjaciół? Ile wynosi jego majątek?

Dowódca wzruszył ramionami.

– Szukaliśmy u siebie, przez Interpol, a nawet CIA. Wszyscy podobno mieli bardzo szczegółowe akta, gdy organizatorzy szczytu badali teren. A teraz nagle dokumenty wyparowały, zresztą razem z danymi tej agencji ochrony. „Sfinks" czy jakoś tak. Podobno najlepsza na świecie. Nie wiem, kto zadecydował, by zabezpieczyć imprezę ludźmi z zewnątrz, ale pewnie wyszło to taniej niż wykorzystanie setki ochroniarzy rządowych. W takich sytuacjach pieniądz zawsze wygrywa z rozsądkiem.

– Albo to, albo nie mogli się dogadać, kto da więcej swoich, więc wybrali ludzi z zewnątrz. Cóż, pewnie lada chwila zjawią się tu wszystkie koronowane głowy świata, to będziemy ich mogli sami zapytać, prawda?

– Nie zjawią się – pokręcił głową dowódca. – Właśnie nam przekazano, że premierzy ich rządów nakazali służbom zamknąć ich w miejscu szczytu i nikogo nie wypuszczać do momentu, gdy nie będzie bezpiecznie.

Stevenson aż przystanął.

– Poważnie? Niech mi teraz ktoś powie, że monarchia to coś więcej niż tylko przestarzała szopka.

Powoli zbliżali się do opancerzonego furgonu, stanowiącego centrum dowodzenia akcją, sądząc po liczbie anten na dachu i automacie z kawą stojącym przy wejściu. Negocjator przystanął.

– Ostatnie pytanie – powiedział, patrząc uważnie w twarz rozmówcy. – Czy któryś z zakładników zginął?

– Nie – odparł natychmiast dowódca, a jego oczy na ułamek sekundy skierowały się w górę i w lewo.

„On nie ma pojęcia, co wydarzyło się w środku", pomyślał Stevenson. „Albo kłamie".

Angielscy antyterroryści przybyli około pierwszej, potem zjawili się podobno zaproszeni Francuzi i Włosi. Niemal w tym samym czasie pojawił się też sztab Interpolu. Ktoś od nich, machając świstkiem z mnóstwem podpisów, ogłosił, że przejmuje sprawę.

Stevensonowi było to nawet na rękę. Jeśli jemu nie chciano powiedzieć prawdy o zakładnikach, to nowemu dowódcy Hiszpanie będą musieli wyśpiewać wszystko. A ten, w swym nienagannym garniturku i z ulizanymi włoskami, aż się prosił, by wszystko przekazać najlepszemu negocjatorowi Scotland Yardu. I skwapliwie skorzystać z jego umiejętności.

W jednym z okien na pierwszym piętrze hotelu poruszyła się firanka. Zaraz też zaczęły po niej błądzić dwa maleńkie czerwone punkty. Stevenson powiódł wzrokiem po drzewach, ale minęła dłuższa chwila, nim udało mu się dostrzec zaczajonych snajperów. Sięgnął do kieszeni i wydobył fajkę. Nabił ją tytoniem.

Nieco dalej grupy antyterrorystów dyskutowały z nowym dowódcą akcji, która z nich wejdzie pierwsza i jakiej użyją metody.

Zapowiadała się długa noc.

Książę Monako miał kiedyś opiekunkę – młodą, śliczną dziewczynę o długich czarnych włosach i najpiękniejszych oczach, jakie chłopiec kiedykolwiek widział. Krążyły nawet pogłoski, że właśnie uroda zapewniła jej pracę tak blisko koronowanych głów. Podobno władca Monako lubił konsultować z nią postępy swojego syna. Zwykle w późnych godzinach nocnych.

Jakkolwiek jednak wyglądały jej kontakty z księciem seniorem, młody Vincent uważał, że żaden dzieciak nigdy nie miał lepszej niani. Umiała łazić po drzewach, bawić się w strzelanego i grać na komputerze. Potrafiła robić minę twardziela, mówiąc: „Yippee ki-yay, wydymańcu". I robiła to lepiej, niż Bruce Willis w *Szklanej pułapce.*

No i nauczyła go również tajnego języka, dzięki któremu mogli przekazywać sobie największe tajemnice w towarzystwie osób postronnych. Przez długi czas chłopiec był przekonany, że sama go wymyśliła. Dopiero gdy do jednego z kasyn Monte Carlo przyjechał bogaty facet w turbanie i zaczął mówić w ich sekretnej mowie lepiej od Vincenta, stało się jasne, że dziewczyna uczyła go swego ojczystego języka. Nigdy nie myślał, że ta wiedza może się kiedykolwiek przydać. Aż do teraz.

Uzbrojeni mężczyźni zmusili wszystkich do zajęcia miejsc przy stole i czuwali, by nikt z nikim nie rozmawiał. Królewskim potomkom i niańkom pozostawało więc tylko jedzenie, ale młody książę mógł jeszcze słuchać.

– Czy już jest? – zapytał po arabsku właściciel hotelu, spoglądając w stronę drzwi. – Przybył?

Stojący najbliżej strażnik wyjrzał na korytarz i coś zawołał. Po chwili usłyszał odpowiedź.

– Ci koło piwnicy mówią, że już, lada moment – przekazał. – Wszyscy są po kolana w piasku.

– Doskonale – ucieszył się hotelarz. – Możecie rozwijać czerwony dywan. Orkiestra też niech się szykuje.

Kilku strażników zarechotało, a muzycy, od godziny zajęci jedynie grą w karty lub czyszczeniem swych instrumentów, unieśli głowy z nadzieją. Dość mieli tego czekania. Jak chyba wszyscy.

Vincent schylił głowę i próbował podnieść do ust widelec, ale ręka drżała mu tak, że nie był w stanie trafić. Skoro chcą kogoś witać z takimi honorami, to znaczy, że jest ważniejszy niż inni. A to z kolei musi oznaczać, że i bardziej okrutny. W filmach zawsze tak jest.

Ukradkiem spojrzał na leżące na środku sali ciało Edwarda. Nawet nie raczyli go usunąć, ściągnąć jakoś na bok czy przykryć. Właściwie, to co on im w ogóle zrobił? Zginął tylko dlatego, że jego przodkowie podbili kiedyś Egipt? Z każdą chwilą strach coraz bardziej ustępował miejsca wściekłości. Vincent mocniej zacisnął rękę na widelcu i wyprostował plecy.

Zauważył, że właściciel hotelu ruszył właśnie kolejny raz wzdłuż stołów, przyglądając się wszystkim po kolei. „Pewnie chce lepiej zdać raport swojemu szefowi", przemknęło Monakijczykowi przez głowę, choć powód nie miał znaczenia. Tak właśnie działa Opatrzność, stwarza okazje.

Gdyby udało się go trafić w szyję, tak jak to zrobił Steven Seagal w jednym ze swych filmów, to może wybuchnie zamieszanie i zdołają uciec albo… Ważne tylko, by spróbować, zanim przyjdzie ten tajemniczy ktoś. Wtedy będzie już za późno.

Cicho zaszurał krzesłem, odsuwając się lekko i sprężając do skoku. Tylko pięć kroków, cztery… W nerwach podniósł się lekko z siedzenia. Trzy, dwa… Bezwiednie uniósł rękę z widelcem. I w tym samym momencie poczuł potworny ból, gdy coś uderzyło go w tył głowy. Osunął się, wpadając twarzą w leżące na talerzu krewetki. Usłyszał jeszcze pełen podniecenia krzyk stojącego przy drzwiach strażnika. Potem zapadł w ciemność.

Jak zwykle archanioł Michał przybył ostatni, na dodatek w naprawdę parszywym humorze.

– Co się znowu stało, do cholery? – zapytał, lądując na najwyższej gałęzi rozłożystego dębu. Czekali tam już na niego Gabriel i Rafael. – I co tu robią te wszystkie anioły?

Wskazał na korony pozostałych drzew pełne smętnych, ubranych na szaro skrzydlatych. Tylko kilku z nich, siedzących bezpośrednio nad zamaskowanymi snajperami, wyglądało na pracujących. Reszta z mniej lub bardziej żałosnymi minami gapiła się w niebo lub na archaniołów.

Gabriel rozłożył ręce.

– To Stróże uwięzionych w tym budynku zakładników – wyjaśnił. – Podczas ataku czuwali nad ojcami. Jak mówią, na odprawie uznano, że tam ryzyko jest większe.

– Ale dlaczego są tu, a nie w środku? – Michał podrapał się pod lewym okiem. Tatuaż w kształcie płomienia sparzył mu opuszki palców. – Przecież tam może się coś...

– Już się wydarzyło – wszedł mu w zdanie Gabriel. – Nie żyje jeden z zakładników. Jego dusza jednak nie wyleciała na zewnątrz, co jest niepokojące. A cały problem z tymi Stróżami polega na tym, że choćby nie wiem jak chcieli, nie są w stanie tam wlecieć.

– A to niby dlaczego? Piórka pętakom zamokły?!

Boży posłaniec uspokajająco położył rękę na jego ramieniu.

– Jak się dobrze zastanowisz – powiedział ze smutnym uśmiechem – odpowiedź sama przyjdzie. Pomyśl, mamy tu Egipcjan, sporą grupę pierworodnych i dom, do którego nie mogą wejść aniołowie. Wynikiem równania jest...?

Michał wiedział. Tatuaż na jego twarzy zapłonął jeszcze mocniej, a zaciśnięte w pięści dłonie pobielały. Tylko jedna rzecz na ziemi może powstrzymać anioła – zakaz z ust Pana. A On raz tylko, niepewny zachowań wodza zastępów, posłużył się swą mocą w tym celu. I co najgorsze, nigdy nie anulował tego polecenia. Zostawił wrogom furtkę.

– Krew baranka.

Gabriel skinął głową.

– Na wszystkich drzwiach na zewnątrz, bracie. Na wszyściuteńkich.

Michał zaklął i wzleciał w powietrze. Przez chwilę się miotał, latając to w jedną, to w drugą stronę, potem zawisł w miejscu i wziął kilka głębokich oddechów.

Gdy wrócił do towarzyszy, wzrok skierował od razu w stronę milczącego Rafaela.

– A ty co? – zapytał, cedząc słowa. – Masz może jakiś pomysł, czy zamierzasz tak milczeć do usranej Apokalipsy?

Rafael przesłał tajemniczy uśmiech Gabrielowi, a ten po chwili odpowiedział mu tym samym. Zrozumiawszy wszystko, zwrócił się do Michała:

– Kazał mi przekazać, że do Apokalipsy i o wiele dłużej, o czym dobrze powinieneś wiedzieć. Przypomniał mi również, że nie poinformowałem cię, iż podjęliśmy pewne kroki. A właściwie jeden. Wezwaliśmy Kłamcę. Jest od rana w mieście.

Wódz zastępów pokręcił głową.

– Nie wiem, czy nie jest jeszcze za wcześnie, by go ładować w problem na taką skalę – powiedział. – To nie to samo, co strzelanie do kandydatów na samobójców.

Gabriel kolejny raz spojrzał na Rafaela. Patron lekarzy i dróg przytaknął, po czym rozłożył ręce.

– O co mu chodzi? – nie zrozumiał Michał.

– Mówi, że werbowanie Kłamcy to był twój pomysł i żebyś teraz nie marudził. I ja się z nim całkowicie zgadzam. Zresztą Loki już od dłuższego czasu nie zajmuje się tylko tym i dobrze o tym wiesz. A teraz nie tyle powinniśmy, ile musimy dać mu szansę. Nie mamy innego wyjścia.

Przebudzenie Vincenta nie należało do najprzyjemniejszych. Najpierw poczuł ból zaczajony w wielkim guzie z tyłu głowy, a zaraz potem, gdy postanowił otworzyć oczy, pojawiło się przerażenie. Nic nie widział.

W jednej chwili przypomniał mu się oglądany kiedyś program ostrzegający przed urazami mózgu. Wspominano tam między innymi o ślepocie jako dość częstym skutku ubocznym. Coś tam na coś uciska, coś się blokuje. Nie pamiętał tych wszystkich szczegółów, ale jednego był pewien – oberwał w tył głowy i oślepł. Miał tylko nadzieję, że nie na zawsze.

Spróbował się poruszyć, a wtedy więzy na rękach i nogach podpowiedziały mu inne rozwiązanie wzrokowego problemu. Skrępowali go, a oczy zasłonili opaską. Chciał odetchnąć z ulgą i wtedy zorientował się, że został również zakneblowany.

Tymczasem w sali zjawił się już ów tajemniczy, tak wyczekiwany gość. Dało się to usłyszeć w tonie głosu właściciela hotelu. Nie był już tak dumny i pewny siebie jak na początku balu.

– Ja myślałem – mówił wręcz płaczliwie – że skoro symbol, to jeden w tę czy w tę... Naprawdę nie wiedziałem, panie. A to był Anglik, jeden z tych podłych oprawców, których przodkowie gnębili nasz lud, i właśnie dlatego pomyślałem, że...

Vincent, opanowawszy lęk, z dziką satysfakcją wsłuchiwał się w tłumaczenie Egipcjanina. „Teraz się doigrasz, skurwielu", pomyślał. „I dobrze ci tak. Nie trzeba było strzelać do Edwarda".

Płaczliwy głos właściciela zmienił się nagle w krzyk bólu. Chłopiec usłyszał głośne warknięcie, po czym coś chrupnęło i nastała cisza. Gdy przebrzmiała, jakiś ciężar, najprawdopodobniej ciało właściciela, runął z hałasem na ziemię, a jego zabójca kilka razy mlasnął i wycharczał parę zdań. Uczynił to z dużym wysiłkiem, zupełnie jak... pies – stworzenie mądre, ale o gardle nieprzystosowanym do mówienia, tylko do warczenia i szczekania. Z całej wypowiedzi Vincent zrozumiał tylko dwa niedające się połączyć ze sobą słowa: „radio" i „jabłka".

Michała denerwował już sam wygląd Lokiego. Kłamca, choć był w Hiszpanii od niecałych dwunastu godzin, zdążył się już dostosować do nowych warunków. Przede wszystkim miał doskonale brązową skórę, co w połączeniu z niemal białymi włosami i brodą dawało niezwykle ciekawy efekt. Do tego dochodziły jeszcze żółta hawajska koszula ozdobiona zielono-brązowymi palmami, niebieskie spodenki i czarne klapki. Na nosie miał okulary lustrzanki, w ręce trzymał drinka. Z parasolką.

Na dodatek, jakby samego wyglądu nie było aż nadto, korciło go, by zadawać dużo pytań. Niewygodnych pytań.

– Nadal nie potrafię zrozumieć, dlaczego te wszystkie anioły siedzą na drzewach i udają wrony, zamiast lecieć do swych podopiecznych. Dlaczego ich w ogóle opuściły?

Gabriel przejechał ręką po twarzy.

– Ile wykonałeś już dla nas robót, Loki? – zapytał.

Kłamca wzruszył ramionami.

– Po jednym piórku za każdą setkę samobójców, a ja mam trzy piórka. Wychodzi co najmniej trzysta. Do tego jakiś tuzin interwencji w charakterze...

– I nadal nie zorientowałeś się, że nie każdy ma swojego anioła stróża?

Loki chwycił słomkę w zęby i głośno siorbnął.

– Jasne, że tak – odparł po chwili. – Ale ci zakładnicy, jak widać, mają. Więc ich ta odpowiedź, chytrze zawarta w twoim pytaniu, nie dotyczy, prawda? Czy źle mówię, wodzu? – skinął głową Michałowi, ale ten tylko burknął coś pod nosem.

– To skomplikowana sprawa – stwierdził Gabriel.

– Spokojnie możesz opowiadać – zapewnił go Kłamca. – Dopóki nie dowiem się, co jest grane i dlaczego żaden skrzydlaty nie chce się w to ładować, nie kiwnę nawet paluszkiem. Mamy więc mnóstwo czasu.

Boży posłaniec westchnął i ukradkiem zerknął na Rafaela. Ten machnął ręką.

– Po pierwsze, nigdy więcej tak do mnie nie mów – zaczął Gabriel. – Ale niech będzie, Wyjaśnię ci to najprościej, jak potrafię. Nie jest nowiną, że aniołów nie przybywa, za to ludzi jest coraz więcej. Dodając do tego, że nie każdy anioł jest Stróżem, a nawet jeśli chodzi o ścisłość, zajmuje się tym jedynie niewielka grupa wyspecjalizowanych jednostek, łatwo zauważyć, że pojawia się problem. Do tego dochodzą jeszcze boskie przepisy mówiące, na przykład, że każdy Stróż ma prawo tylko do trzech poważnych błędów, a potem zmienia branżę i już nigdy nie może wrócić do stróżowania. To też nas bardzo ogranicza. Wprowadziliśmy więc kilka ustaleń. Po pierwsze, źli i niewierzący nie dostają Stróżów, po drugie…

– No dobra – przerwał mu Loki – a kto niby rozstrzyga, czy niemowlak będzie dobry czy zły?

Na chwilę zapanowała niezręczna cisza. Kłamca uśmiechnął się paskudnie.

– Nie ma Pana, anioły kombinują – rzucił. – I ja tu niby jestem ten najgorszy, tak? Kontynuuj.

– Po drugie – Gabriel podjął przerwany wątek – zostaje przyznany jeden anioł na rodzinę i to on, samodzielnie albo z pomocą nadzoru anielskiego, decyduje, który członek rodziny najbardziej potrzebuje jego wsparcia. Przykład mamy tutaj. Uważaliśmy, że zdecydowanie lepiej pilnować ojców, bo tam była większa szansa na zamach. Wiesz, mali ludzie, mały problem…

Loki pokiwał głową i siorbnął drinka.

– Ale nadal pozostaje kwestia, dlaczego nie mogą wejść do środka – stwierdził. – Co im stoi na przeszkodzie? Powinni zrobić nalot, najlepiej jeszcze wsparci przez chłopaków z ludzkiej policji. Szast, prast i po robocie. Skoro mnie wezwałeś, znaczy, że coś kręcisz.

– Krew baranka – wycedził Michał. – Przeklęta krew baranka na drzwiach.

Kłamca wyciągnął ze szklanki parasolkę i cisnął nią w ukrytego najbliżej snajpera. Nie trafił.

– Może tak trochę jaśniej, wodzu – poprosił. – Niektórzy są w drużynie zbyt krótko, by łapać wszystkie grepsy.

– To zakaz Pana – wyjaśnił Gabriel, widząc, że wódz zastępów zagłębiony w ponurej medytacji ani myśli odpowiadać. – Kiedyś, gdy Bóg, ruszając w podróż, przekazywał obowiązki zarządcy Ziemi bezpośrednio Tronom i Zwierzchnościom, ale pośrednio i praktycznie wodzowi swoich zastępów, zostawił garść jednorazowych środków, jak choćby potop, deszcz siarki czy plagi. Podyktował też dziesięć przykazań dla ludzi. Na wypadek ewentualnego buntu anielskiego lub też jakiejś formy szkodliwej nadgorliwości Pan sformułował zakaz dla wszystkich swoich aniołów, aby ci nigdy nie byli zdolni przekroczyć drzwi pomalowanych krwią jednorocznego baranka. W ten sposób Żydzi uratowali swe dzieci i dobytek przed ostatnią plagą egipską, pogromem pierworodnych. Po akcji

Syna Bożego zmieniła się nasza władza i podejście do ludzi, ale część nakazów i zakazów pozostała w mocy. Również ten.

Loki pochylił się i ułamał maleńką gałązkę. Obrał ją z listków.

– Rozumiem już teraz, do czego jestem wam potrzebny – oświadczył i włożył patyczek do ust. – Rozumiem też, że nagroda za taką misję będzie odpowiednia do jej wagi. I że nie muszę już mówić do ciebie „wodzu", prawda, archaniele?

Ostatnie słowa skierował do Michała, który w jednej chwili poczerwieniał z wściekłości. Zamiast odpowiedzieć powiódł wzrokiem po Stróżach i sapnął coś o bezczelnych pętakach.

– Macie pomysł, jak tam wejdę, czy mam improwizować? – Kłamca ponownie zwrócił się do Gabriela.

Archanioł skinął głową.

– Wejdziesz z nim.

Wskazał ręką siedzącego na parkowej ławeczce Stevensona, ledwie widocznego w chmurze fajkowego dymu.

Około czwartej negocjatora wezwano do przyczepy sztabu. Anglik ucieszył się, choć był potwornie zmęczony. Drażniła go już ta bezczynność. Nawet wolał nie wyobrażać sobie, że tarabanił się z Londynu tylko po to, by zobaczyć, jak do akcji wkraczają te półgłówki z antyterrorystycznych. Raz już tak było, a potem nie mogli się doliczyć ofiar.

Wstąpił na metalowe schodki prowadzące do przyczepy i zapukał w otwarte drzwi. Nie czekając na odpowiedź, wszedł do środka.

– Pan Stevenson? – zagadnął do niego agent stojący najbliżej wejścia. – Inspektor Gustav Munder, Interpol. Dobrze, że już pan jest.

„Pewnie, że dobrze", pomyślał negocjator, ściskając podaną dłoń. „Przyda się wam, dzieciaki, ktoś z doświadczeniem".

Rozejrzał się. Przy jednej ścianie ustawiono radio i całą aparaturę nasłuchową, nieco na lewo od niej stał stolik z planami budynku. Pochylał się nad nim jakiś antyterrorysta z linijką w ręce. Na krzesłach obok ekspresu do kawy siedzieli były dowódca akcji i dwaj koledzy Mundera, sądząc po identycznych garniturach.

– Gdzie pański szef? – zapytał Stevenson. Zauważył, że jego rozmówca z całej siły starał się ukryć zmieszanie.

– Odwieźli go do szpitala z zatruciem pokarmowym. Nie wzywaliśmy karetki, bo za naszymi barierkami roi się od pismaków, a…

Radiooperator zsunął z ucha jedną słuchawkę.

– Znowu nadają, inspektorze – rzucił.

Munder zatarł ręce.

– Świetnie, powiedzcie im, że już jest. – Ponownie spojrzał na Stevensona. – Zaraz panu wszystko wyjaśnię.

Tymczasem radiooperator poprawił słuchawki i splótł dłonie, opierając łokcie na blacie stolika.

– Pytają, czy pan na pewno jest Anglikiem – przekazał.

To było niepokojące pytanie. Czyżby nie chodziło o Scotland Yard i jego renomę, tylko o to, że terroryści dobierali sobie negocjatora wedle narodowości? I dlaczego właśnie Anglika? Egipcjanie… Jedyne migające w jego głowie wytłumaczenie nie należało do najmilszych.

Kolejne pytanie okazało się jeszcze dziwniejsze.

– Ma pan jakieś starsze rodzeństwo?

– Jestem jedynakiem – skłamał. Miał wprawdzie młodszą siostrę, ale nie zamierzał podawać prawdziwych informacji o swej rodzinie. Nikomu, a już na pewno nie terrorystom.

Radiooperator przekazał odpowiedź i chwilę później odwrócił się w stronę Stevensona. Na jego twarzy malował się niepokój.

– Zapraszają pana do siebie na rozmowę.

Negocjator wzruszył ramionami.

– Proszę im powiedzieć, że mogliby w ramach dobrej woli wypuścić jakichś zakładników – polecił. – Choćby tych najmłodszych. A ja już się szykuję i będę u nich najszybciej, jak się tylko da.

– Jak?! Zaraz! – Dotąd biernie przysłuchujący się rozmowie Munder teraz gwałtownie zaoponował. – Nigdzie pan nie pójdzie. Jako pełniący obowiązki dowódcy absolutnie nie zgadzam się, by…

– By w najgorszym wypadku zginął jeden człowiek zamiast trzydziestu? – Stevenson wszedł mu w zdanie. – Jeśli puści pan tam antyterrorystów, rozpęta się rzeź. Według świadków jest tam podobno z setka uzbrojonych ludzi. Oficjalnie, a ilu się jeszcze czai, tego nikt nie wie. Poza tym nie sądzę, by zamierzali mnie wykończyć. Będą raczej chcieli się przed kimś popisać, a ja doskonale umiem zgrywać pełnego pokory szaraka zachwyconego wielkością psycholi.

– Ale to przecież Egipcjanie – wtrącił Hiszpan, były dowódca akcji. Brzmiał tak, jakby po odwołaniu go przestało mu na czymkolwiek zależeć. – A oni nie lubią się z Anglikami.

Stevenson potwierdził.

– Też o tym myślałem…

– Gdyby chcieli mścić się na nas – machnął ręką jeden z milczących dotąd agentów Interpolu – już dawno załatwiliby młodego następcę tronu i daliby sobie spokój z całą tą szopką. A tak w ogóle, to lepiej by im było zaatakować ambasadę, na przykład podczas wizyty księcia lub królowej.

– Ja też uważam, że negocjator powinien pójść – nieoczekiwanie poparł Stevensona antyterrorysta. – Zainstalujemy mu dyskretną kamerkę w klapie i zrobi nam mały rekonesans. O, nawet mam tu jedną taką.

Pogrzebał w przepastnej kieszeni. Wyciągnął i otworzył małe pudełeczko.

– Znakomite – stwierdził z przekąsem Anglik. – Rzeczywiście nie sposób podejrzewać, że to kamera. Ale myślę, że wchodzenie między egipskich fanatyków religijnych z krzyżykiem w klapie może zostać uznane za prowokację. A tego byśmy chyba nie chcieli, prawda?

Policjant się zmieszał.

– Mamy jeszcze wersję na luzie – stwierdził. – Żółty uśmieszek, ale nie sądzę…

Negocjator klepnął go w ramię.

– Kamerkę sobie darujemy, ale i tak zrobię wam rekonesans. Mam fotograficzną pamięć.

– Niecierpliwią się – ponaglił zebranych radiooperator. – Co mam nadać?

Wszyscy przenieśli wzrok na agenta Mundera. Ten westchnął ciężko.

– Przekażcie to, co wam kazał pan Stevenson. A to o zakładnikach nawet dwa razy.

Wyminął negocjatora i wyszedł na świeże powietrze. Wciągając je głęboko do płuc, uniósł głowę… i aż przetarł oczy. Pierwszy raz widział coś takiego. Nad koronami drzew, i tylko tam, unosiła się mgła.

Po kilku godzinach leżenia w bezruchu Vincent przywykł do prawie wszystkich niewygód. Jedynymi wyjątkami były smród nieprzebieranych, nieustannie wrzeszczących niemowlaków i knebel. Nasączony jakimiś perfumami materiał smakował naprawdę podle. Przypomniał chłopcu, jak kiedyś, chcąc zataić przed ojcem, że palił, psiknął sobie w usta dezodorantem. Tylko że wtedy mógł spokojnie zwymiotować, a potem przepłukać usta.

Z drugiego końca sali, prawdopodobnie z podestu dla orkiestry, znowu rozległo się mowowarczenie. Tym razem książę nie zrozumiał ani słowa, ale w sumie nawet nie słuchał. Po okresie strachu i buntu przyszedł czas rezygnacji. Było mu wszystko jedno, byleby tylko wyjęli ten knebel i zabrali go z dala od smrodu.

Ktoś szarpnął Vincenta do góry. Chłopiec poczuł, jak podnoszą go i sadzają na krześle, a czyjeś ręce starannie przywiązują go do poręczy. Potem, ku wielkiej radości księcia, wyjęli knebel i postawili przed nim coś, co pachniało jabłkami.

Nieco dalej jedna z opiekunek, która pewnie również świeżo odzyskała możliwość mówienia, krzyknęła coś bełkotliwie. Rozległo się głośne plaśnięcie i umilkła.

– Jedz! – usłyszał chłopiec.

Zanim zdążył zaprotestować, wciśnięto mu głowę w miseczkę ciepłego jabłkowego musu.

– Skąd wiedzieliście, że on tam pójdzie? – zapytał Loki. – Że go zaproszą?

Wraz z Gabrielem i Rafaelem, otoczeni archanielską aurą, niewidoczni i niesłyszalni dla śmiertelników, stali tuż obok sztabowej przyczepy. Patrzyli na szykującego się Stevensona.

– Nie wiedzieliśmy, że go zaproszą – odparł boży posłaniec. – Ale i tak byliśmy pewni, że znajdzie sposób, by tam wejść. Znałem jego Stróża, chyba jedyny przypadek, który dobrowolnie zdecydował się na śpiewanie w chórach. Mówił o nim, że to prawdziwy maniak i wejdzie wszędzie.

– Taki dobry? – W głosie Kłamcy słychać było uznanie.

– Niezły. – Gabriel machnął ręką. – Zna się na tych psychologicznych sztuczkach. Tyle że w akcji średni, ruszać się nie potrafi. A lezie zawsze na pierwszy ogień.

Loki się uśmiechnął.

– Zastanawia mnie tylko, jak to możliwe, że wciąż żyje, choć, jak mówisz, nie ma już anioła stróża. Zbieg okoliczności?

Archanioł wzruszył ramionami.

– Nagrody na loteriach to też nie nasza zasługa – odparł – a mimo to są tacy, co wygrywają. Nikt nie neguje istnienia zwykłego ludzkiego szczęścia. Poza tym jego przeciwnicy są na ogół naprawdę źli i też nie mają opiekunów. To w pewnym sensie wyrównuje szanse.

Stojący kilka metrów dalej negocjator odmówił właśnie przyjęcia broni i kamizelki kuloodpornej.

– Chyba już rozumiem, o co chodziło temu Stróżowi – stwierdził Kłamca. – Gość ma charakter, nie?

Gabriel pokiwał głową.

– Ano ma. A ty dopilnujesz, by miał go jeszcze przez jakiś czas. Przynajmniej dopóki nie ustalisz, co się dzieje w środku i kto użył tej krwi. Rafael połączy wasze umysły tak, że będziecie się mogli porozumiewać bez słów. Znajdź tylko jakiś sposób, by nie pomyślał, że oszalał, gdy się do niego odezwiesz.

– Spokojna głowa – powiedział Loki. – Nie nazywają mnie Kłamcą dlatego, że umiem dobrze cerować, prawda? Mam już nawet pomysł.

Stevenson nie czuł strachu. Zbyt wiele przeżył akcji, by się ich bać. Te czasy już dawno minęły. Bez oglądania się za siebie szedł pewnym krokiem ku hotelowemu wejściu w blasku wstającego słońca. Starając się nie myśleć o czekającym go zadaniu, wzrok skupił na ukośnej czerwonej kresce pośrodku lustrzanych drzwi. Dopiero zbliżywszy się na kilka metrów, dostrzegł, że to krew. Zaklął pod nosem.

– Obym się tylko nie spóźnił – wyszeptał, wznosząc oczy ku górze w cichej modlitwie. – Żebym tylko zdążył na czas i…

„Panie Stevenson", usłyszał nagle w swojej głowie. Przystanął i rozejrzał się. Nikogo nie dostrzegł. Przejechał dłonią po twarzy.

– Starzejesz się, Sam – westchnął. – Naprawdę się starzejesz.

Powoli ruszył przed siebie, myśląc, że jeśli terroryści to widzieli, mogą wziąć go za czubka. Pewnie nie będą już chcieli gadać.

„To możliwe", ponownie odezwał się obcy głos w jego głowie. „Ale myślę, że jeśli okaże się pan szalony, to raczej przyjmą pana jak swego. Ze wszystkimi honorami".

Negocjator ponownie przystanął, walcząc z rosnącą chęcią odpowiedzenia tajemniczemu głosowi.

„Martwi się pan o swoje zdrowie psychiczne? Niepotrzebnie. Jestem agent Liarfather i właśnie rozmawiam z panem przez prototypowy mikroskopijny nadajnik umieszczony w pańskim organizmie. Podaliśmy go panu razem z kawą, tak na wszelki wypadek. Proszę mnie nie pytać, jak to tak naprawdę działa. Tyle w tym naukowego bełkotu, że normalnego człowieka, jak ja czy pan, mogłoby zemdlić. Wiem tylko, że wydali go pan za jakieś dwadzieścia cztery godziny przy pierwszej dłuższej wizycie w toalecie. Aha, kazali mi spytać, czy nie ma pan pretensji? Muszę zaprotokołować pana odpowiedź, więc proszę o szczerość".

Stevenson wahał się przez moment. Krótki, bo człowiek jest w stanie uwierzyć we wszystko, co tylko pozwala mu zachować przeświadczenie, że jest normalny.

– Nie – odparł w końcu niepewnie. – Nie gniewam się.

Mikrokomputer? Tak, chyba czytał gdzieś ostatnio o podobnych wynalazkach. No, ale w gazecie pisali, że to dopiero wstępne badania i że te małe ustrojstwa zostaną oddane do użytku najwcześniej za kilka lat.

„Nie musi pan mówić, żebym mógł pana słyszeć", odparł głos. „Wystarczy, że pan pomyśli, a nasz komputerek już się jakoś dogada z pańskimi nu… no… neuronami".

„Rozumiem", spróbował Stevenson. „Jak mam się do pana zwracać? Po nazwisku?"

„Wystarczy Loki. Wszyscy tak do mnie mówią".

„W porządku, Loki. Jestem Samuel".

„Wiem, a teraz ruszaj. Świrowanie świrowaniem, ale co za dużo, to niezdrowo".

Vincent lubił jabłka niemal w każdej postaci, więc całą winą za wydarzenie, które nastąpiło po zjedzeniu musu, obarczył nasączony perfumami knebel i jego ohydny posmak, z rodzaju tych, co na długo pozostają w ustach. Gdy zmieszał się ze słodyczą jabłkowej papki, księciu od razu zrobiło się niedobrze. Zapiekło go w przełyku, a żołądek rozpoczął serię skurczów i rozkurczów, jakby chciał zostać sercem. Nieprzetrawiony posiłek pomknął z powrotem, wypełniając usta i wypychając policzki.

„Połknij to, kretynie", skarcił się w myślach chłopiec. „Zależy im na tym, byś to zjadł, więc połknij".

Nie potrafił się jednak zmusić. Wymiociny paliły go w język i utrudniały oddychanie. Z każdą chwilą mógł zacząć się dusić.

„Połknij to, inaczej cię zabiją".

Wyprostował się na krześle, wyprężył i skupił z całych sił. Tym razem poskutkowało, przełyk rozluźnił się odrobinę i Vincent zaczął przełykać palącą zawiesinę. Jeszcze moment i w ustach pozostanie tylko paskudne wspomnienie. Takie, które można wymazać zwykłym splunięciem i łykiem wody. Jak odrobinę szamponu jabłkowego, która spłynęła do ust pod prysznicem.

Gdy ktoś przyjdzie go uwolnić, książę Monako z pewnością nie będzie pamiętał, że zmuszony był połknąć własne wymiociny. W zasadzie już prawie zapomniał.

– On się dusi – krzyknął ktoś nagle.

Chłopiec, skupiony właśnie na tak niezbędnym mu teraz do życia i szczęścia głębokim oddechu, nie zdawał sobie sprawy, że chodzi o niego. Zrozumiał to, gdy poczuł mocne uderzenie otwartą ręką w plecy, a potem nagły tępy ból na wysokości przepony, gdy ktoś podniósł go z krzesła i wbił mu pięść tuż poniżej splotu słonecznego. Vincent pamiętał ten manewr z zajęć z pierwszej pomocy. Nazywał się rękoczynem Heimlicha, a kończył zawsze tym samym.

Książę zwymiotował.

Wydawało mu się przy tym, jakby wraz z jabłkowym musem wypluł przy okazji żołądek i połowę jelit. Kwas w przełyku sprzed kilku chwil był niczym w porównaniu z ogniem, jaki rozgorzał teraz.

Z drugiego końca sali rozległo się wściekłe wycie, które zaraz przeszło w kilka chrapliwych szczeknięć.

Gość wbijający pięść w brzuch Vincenta nagle rozluźnił uścisk. Osłabiony chłopiec osunął się na ziemię.

Stevenson był już przy drzwiach, gdy padł strzał. Ręka, którą wzniósł, by zapukać, zamarła w pół ruchu.

„Agencie Liarfather… Loki?" – pomyślał. „Ty też to słyszałeś?"

„Chłopie, nie zatrzymuj się tak gwałtownie. Jasne, że słyszałem strzał, myślisz, że jestem głuchy?"

Negocjator speszył się trochę.

„Nie, ale myślałem, że może tam u was w samochodzie…"

„Jakim sam… a, no jasne! Mamy tu różne takie nasłuchy wycelowane w dom. Właśnie po to, by słyszeć strzały".

„Aha", pomyślał Stevenson, choć wcale nie był usatysfakcjonowany odpowiedzią. „A tak swoją drogą, to gdzie stoi ten wasz wóz? Wydawało mi się, że zwiedziłem wszyst…"

Loki nie zdążył odpowiedzieć, bo właśnie otworzyły się drzwi hotelu. Barczysty Egipcjanin wypadł zza nich, rozejrzał się nerwowo i wciągnął Stevensona do środka.

Vincent przez chwilę myślał, że nie żyje. Jakby się dobrze zastanowić, wszystko na to wskazywało. Najpierw zamieszanie z wymiotowaniem, potem akcja z jego rzekomym duszeniem się, gwałtowny odskok ratownika i strzał. A teraz leżał na ziemi z boleśnie pulsującym żołądkiem, czując mokre ciepło w okolicy podbrzusza. No i widział. Jak przez mgłę, ale czyż nie tak właśnie powinna patrzeć uwolniona dusza?

Dostrzegał skapujące z krawędzi stołu wymiociny i zbliżającą się ku niemu parę nóg. Spróbował podnieść głowę.

– On ma odsłoniętą opaskę! – krzyknął ktoś ostrzegawczo po arabsku. Nogi przyspieszyły i po chwili kanciaste, owłosione dłonie na powrót zasłoniły mu oczy.

Młody książę skulił się. Wymęczony żołądek kolejny raz zaprotestował nagłym skurczem.

– I na dodatek się obszczał – dodał, nie kryjąc obrzydzenia, klęczący nad nim mężczyzna.

Z oddali dobiegła seria cichych, ale stanowczych warknięć.

– Tak, panie – odparł Egipcjanin.

Pochylił się mocniej, niby poprawiając księciu więzy, i wyszeptał:

– Nie będziesz miał tyle szczęścia, co twój przyjaciel. Jego dusza zdążyła się ukryć, zanim przybył, ale ty…

– Co ze mną? – wydusił z siebie chłopiec. Jeszcze przed chwilą myślał, że jest mu już wszystko jedno, bo i tak nie może być gorzej, najwyżej umrze. Teraz zmienił zdanie. – Co mi zrobią?

– Będziesz przestrogą, bracie – szepnął oprawca, nie kryjąc rozbawienia. – Nie chciałeś jeść grzecznie, więc staniesz przed sądem. Każdy zobaczy, ile ważą twe winy. I czy twoja krew naprawdę jest błękitna.

Szept przeszedł w ciche sapanie. Egipcjanin z całych sił powstrzymywał się, by nie wybuchnąć śmiechem.

Vincent mocniej podciągnął nogi i wcisnął głowę między ramiona. Pragnął zasnąć. Albo umrzeć. Jedno z dwojga, byle szybko.

Stevensonowi wystarczyło jedno spojrzenie na hol, by stwierdzić, że jest już za późno na wszelkie negocjacje. Wszędzie leżały trupy.

U szczytu schodów przewieszone przez barierkę wisiały zwłoki hotelowego boya. Mógł mieć z piętnaście, szesnaście lat. Na bladej twarzy okolonej przetłuszczonymi złotymi włosami mieniły się czerwienią rozmaite wypryski, a pod sinobiałymi paznokciami czerniały pokłady brudu. Jego wygląd zupełnie nie pasował do szykownego lokalu i negocjator od razu pomyślał, że chłopiec był dzieckiem któregoś ze starych pracowników i to właśnie dzięki koneksjom zyskał pracę na wakacje. Na swoją zgubę. Wielkie szkarłatne krople z jego poderżniętego gardła kapały równomiernie na ziemię niczym woda w chińskiej machinie tortur.

Kilka stopni niżej leżała pokojówka ze złamaną nogą i przetrąconym karkiem. Przyglądał się jej ochroniarz przybity do ściany tkwiącym w gardle nożem. Wyglądał inaczej niż otaczający negocjatora mężczyźni. Podobnie jak oni miał czarny garnitur na białym T-shircie, lecz w przeciwieństwie do nich był rudzielcem o bladej cerze. Stevenson podszedł bliżej i dostrzegł na jego palcu sygnet ze złoto-niebieskim herbem.

„Osobista ochrona książąt", pomyślał. „Ciekawe, kiedy skojarzyli, co się święci".

Przeniósł wzrok niżej. Otaczający go terroryści nie przeszkadzali mu w tych oględzinach, przekonani zapewne, że im bardziej negocjator się zlęknie, tym bardziej będzie posłuszny.

Mylili się. Jedynym, co czuł Stevenson, była wzrastająca z każdym kolejnym zauważonym ciałem bezsilna wściekłość. W przypadku konfrontacji z kimś tak bezwzględnym, tak wyrachowanym negocjator był zwyczajnie bezużyteczny. I chyba to bolało go najbardziej.

Najwięcej trupów zobaczył w fontannie. Widać było, że ktoś je tam przeniósł i poukładał, bo leżały stanowczo zbyt równo. Pięć warstw po cztery, sami ochroniarze.

Zamknął na moment oczy i wziął głęboki oddech. Pocieszało go tylko, że z wyjątkiem boya nie dostrzegł jeszcze ani jednego ciała dziecka. Więc może przynajmniej dla nich jest jakaś nadzieja. Boże, chroń książęta!

„Hej, Stevenson", rozległo się nagle w jego głowie. „Jesteś tam? Sam?"

„A gdzie mam być?"

Negocjator był dotąd przekonany, że nie można warknąć bezgłośnie. Jemu właśnie się udało.

„No to może zamiast gapić się na… na cokolwiek się tam gapisz, byłbyś łaskaw otworzyć drzwi?"

„Po co?" – pomyślał zdziwiony Stevenson.

Przez chwilę Loki milczał. Nie przewidział tego oczywistego pytania i teraz szukał w głowie odpowiedzi, co było o tyle trudniejsze, że jednocześnie wyzywał się od nieprofesjonalnych matołów.

„Przepraszam za ten chwilowy brak łączności. Potrzebujemy, żebyś otworzył drzwi, bo... musimy sfotografować wnętrze", zełgał w końcu. „Chcemy zobaczyć rozstawienie... ludzi".

„Zdecydowana większość z nich stoi teraz wokół mnie. Co mam im niby powiedzieć? Że mają tu blisko pięćdziesiąt trupów i powinni wywietrzyć?"

„Na pewno coś wymyślisz, Sam. Wierzę w ciebie".

„Wiesz co, Loki? Pierdol się".

Negocjator popatrzył po zebranych wokół siebie terrorystach i zagadnął z nieśmiałym uśmiechem:

– Któryś z panów mówi po angielsku?

Starał się wyglądać na bardziej przestraszonego, niż był w istocie.

Jeden z uzbrojonych mężczyzn stojący na wprost Stevensona, łysy, z cienkim wąsikiem opadającym poza linię szczęki na podobieństwo filmowego Fu Manchu, skinął lekko głową.

– Czekamy tu z jakiegoś powodu, prawda? – chciał wiedzieć negocjator. – Nie prowadzicie mnie dalej, bo czekacie na decyzję sze... ehm, kogoś ważniejszego niż wy, tak?

Ponowne skinienie głową, tym razem ubarwione lekkim grymasem podobnym do uśmiechu.

– Czy w takim razie mógłbym pana o coś prosić? – Stevenson kontynuował. – Moi szefowie czekają na jakiś znak. Chcą mieć pewność, że nie zabiliście mnie od razu po moim wejściu. Czy mógłbym im się tylko pokazać i pomachać, że wszystko jest w porządku? W końcu okazali się na tyle mądrzy, że nie dali mi żadnego mikrofonu czy kamery, by panów nie denerwować. Proszę też zauważyć, że nie upominam się o zakładników, o których prosiliśmy w zamian za moją osobę.

Lekko rozłożył zgięte w łokciach ręce niczym początkujący ksiądz do nieśmiałego błogosławieństwa. Pochylił głowę, czekając na odpowiedź.

„Jeżeli się nie zgodzi", pomyślał, „to nie będę dalej naciskał. Nie ma sensu ryzykować dla głupiego zdjęcia".

„Owszem, jest sens", stwierdził stanowczo głos w jego głowie.

Terrorysta zastanawiał się jeszcze przez chwilę, po czym machnął ręką na stojącego najbliżej drzwi. Ten złapał za klamkę gotowy do otworzenia.

– Tylko bez sztuczek – rzucił wąsacz. – I szybko.

– Dziękuję – odparł negocjator, stając przed drzwiami.

Gdy tylko się otwarły, Stevenson uniósł rękę i w tym momencie coś niewidocznego, jakby niezwykle silny podmuch wiatru, uderzyło go w pierś. Negocjator zrobił krok do tyłu i ze skrzywioną twarzą zaczął masować mostek. Terrorysta był czujny – uderzenie błyskawicznie zamykanych drzwi rozległo się echem w holu.

– Coś się stało? – zapytał zaniepokojony wąsacz. Miał polecenie, by doprowadzić Anglika żywego.

Stevenson wyprostował się i machnął ręką.

– W porządku, to tylko skurcz – odparł. – Ale dziękuję za troskę. Za przysługę również.

Łysy wzruszył ramionami. Od strony sali bankietowej dobiegł ich jakiś głos i po chwili na korytarzu rozległy się kroki.

„Macie to zdjęcie?" – zapytał w myślach negocjator.

„Ależ skąd", padła odpowiedź. „Wszystko zasłoniłeś, grubasie".

– Teraz zdejmiemy ci opaskę – powiedział ktoś, podnosząc Vincenta.

Głos był miły i przez krótką chwilę chłopiec żywił niedorzeczną nadzieję, że być może jest to osoba, która chce mu pomóc. Może to ubrany w kevlar superbohater z twarzą ukrytą za przeciwgazową maską? Oczywiście zaraz odezwała się racjonalna część umysłu księcia – wcale nie było czuć gazu ani słychać żadnej akcji ratunkowej. W pomieszczeniu pełnym uzbrojonych terrorystów nie mogło się przecież obejść bez choćby jednego strzału. I dlaczego nie słychać okrzyków wdzięczności uwolnionych opiekunek? Czemu mieliby zacząć właśnie od niego?

Zgodnie z obietnicą ktoś sięgnął ku opasce i ściągnął ją jednym niedelikatnym ruchem. Chłopiec zmrużył oczy i przyzwyczajając je do światła, rozejrzał się po pomieszczeniu.

Ochroniarze nie stali już pod ścianami. Większość z nich rozsiadła się przy stolikach i grała w karty albo jadła. Broń zwisała im luźno na przewieszonych przez ramię paskach lub leżała obok krzeseł. Vincent nie był pewien, czy gdyby ktoś naraz wpadł do środka, zdążyliby ją podnieść.

Mimo to atmosfera wcale nie wyglądała na swobodną. Grający w karty szeptali, zamiast spokojnie rozmawiać, i co chwila zerkali w stronę podestu dla orkiestry, gdzie od dawna nie było już muzyków.

Na podwyższeniu stało tylko ozdobne krzesło, na którym siedział wychudzony mężczyzna w masce wilka. Książę wytężył wzrok. Nie, nie wilka, a szakala. W dodatku maska zamocowana była tak fantastycznie na chudej szyi, że niemal zlewała się ze śniadym, pozbawionym choćby grama tłuszczu ciałem.

Wtem ktoś wstał od stołu i ruszył ku wyjściu. Naprężyły się sprężyny samozamykaczy. Chłopiec zerknął w tamtą stronę, ale zdążył dostrzec tylko tył głowy jakiegoś mężczyzny. Siedzący najbliżej ochroniarz poderwał się i zamknął drzwi. Spojrzał w stronę człowieka-szakala i odruchowo chyląc głowę, usiadł na swoje miejsce.

– Rozbieraj się – polecił ktoś stojący za Vincentem, rozwiązując mu ręce.

Chłopiec zerknął przez ramię i dostrzegł pozostałych jeńców.

Siedzieli w bezruchu i milczeniu, wyprostowani, z zasłoniętymi oczyma niczym dziesiątki wcieleń Temidy. Nie wydawali z siebie żadnego dźwięku.

Wzdrygnął się.

„Dlaczego niemowlęta milczą?" – pomyślał. „Czyżby oni wszyscy byli już martwi?"

Ktoś uderzył go boleśnie w nerkę.

– Kazałem ci ściągać łachy.

Posłusznie zdjął marynarkę, modląc się w duchu, by ścierpnięte ręce nie odmówiły mu posłuszeństwa. Odwiesił ją na krzesło i zajął się kamizelką, a potem krawatem.

– Szybciej, szczylu – szepnął mu do ucha ochroniarz. – Nie chcesz się chyba spóźnić na sąd ostateczny, prawda? Do naga, ale już.

Zawstydzony książę szarpnął za pasek i ściągnął spodnie wraz z przemoczonymi szortami. Nie chciał, by ktoś je zobaczył.

„Zaraz cię zabiją", skarcił się w duchu. „Zastrzelą, jeśli się nie pospieszysz, więc co tam obszczane gacie!"

Oczyma wyobraźni widział jednak miny opiekunek, kobiet niższego społecznego statusu, które pomimo lęku uśmiechały się drwiąco na widok skurczonych ze strachu jąder, szydząc z mikrego przyrodzenia następcy tronu. Niemal słyszał, jak wołają: „To ma być berło, mały książę? Ten robaczek?". A księżniczka Liechtensteinu, lekceważąc etykietę i gdzieś mając szlachecką solidarność klasową, kpiła wraz z nimi, zanosząc się śmiechem.

Zacisnął powieki, chcąc pozbyć się tej wizji, powstrzymując łzy wstydu i bezsilności. Spróbował zdjąć buty, ale omal przy tym nie upadł.

– Ja to zrobię – syknął Egipcjanin i zaczął rozwiązywać mu sznurowadła. Chłopiec z ociąganiem ściągnął koszulę i przejechał ręką po włosach.

– Już – wyszeptał drżącym głosem.

Terrorysta pokręcił głową i zerwał wiszący na jego szyi łańcuszek z krzyżykiem.

– Dopiero teraz jesteś gotów – stwierdził, chowając zdobycz do kieszeni. – Ruszaj.

Vincent usłyszał, że za jego plecami zaczęło się robić jakieś zamieszanie, zapłakało też kilka niemowląt. „Żyją", odetchnął głęboko, lecz wtedy w jego nagie stopy wbiły się leżące na ziemi okruchy rozstrzelanych posągów.

Siedzący na tronie wyciągnął rękę, w której nie wiadomo skąd pojawiła się nagle szalkowa waga.

Łysy mężczyzna, który pojawił się w holu, mógł uchodzić za przywódcę terrorystów. Szedł wyprostowany, powoli i pewnie, stawiając najpierw pięty, potem dokładając palce. Ręce trzymał założone z tyłu jak turysta zwiedzający muzeum. Uśmiechnął się, pochwyciwszy wzrok Stevensona.

– Witam! – rzucił radośnie, beztrosko. – Miło, że nas pan zaszczycił.

Stevenson skinął głową, ale nie odpowiedział. Jeśli możesz – brzmiała pierwsza zasada negocjacji – poczekaj z pierwszym słowem, aż spojrzysz rozmówcy w oczy. Tam zazwyczaj czai się najlepsze pierwsze zdanie. Czasem nawet cała rozmowa.

Tym razem jednak było inaczej. Jeśli stalowoszare oczy mężczyzny były zwierciadłem jego duszy, to nie zapowiadało się, by czekało go życie wieczne.

– Nazywam się Nagib al-Alim. – Łysy przyłożył rękę do serca i skłonił się lekko. – Najwyższy kapłan Anubisa.

Stevenson nie wiedział, jak potraktować tę część o Anubisie, którego imię kojarzył mgliście z dawnych filmów o mumii, ograniczył się więc do delikatnego uśmiechu.

– William Swift – odparł. – Scotland Yard.

– Mam nadzieję, że nie wpada pan do nas jak po ogień, panie Swift. – Kapłan położył mu rękę na ramieniu, a drugą wskazał otwarte drzwi pomieszczenia ochrony. – I uda nam się choć trochę porozmawiać, zanim bohatersko odbijecie z naszych rąk te wszystkie duszyczki.

– Też mam taką nadzieję – zgodził się negocjator.

Łysy mrugnął do niego i roześmiał się.

– Dobry pan jest – pochwalił. – Bez mrugnięcia okiem.

Stevenson wzruszył ramionami.

– Jak ktoś zamawia brytyjskiego negocjatora, zasługuje na pełen serwis – odparł.

Kolejny wybuch śmiechu kapłana dał mu potrzebną chwilę.

„Agencie Liarfather… Loki… jesteś tam?” – pomyślał. W jego głowie pojawiła się odpowiedź „nie”, ale była to bez wątpienia jego własna myśl. Żadnych obcych głosów.

Tymczasem doszli do pomieszczenia ochrony. Stevensonowi wydało się łudząco podobne do policyjnych sal przesłuchań. Szare ściany malowane olejną farbą, prosty stół o metalowych nogach przytwierdzonych na stałe do podłogi, krzesła z niewygodnymi oparciami. Brakowało lustrzanej ściany.

Były za to automat do kawy i tarcza do rzutek. Przy automacie stał słoik, na którym ktoś starannie wykaligrafował: „Zbieramy na bilard". Pod spodem dopisano już mniej starannie: „W który grać będziemy tylko po godzinach". Garść bilonu w środku, w większości dziurawych dwudziestek piątek, nie zapowiadała rychłego zakupu.

– Proszę, niech pan spocznie. – Kapłan wskazał krzesło. Odczekał, aż negocjator usiądzie, po czym zajął miejsce po przeciwnej stronie stołu. Skinął na jednego z Egipcjan, który właśnie pojawił się w drzwiach.

– Przynieś panu Swiftowi deser – polecił.

Stevenson uniósł ręce i pokręcił głową.

– Nie mam ochoty, dzię… – zaczął, ale łysy uciszył go gwałtownym gestem.

– Jeżeli nie zechce pan skosztować naszego deseru, nie mamy zupełnie o czym rozmawiać – wyjaśnił. – To tak, jakby wpadł pan na herbatkę do angielskiej królowej i…

– Rozumiem – zgodził się negocjator. Uwaga o angielskiej królowej przypomniała mu nagle dziwne kryteria narodowościowe, jakimi się kierowali, pozwalając mu tutaj przyjść. – Z przyjemnością skosztuję waszego specjału.

Coś w uśmiechu kapłana sprawiło, że nagle poczuł się jak więzień w celi śmierci, gdy w całym bloku nagle zaczynają migać światła. „Nie wyjdziesz z tego cały", mówił ów uśmiech, „a żyć będziesz tylko tak długo, jak mi się spodoba".

„Loki!" – spróbował raz jeszcze. „Jest tam ktoś, do jasnej cholery?!"

Niewidzialność była zdolnością, która cieszyła Lokiego najbardziej ze wszystkich. Owszem, zmiana kształtu to niezła sprawa, tworzenie iluzji też miało wiele zastosowań, ale tylko niewidzialność dawała prawdziwą radochę. Gdyby ktoś go zapytał o zalety takiego stanu, Kłamca z miejsca mógł wymienić wiele już wypróbowanych. „Można kochać się z na wpół śpiącymi kobietami, gdy tuż obok chrapią ich mężowie", powiedziałby w pierwszej kolejności. „Można pomóc jakiejś życiowej ofermie do cna ograć kumpli w pokera, a potem, najlepiej tego samego dnia, gdy frajer pijany swym szczęściem postanowi wrócić do domu, napaść go w ciemnym zaułku". Ileż to razy zwijał się ze śmiechu na widok wymownych spojrzeń policjantów słuchających gadki o niewidzialnym grabieżcy.

Najlepszym jednak zastosowaniem niewidzialności, jakie do tej pory wymyślił, było oczywiście sianie lęku i niepewności. Jak wtedy, wieki temu, gdy wkradł się do fortecy, by zranić pana zamku skrytobójczym pchnięciem. Nie musiał go zabijać, wystarczyło tylko skorzystać z okazji, że wokół byli sami zaufani. Kiedy trzy dni później wróg przypuścił szturm na zamek, nie miał już kto go bronić.

Loki uśmiechnął się do swych myśli i raz jeszcze rzucił okiem na nóż wiszący przy pasku wąsacza. Zerknął za Stevensonem, ale ten właśnie znikał za drzwiami pomieszczenia ochrony. „Właściwie co to komu szkodzi?" – pomyślał. „Metoda sprawdziła się już nieraz. Choć z drugiej strony..." Niewiele obchodzili go zakładnicy, ale świadomość, że może zrobić coś, co nie spodoba się aniołom, zwłaszcza Michałowi... Westchnął bezgłośnie. Innym razem.

Jeden z terrorystów ruszył w stronę sali bankietowej. Kłamca postanowił pójść za nim.

Teraz, gdy przestał go kusić nóż wąsacza, mógł zastanowić się nad tym, co tutaj dostrzegł i usłyszał. Jak się przedstawił ten łysy? Kim się nazwał? Najwyższym kapłanem Anubisa? Wolne żarty, przecież nawet nie wyglądał na Egipcjanina. Ale jeśli to prawda, jeśli nie kłamał, to by znaczyło, że... no cóż, Kłamca trochę wdepnął.

Zaczął żałować, że nie wziął ze sobą miecza. Na takich jak szakalogłowy nie pomogą karabiny. Właściwie to ostrza też nie był pewien. W ogóle, jak przystało na złodzieja, oszusta i kombinatora, nieszczególnie przepadał za stawaniem naprzeciwko jakichkolwiek sędziów. Jasne, nieraz udawało mu się wyłgać, ale zawsze kosztowało go to mnóstwo wysiłku, a i tak wynik nie był gwarantowany i zależał ostatecznie od decyzji drugiej strony. Anubis zaś, z tego co Loki o nim słyszał, nie był szczególnie podatny na manipulację, a jego szeroka jurysdykcja obejmowała kwestię życia i śmierci. To znaczyło, że ani chybi znał się z tą ostatnią i mógł mieć u niej specjalne względy.

Dostrzegł, że jego nieświadomy niczego przewodnik dotarł już do samych drzwi i złapał za klamkę. Chcąc wejść wraz z nim, musiał się pospieszyć.

„Loki!" – usłyszał nagle w głowie nerwową myśl Stevensona, ale nie miał czasu ani ochoty odpowiadać. Zaczął biec.

Egipcjanin otworzył.

„Wygląda jak odbicie bezgwiezdnej nocy w tafli wody na dnie studni", przemknęło mu przez głowę, gdy spojrzał w czarny otwór lufy. I to nie zwyczajnej nocy, ale takiej, jaką zwykle pokazują w horrorach – Mroku, w którym czai się bestia. Nie potrzebował widoku jej żółtych ślepi, by wiedzieć, że tam są, choć teraz jeszcze przymknięte. Potwór czaił się, czekając, aż uwolni go jedno szarpnięcie. Jedno jedyne ściągnięcie spustu.

Książę był przerażony, ale jednocześnie czuł, że narasta w nim gniew, na tyle silny, by powoli zepchnąć lęk na bok. Nie zwykła plebejska wściekłość, ale raczej pełne majestatu oburzenie wpojone mu wraz z dworską etykietą czy napawającymi dumą opowieściami o walecznych przodkach. To tylko banda uzbrojonych tchórzy, silnych jedynie w grupie i mądrych rozkazami, które ktoś wymyślił za nich. Żołdacka hołota! Gdzież im do niego, potomka królów?!

– Na to też nie zamierzasz odpowiadać w żaden sposób? – usłyszał szept stojącego przed nim Egipcjanina.

Książę milczał. Stał dumnie wyprostowany, ogniskując spojrzenie nieco powyżej głowy zbira. Nie odważą się, mają zbyt wiele do stracenia. Kto wie, może w całej tej książęcej hałastrze on, Edward, był medialnie wart najwięcej? A przecież nie zaczyna się negocjacji od zabicia najważniejszego zakładnika.

W oczach Egipcjanina było jednak coś, co zachwiało książęcą pewnością. A gdy zbir w odpowiedzi na milczenie jedynie obojętnie wzruszył ramionami, chłopiec był już gotów przełknąć dumę i coś powiedzieć. Rozchylił nawet usta. Za późno.

– No skoro tak… – westchnął Egipcjanin i strzelił.

Najpierw książę poczuł silne, tępe uderzenie, które sprawiło, że się zachwiał. Następnie po jego ciele rozlał się palący ból. Otoczyło go oślepiające światło, a wraz z nim uczucie, jakby chudł albo więdnął w przyspieszonym tempie niczym rośliny na filmach przyrodniczych BBC. Ze zdumieniem odkrył, że jego ciało odkleja się od niego, i pada bezwładnie na ziemię niczym zrzucony przed kąpielą szlafrok, a on sam odkleja się od podłogi i wznosi coraz wyżej i wyżej. Uniósł głowę i dostrzegł, że w jednej chwili sufit stał się przezroczysty. Nie zniknął zupełnie, wciąż dało się dostrzec subtelny zarys zdobień i falujące powietrze tam, gdzie jeszcze przed chwilą był beton. Teraz jednak książę mógł przezeń zobaczyć niebo, chmury i… krążącego niespokojnie anioła. Skrzydlata postać miotała się tam i z powrotem, a jej ruchy w niczym nie przypominały powietrznego baletu, o którym tyle mu mówił biskup Thomas podczas indywidualnych lekcji. Zachowywała się raczej jak mąż obserwujący przez wielką szybę kawiarni rozpędzoną ciężarówkę, która z każdym ułamkiem sekundy jest coraz bliżej jego przechodzącej po pasach żony.

„To mój stróż", pomyślał chłopiec. „Mój anioł stróż jest taki… pospolity i zwyczajny? Chryste Panie, on wygląda jak Irlandczyk!"

Wtedy właśnie książę zaczął spadać…

Czując, co się święci, Edward szarpnął się niespokojnie, a świetlista cząstka Stwórcy stanowiąca sedno jego duszy wyrwała się ku górze, ale nic to nie pomogło, bo oblepiające światłość wspomnienia chwili śmierci, obawa i czarne myśli wywołane widokiem miotającego się skrzydlatego ciążyły niczym worek z piachem przywiązany do stóp zepchniętego z trapu pirata. Mimo to książę się nie poddawał. Widmowymi, świetlistymi rękami ciął powietrze, jakby próbował wypłynąć na powierzchnię, bezcielesne nogi młóciły nieistniejącą wodę. Efekty jednak frustrowały, bo nawet gdy miał wrażenie, że uwalnia się od ciężaru, za każdym razem, gdy dusza dotykała którejkolwiek z zewnętrznych ścian hotelu, powracało to paskudne wspomnienie z ostatnich chwil życia będące niczym dodatkowy, ciężki odważnik. Cóż znaczy, że w chwili śmierci zachował się jak bohater, że ostatecznie wyniosłym milczeniem pokazał, że jest godny być potomkiem władców niegdysiejszego Imperium, nad którym nigdy nie zachodziło słońce, skoro nie może wyjść z tego pieprzone…

„Dusza nie powinna przeklinać", upomniało go ukryte w boskiej części sumienie.

„Pieprzony to nie przekleństwo", odparowała cała reszta. „Chcesz usłyszeć, jak przeklinam, to…"

Wtem na myślowym oceanie pojawiła się wysepka. Przecież to oczywiste! Niewykonane zadanie. Tak zawsze dzieje się w filmach. Dusza nie idzie do nieba, dopóki nie spłaci długów, nie pożegna się z żoną, nie zbuduje synowi domku na drzewie albo…

„Vincent", pomyślał nagle. „Chodzi o Vincenta! Muszę go uratować".

Edward wzniósł się pod sam sufit, dotknął go widmowym barkiem i obciążony kolejną czarną wizją z tym większym impetem pomknął przez ściany do sali balowej.

– Trzeba wam przyznać, że nieźle wybraliście sobie cel ataku – stwierdził Stevenson. – Wszyscy książęta świata, no, no… Bardzo medialne.

– Dziękujemy za uznanie. – Uśmiech nie znikał ani na moment z twarzy kapłana. – Zawsze uważałem, że wystarczy setka uzbrojonych ludzi i jedna mądra głowa, a można zawojować świat. Jak mawiają: chcieć to szukać sposobu.

– A nie boi się pan, że po przeciwnej stronie barykady stoi ktoś, kto również potrafi używać mózgu?

Kapłan uniósł wskazujący palec i pogroził nim negocjatorowi.

– Nie słucha mnie pan, panie Swift – powiedział z wyrzutem. – Przecież powiedziałem panu, że nie ja jestem tu szefem. Jestem tylko kapłanem. A kogoś takiego jak nasz wódz na pewno u siebie nie macie.

Do pomieszczenia wszedł terrorysta ze szklaną miseczką wypełnioną musem jabłkowym. Postawił ją przed Stevensonem i wyciągnął z kieszeni łyżeczkę. Niedbałym ruchem wytarł ją o spodnie.

– Smacznego – burknął. Ponaglony gestem kapłana wyszedł i zamknął za sobą drzwi.

– Smacznego, panie Swift – powtórzył Nagib al-Alim.

Negocjator wzruszył ramionami i zanurzył łyżeczkę w musie. Odruchowo zamieszał, po czym nabrał i spróbował. Nie smakowało najgorzej.

– Mogę się teraz dowiedzieć, czemu poza tradycyjną egipską gościnnością zawdzięczam poczęstunek? – zapytał, gdy żądna kolejnej porcji łyżeczka zaskrobała po dnie naczynia. – Czy znajdowało się w tym jakieś serum prawdy albo coś takiego? Bo jeśli tak, to muszę pana rozczarować, ale nie mam pojęcia, co planują ci na zewnątrz, na wypadek, gdyby nie udało mi się z wami dogadać. Negocjatorom nie mówi się takich rzeczy. Otrucie mnie też wam specjalnie nie pomoże. I bez tego wiedzą, że nie żartujecie.

Kapłan wstał i podszedł do wiszącej na ścianie tarczy. Wyjął z niej rzutki, po czym cofnął się o kilka kroków. Przez moment zachowywał się tak, jakby Stevenson zupełnie przestał go obchodzić. Uniósł strzałkę, wycelował i rzucił. Dwadzieścia punktów.

– W pewnym sensie rzeczywiście podaliśmy panu serum – powiedział, celując ponownie. – Ale nie tak banalne, jak te zmuszające do mówienia prawdy. Są lepsze sposoby na szczerość. Zabawniejsze.

Rzutka pomknęła do tarczy. Znowu dwudziestka, ale tym razem liczona podwójnie.

– Zjadł pan właśnie jabłko ze świętego drzewa, panie Swift. Nadaliśmy panu boską moc tworzenia.

Stevenson skrzywił usta.

– Niech pan nie będzie śmieszny.

Kapłan odwrócił się błyskawicznie. Strzałka w jego podniesionej ręce celowała prosto między oczy Anglika.

– To rozczarowujące, panie Swift. Taki zawodowiec jak pan po raz kolejny łamiący odwieczne reguły negocjacji? – powiedział spokojnie Nagib al-Alim, choć w jego oczach czaił się gniew. – Najpierw mnie pan nie słucha, a teraz kpi pan z moich słów. Czy ja, pańskim zdaniem, wyglądam na błazna? Radzę przemyśleć odpowiedź, biorąc pod uwagę, że mam tam cały pokój bachorów i ich nianiek zamkniętych do spółki z pięćdziesiątką uzbrojonych ludzi.

– Przepraszam – szepnął Stevenson, kornie pochylając głowę.

– Wybaczam. – Łysy ponownie odwrócił się do tarczy i rzucił. Trafił w sam środek. – A wracając do pańskiej mocy, panie Swift. Choć nie dysponujemy większą ilością cudownych jabłek, obdarzyliśmy nią wszystkich naszych zakładników. Wydaje mi się to wystarczającą gwarancją, że nie zamierzamy zabić ich więcej niż potrzeba. A potrzeba naprawdę niewiele.

– To pocieszające – przyznał negocjator. – Nadal jednak nie rozumiem...

– Na czym polega pańska nowa moc? A może dlaczego zdecydowaliśmy się właśnie na to miejsce? Bo tego, że nie chodzi nam o okup, już się pan pewnie domyślił.

– Tak.

Kapłan kolejny raz podszedł do tarczy i sięgnął po rzutki, ale się rozmyślił. Wygrzebał z kieszeni monetę i wrzucił do stojącego obok automatu.

– Kawy?

– Dziękuję, może później. Nie komponowałaby się ze smakiem jabłek. – Stevenson się zawahał. – No chyba że powinienem ją wypić. W takim razie chętnie.

Nagib al-Alim wybuchnął śmiechem.

– Brawo, panie Stevenson. Gdzieś to podobno mawiają, że mądrej głowie dość dwie słowie. Znakomicie. Nie musi pan pić, jeśli pan nie chce.

– W takim razie nie chcę.

Wewnątrz automatu zaszumiało, potem rozległo się cichutkie „dzyń". Kapłan wyjął kubek i wrócił na swoje miejsce przy stoliku.

– Czytał pan kiedyś Biblię, panie Swift? – zapytał. Odczekał, aż negocjator skinie głową. – Przerażająca lektura, prawda? Ta cała Sodoma i Gomora, opowieść o córkach Lota, które ojciec oddał na gwałt, by tylko ratować jakichś gości.

Czy uważa pan za właściwe, by święta księga proponowała coś takiego swoim wiernym? Księga, którą uznaje większość cywilizowanego świata?

Stevenson tym razem ani drgnął. Wiedział, że nie musi odpowiadać, a nie zamierzał kolejny raz wyrywać się przed szereg. I tak, musiał to przyznać także przed samym sobą, wyjątkowo mu dziś nie szło.

– A słyszał pan o egipskich plagach? Zwłaszcza o ostatniej z nich, pladze anioła śmierci? „Wszystko pierworodne Egiptu, od pierworodnego syna faraona, który siedzi na swym tronie, aż do pierworodnego tego, który był zamknięty w więzieniu". Wszyscy mieli zginąć. I za co? Za to, że jak każdy naród w owych czasach trzymaliśmy niewolników. Żydzi oczywiście wiedzieli, jak się uratować, oni zawsze to wiedzą. Mieli tę swoją krew baranka na drzwiach, która nie pozwoliła żadnemu z aniołów przekroczyć progów ich domostw. Więc pierworodne Mośki i Icki ocalały!

Przerwał na moment, by upić kawy i przyjrzeć się, jakie wrażenie robią jego słowa na rozmówcy.

Robiły duże. Z każdym usłyszanym zdaniem Stevensonowi trudniej było ukryć, że ma łysego za wariata. Niebezpiecznego wariata. Kolejny raz spróbował połączyć się z Lokim, znów bezskutecznie. To pewnie coś z tym pokojem. A może mikrokomputer nie był kompatybilny z jedzeniem? Może trzeba go było używać wyłącznie na czczo, inaczej pojawiały się komplikacje? Gdyby tak było, powinni go ostrzec, ale przy tej akcji wszyscy pracowali pod presją, a do tego sprzęt był rzekomo eksperymentalny – w sumie i tak lepiej by było, gdyby przestawał działać po jabłkowym deserze, niż gdyby miał powodować raka, nie?

– Nadszedł jednak czas – podjął znów kapłan – gdy postanowiliśmy zakosztować zemsty. Zwłaszcza że nadeszła wspaniała okazja. Odrodził się nasz bóg i przyniósł ze sobą wykradziony innym bogom dar. Niby zwykły kosz jabłek, a jednak są w stanie zwiększyć jego moc, gdy nakarmić nimi ludzi. Wystarczy, że uwierzą w jego potęgę.

– A jeśli nie uwierzą?

– Nie można nie uwierzyć w coś, co się widzi – odparł Nagib al-Alim. – Nie na tym najbardziej podstawowym, instynktownym poziomie. Widział pan ten film z dinozaurami, prawda? I niby pan wiedział, że to nieprawda, a mimo to bał się pan w kluczowych momentach. Bo tak to działa. Jeden z naszych mędrców okradziony przez tego nędznego gada Arystotelesa już dawno dostrzegł nadrzędną funkcję wzroku. Prędzej czy później ten król pośród zmysłów zawsze znajdzie sposób, by wyjaśnić mózgowi, kto ma rację. Zawsze tak jest. A dziś nasz bóg objawi się wszystkim pierwszym spośród pierworodnych Europy. Ich dzieci, spadkobiercy tamtych Żydów, niegdyś niewolników, a potem ciemiężycieli, staną się naszymi dziećmi.

– Przecież tu są niemal same niemowlaki! – zauważył Stevenson. – Jak one mogą rozpoznać czyjąkolwiek potęgę? Może choć te maluchy pan puści?

– Wiara dziecka jest mocą potężną i dającą się kształtować, panie Swift. Ukształtują ją starsze dzieci i nianki. No i pan, oczywiście.

– Nianki też są pierworodne?

– Nie, na ich wybór nie mieliśmy wpływu. Ale nie muszą być, to nie wymóg, a jedynie symbol. Coś jak napisana szpadą litera "Z" na drzewie, jeśli złapie pan popkulturowe nawiązanie inne niż do doktora w niebieskiej budce. Chcemy, by wiedział, że to właśnie my.

– Kto? – nie zrozumiał Anglik. – Kto ma wiedzieć?

Kapłan popatrzył na niego z politowaniem.

– A jak pan myśli? Bóg Żydów oczywiście. I jego pieprzone anioły. Te same, które pewnie krążą teraz na zewnątrz wściekłe, że nie mogą wejść do środka.

Zerknął na zegarek.

– Czas na nas. Oczywiście pan również będzie świadkiem tryumfu ostatniego z egipskich bogów. Cieszy się pan?

„To nie jest maska!" – krzyczała świadomość Vincenta. Za wszelką cenę starała się zapanować nad nogami, ale te miały już nowego pana i nie słuchały rozwrzeszczanego kawałka mózgu. Stopień po stopniu powoli niosły ciało na podest. „To nie jest maska, on naprawdę ma głowę szakala!"

Siedząca na tronie postać nadal wyciągała do księcia rękę. Dopiero teraz chłopiec mógł dostrzec, że ten półczłowiek trzymał w niej maleńkie piórko. Waga w jego drugiej dłoni zakołysała się delikatnie jakby zniecierpliwiona.

– Chodź – warknął szakalogłowy, a jego głos odbijał się echem od niezliczonych ścian wszystkich grobowców zbudowanych kiedykolwiek na całym świecie. – Pokaż mi, ile waży twoja dusza.

Nogi Vincenta zmusiły go do wejścia na dwa kolejne stopnie i wykonania kilku kroków po otaczającym tron piasku. Prawa ręka księcia uniosła się, a lewa pomknęła ku piersi. Ku sercu.

„Nie!!!" – wrzasnęła swym niemym krzykiem dusza księcia Edwarda. Sekundę wcześniej udało jej się wreszcie tak pokierować własnym lotem, że uderzyła pod kątem w narożnik budynku i teraz niczym kauczukowa kulka, niczym piłka z konsolowego arkanoida wpadła do sali balowej akurat na moment, w którym ręka Vincenta wniknęła w jego klatkę piersiową. Nie wbiła się, nie było śladu krwi ani trzasku pękających kości, a mimo to Edward miał pewność, że się spóźnił. Bo żywi nie wkładają sobie dłoni do piersi i nie wyciągają z nich bijącego wciąż serca. A jeśli nawet to robią, to nie idą z nim później przed siebie, by położyć je na wadze kogoś o głowie szakala.

Żywi ludzie nie słyszą też krzyków dusz, a Vincent na dźwięk jego rozpaczliwego „nie" zadarł głowę i spojrzał wprost na niego. Nawet uśmiechnął się nieśmiało.

Zdruzgotany swoją porażką Edward odwrócił twarz, nie chcąc patrzeć w smutne oczy księcia Monako, i mimowolnie zerknął na zakładników i ich oprawców.

Wszyscy stali jak zaczarowani rozgrywającą się na podwyższeniu sceną. Nianki znów zasłaniały dzieciom usta, jednak zgodnie z poleceniem trzymały swoich podopiecznych tak, by brzdące mogły wszystko widzieć.

Terroryści zajęli pozycje wzdłuż ścian, tym razem na baczność z bronią na ramieniu. Na ich twarzach malowały się duma i strach. Bojaźń boża. Cnota wierzących naprawdę.

Naraz rozległ się cichutki brzęk. Edward ponownie zerknął w stronę podwyższenia. Szalka wagi, na której spoczęło serce chłopca, przeważyła drugą, pustą. Szakalogłowy wstał.

– Niech osądzona będzie dusza twoja – warknął w jednym z umarłych języków, który jednak wszystkim na sali wydał się znajomy i zrozumiały. – Niech ukaże mi wszystkie swe brudy i objawi ciężar swych grzechów. Bo ja jestem Anubis, pan i sędzia śmierci, a teraz także i życia. Po wieki wieków, aż przeminie ostatni z rodu ludzkiego.

Jego głowa poruszyła się zupełnie jak u aktora, który chce ocenić wrażenie, jakie wywarł na publice. Miał powody do radości. Wszyscy, nawet jego słudzy, wpatrywali się w niego z lękiem.

Triumfującym gestem powoli podniósł do góry piórko i upuścił je na drugą szalkę. Puch, wirując w powietrzu, powoli opadał na właściwe miejsce, po czym ku ogromnemu zaskoczeniu Anubisa… przeważył szalę.

– Niewinny?! – ryknął szakalogłowy, spoglądając z nienawiścią na Vincenta. Miał zamiar rozszarpać go pokazowo, unieść w powietrze siłą woli i zrzucić spod samego sufitu wprost na kolce, które nagle wyrosły z podłogi. Mógłby to zrobić, gdyby waga nie drgnęła, nawet gdyby szalki się wyrównały, ale teraz…

Zdjął tętniące serce z wagi i wepchnął je w pierś księcia z taką siłą, że chłopiec spadł z podestu, zatoczył się i znieruchomiał. Dusza Edwarda błyskawicznie rzuciła się ku niemu.

Wtedy w drzwiach sali stanęło dwóch mężczyzn. Od niższego z nich, siwego, biła aura podobna do tych, które Edward wyczuwał we wszystkich niańkach, niemowlakach i strażnikach. Tyle że blask mężczyzny był ostrzejszy. Zupełnie jakby… dookreślony, konkretny, sprecyzowany…

Zanim jednak książę ostatecznie zrozumiał różnicę, poczuł, że coś go ciągnie niczym odkurzacz wysysający pajęczynę bezczelnie rozciągniętą pod sufitem. Tym czymś było leżące na podłodze jego własne ciało.

Pierwszym, co Stevenson zauważył po wejściu do sali, było ciało chłopca leżące przy przeciwnej ścianie. Pierwsze, co pomyślał z całą stanowczością i wiarą:

„To nie może być on! Książę Edward żyje!"

Błyskawicznie jednak kolejne bodźce i wrażenia wyparły tę myśl, a umysł skupił się na absorbowaniu wszystkiego, co jeszcze godzinę temu Stevenson uznałby za niedorzeczne. Gdyby ktoś zapytał go o to, co wtedy czuł, o czym myślał, pewnie odpowiedziałby stwierdzeniem w stylu: „To naprawdę nie była maska" i obłędnym chichotem. Takim, od którego włoski na karku stają dęba, bo tak śmieją się tylko szaleńcy, którym wcale nie jest do śmiechu.

Jeden rzut oka na zakładników upewnił go, że wszystko, co w tym momencie istotne, miało miejsce na podeście dla orkiestry. Podeście, na którym miotał się człowiek w masce Anubisa. Tyle że to rzeczywiście nie była maska. Głowa szakala wyglądała tak żywo, tak prawdziwie. Drgały na niej mięśnie, z pyska ciekła piana. No i te oczy rzucające gniewne spojrzenia. To oczywiście wciąż mogła być animatronika, trochę jak te dinozaury, o których wspominał kapłan, ale wbrew zdrowemu rozsądkowi Samuel Stevenson wiedział, że to, co widzi, jest rzeczywiste. Wierzył w to. Jakimś cudem wpatrywał się właśnie w oblicze egipskiego sędziego dusz, pana życia i śmierci. Boga… któremu jednak nie wszystko szło zgodnie z planem.

Powietrze wokół wagi zafalowało. Najpierw pojawił się palec dociskający szalkę z piórkiem, a potem…

– Ty! – warknął Anubis. Pragnął, by owo warknięcie zabrzmiało przerażająco, ale głos mu się załamał i przeszedł w niemal miauknięcie. – Ale jak?

Stojący naprzeciw niego archanioł Michał zdjął palec z wagi i skrzywił się w uśmiechu. Wokół jego oka rozbłysły płomienie.

– Myślałeś, że mnie, archanioła i wodza zastępów, powstrzyma głupia kreska na drzwiach? – zadrwił. – Nie te czasy, kundlu. Wiesz, dlaczego ciągle jesteśmy najlepsi? Bo zmieniamy metody. I zatrudniamy nowych.

Ręką wskazał łysego kapłana. Mężczyzna na moment przybrał postać uśmiechniętego blondyna ubranego w hawajską koszulę, po czym znów stał się sobą.

Anubis posłał kapłanowi wściekłe spojrzenie.

– Ty zdrajco! – warknął. – Za to, że zdradziłeś nasze sekrety, policzę się z tobą, gdy nadejdzie czas! Poznasz, czym jest gniew boga, który na szalę jest gotów rzucić wszystko!

Kapłan krzyknął coś w odpowiedzi, ale szakalogłowy już go nie słuchał. Wyszczerzył kły, położył płasko uszy i cofnął się o krok. Mięśnie jego żylastego ciała naprężyły się, dłonie zacisnęły w pięści. Był gotów do walki.

Stevenson nic już nie rozumiał. Do tego momentu wszystko zdawało się do siebie pasować, przynajmniej gdy już przyjął, że cała ta układanka była u swojej podstawy zupełnie irracjonalna jak inspirowana kwasem sztuka psychodeliczna z czasów jego młodości. Ten cały kapłan, mus, historia z pierworodnymi, a na koniec sam Anubis. Do tej pory owszem, to było szaleństwo, ale przynajmniej dobrze zmontowane. Teraz jednak, odkąd obok Anubisa pojawił się ten klaun ze swymi sterczącymi na boki rudymi włosami, ogromnym czerwonym nosem na białej twarzy i hula-hoopem zamiast paska, negocjator zaczął się zastanawiać, jakie halucynogeny zjadł razem z musem. Zwłaszcza że szakalogłowy wyglądał, jakby bał się tego pajaca.

– Ty zdrajco! – warknął właśnie do stojącego obok Stevensona kapłana. – Za to, że zdradziłeś nasze sekrety, policzę się z tobą, gdy nadejdzie czas! Poznasz, czym jest gniew boga, który na szalę jest gotów rzucić wszystko!

Łysy spojrzał zdumiony najpierw na negocjatora, potem na Anubisa.

– Ależ panie, przecież sam chciałeś, bym mu wyjaśnił! – prawie krzyknął.

Ale jego bóg już nie słuchał. Przybrał bojową pozę i zamarł w niej, wpatrzony w klauna.

Od strony zakładników dobiegło Stevensona kilka pełnych zdziwienia szeptów, a nawet stłumionych chichotów.

I wtedy właśnie klaun wyciągnął zza pleców zrolowaną gazetę…

Lekceważąc gardę przeciwnika, archanioł wyprowadził krótki prosty w nos Anubisa. Trysnęła krew. Sędzia śmierci cofnął się, opuszczając ręce.

– Śmieją się z ciebie – kpił Michał. Postąpił krok do przodu. – Pewnie czekają, aż zaczniesz aportować. Choć jak dla mnie, lepiej byś zrobił, gdybyś spróbował na przykład… ja wiem, może „zdechł pies”… Co ty na to?

– Czego chcesz? – Głos Anubisa skowyczał coraz bardziej.

– Masz szczęście, sukinsynu… – Archanioł przerwał na moment, by zaraz wybuchnąć śmiechem. – To mi się udało. Sukinsyn. Pasuje, nie?

– Powiedz mi, czego ode mnie chcesz, aniele – poprosił szakalogłowy.

– Archaniele. I masz szczęście, bo trafiłeś na mój dobry humor, a to nie zdarza się często. – Michał dostrzegł, że egipski bóg znowu zaciska dłoń w pięść. Pokręcił głową. Anubis natychmiast rozluźnił rękę. – Zaraz uczynię cię niewidzialnym, oczywiście niecałkowicie, bo ja i moje anioły będziemy cię widzieć. Obdarzony tą nową mocą opuścisz hotel i będziesz uciekał tak długo, dopóki nie dostaniesz zadyszki ze zmęczenia.

– Ja nigdy nie czuję zmęczenia. – W egipskim bogu odezwała się resztka dumy.

Archanioł zbył ją wzruszeniem ramion.

– Zatem będziesz długo uciekał. A swoimi wiernymi się nie przejmuj. Dopilnujemy, by wszyscy przeżyli i by wiara w ciebie wciąż delikatnie się w nich tliła. Nie za mocno, ale nie chcemy cię przecież unicestwić, prawda? A teraz popatrz tutaj.

Wysunął ku niemu potężną pierś. Anubis pochylił się ku niej.

– Odskocz gwałtownie – polecił Michał.

Szakalogłowy wykonał polecenie.

– A teraz biegnij. I nie oglądaj się za siebie.

Kiedy na nos Anubisa spadła gazeta, zakładnicy powyżej trzeciego roku życia śmiali się w głos, nic sobie nie robiąc ze strażników. Terroryści patrzyli po sobie zdezorientowani, niektórzy zaczęli nawet szeptać, patrząc na przemian to na podium, to w stronę drzwi. Stojący przy wejściu najwyższy kapłan Anubisa zrobił mały kroczek, potem kolejny i już wyciągniętą do tyłu ręką spróbował wymacać klamkę, gdy nagle Stevenson odwrócił głowę, dostrzegł, co się święci, i szybkim energicznym ciosem uderzył Egipcjanina w brzuch. Łysy zgiął się wpół, wypuszczając z płuc powietrze, a Anglik podtrzymał go, udając troskę i jednocześnie wodząc wzrokiem po ochroniarzach ze „Sfinksa", ale zachowanie pozorów było w tym momencie zupełnie zbędne – wszyscy i tak patrzyli w stronę sceny. Tam odbywało się główne przedstawienie. Idąc więc, dosłownie, za pierwszym ciosem, negocjator wyciął kapłanowi haka, a gdy ten runął na ziemię, kopnął go jeszcze w żebra.

– Trzeba było iść do antyterrorystów, oni takie atrakcje mają na co dzień – westchnął, poprawiając kopnięcie drugim, w okolicę nerek.

Tymczasem na scenie Anubis pochylił się, by – tak to przynajmniej wyglądało – powąchać wielki kwiatek na piersi klauna. Odskoczył, gdy ochlapał go strumień wody, po czym… zniknął.

Kilka sekund później stojący blisko wejścia Stevenson poczuł, jak coś odepchnęło go gwałtownie, w powietrzu rozszedł się smród mokrej sierści, a potem drzwi otworzyły się z impetem. Ich skrzydła uderzyły o ściany, odbiły się od nich i wróciły do pozycji wyjściowej, zatrzaskując na głucho.

Klaun na scenie spojrzał w stronę publiczności, bezradnie rozkładając ręce.

– Wygląda, że to już koniec przedstawienia – powiedział z udanym smutkiem. – Czas rozejść się do domów. Oczywiście wiemy, że w takich momentach zawsze chce się więcej, i rozumiemy to, dlatego jeśli ktoś będzie się upierał, by zostać z nami dłużej, przygotowaliśmy jeszcze w ramach specjalnego bisu mrożący krew w żyłach pokaz najbardziej jadowitych gadów świata.

Strażnicy, wpatrzeni dotąd w scenę, nagle opuścili oczy, czując, że trzymana przez nich broń rusza się i wije w ich rękach. W pierwszej chwili można było odnieść wrażenie, że pistolety maszynowe topią się i gną od temperatury, zaraz jednak ich elementy zaczęły pokrywać się łuską. Mądrzejsi spośród ochroniarzy wyrzucili swą broń właśnie wtedy, głupsi lub bardziej oszołomieni zrobili to dopiero w momencie, gdy zaczęła syczeć. Wrzaski z korytarza świadczyły, że specjalny pokaz na bis odbywa się również i tam.

Klaun stojący na scenie także się zmienił. Najpierw poruszyło się coś pod jego policzkiem, potem koło brody, wypukłości pojawiały się i znikały, jakby tuż pod skórą wiły się nabrzmiałe, mięsożerne czerwie.. Białka oczu najpierw się przekrwiły, by zaraz całkowicie zmienić kolor na szkarłatny. Obleśny długi język wystawał z bezdennej czeluści, jaka kryła się za kilkoma rzędami pożółkłych zwierzęcych kłów.

– To jak? – wycharczała bestia. – Idziecie sobie czy może chcecie pożegnalnego balonika? Albo gumowy basenik, w którym będziemy się pławić? To dla mnie żadna sprawa.

Strażnicy, ku zdumieniu zakładników, rzucili się ku drzwiom. Stevenson niezgrabnie uskoczył w bok, robiąc im przejście. Padając na pobliskie krzesło, boleśnie uderzył się w biodro, ale po chwili kojąco podziałał na niego widok leżącego przy wejściu kapłana tratowanego w panice przez niedawnych kompanów.

„Ja popełniam podstawowe błędy, tak?" – myślał pełen satysfakcji. „A jak nazwiesz to, panie wielki kapłanie? Przynajmniej jestem po właściwej stronie, dupku".

Gdy ostatni strażnik uciekł z sali, klaun ukłonił się pięknie i zniknął, pozostawiając po sobie różowy obłoczek dymu w kształcie baranka.

Archanioł Michał zaczynał się niecierpliwić. Krążył nerwowo, zataczając w powietrzu coraz mniejsze kręgi, tarł o siebie pięściami i raz po raz powtarzał: „Wiedziałem, że się nie uda".

Jego nerwowość udzielała się nieprzywykłym do archanioła Stróżom. Anielskie zastępy znały swojego wodza, wiedziały, że stworzony był do działania, a nie czekania, aż wyręczą go inni, ale miały też świadomość, że tkwiący w nim wojownik nieodmiennie chodził na pasku wybitnego stratega. Kto raz stanął z Michałem na bitewnym polu, wiedział, że ten nie da się ponieść nawet najbardziej burzliwym emocjom, jeśli tylko mogłoby to zagrozić zwycięstwu. Stróże, którzy archanioła znali tylko z powtarzanych soczystych plotek, nie mieli tej pewności. Spodziewali się więc irracjonalnego wybuchu i drżeli na myśl, że lada chwila znajdą się w polu rażenia.

Świadom tego Gabriel właśnie zbliżył się, by uświadomić to bratu, gdy drzwi hotelu otworzyły się nagle.

Ludzie i aniołowie zareagowali natychmiast. Skrzydlaci poderwali się z gałęzi, aż w koronie między konarami drgnął szykujący się do strzału snajper. Na ziemi zza rozstawionych strategicznie osłon dobiegł masowy szczęk odbezpieczanych pistoletów i karabinów. Wszyscy zamarli w gotowości. Ale tylko aniołowie mieli na co czekać.

– Coś ty tam narobił, Loki? – szepnął Michał.

Widok pędzącego na złamanie karku Anubisa w mig rozwiał wszystkie jego troski i niemal wywołał uśmiech na archanielskiej twarzy. Wódz dobył miecza, rozłożył skrzydła i poszybował odprowadzany dziesiątkami par oczu Stróżów stanowiących teraz jego widownię. Bo skrzydlaci, choć nie mieli z Michałem za wiele do czynienia, wiedzieli o nim tyle, że nic nie sprawia mu większej frajdy niż niszczenie wrogów Pana. Nikt więc nie zamierzał mu przeszkadzać w polowaniu na jego zwierzynę.

Długą chwilę archanioł frunął nad szakalogłowym, rzucając na niego swój sześcioskrzydły cień. W końcu wyprzedził go, wykręcił się w powietrzu i opadł lekko na ziemię.

– Dokąd to? – zapytał, ujmując miecz w obie ręce.

Zaskoczony Anubis stanął jak wryty.

– Jak to dokąd?! – zaskomlał. – Przecież kazałeś mi… Pozwoliłeś mi odejść!

– Doprawdy? – Wzniesiony ognisty miecz zapłonął jaśniejszym blaskiem. – Zatem jak to możliwe, że nie pamiętam?

Nie czekając na odpowiedź, doskoczył do szakalogłowego, zmienił ułożenie rąk i zamiast ciąć, pchnął, wbijając ostrze prosto w rozchylony pysk boga. Skwierczenie zdławiło ostatni skowyt.

Archanioł od razu poczuł się lepiej.

Vincent powoli odzyskiwał przytomność, czy też – o czym był przekonany – budził się z dziwnego snu. Bo czy rzeczywiście na jawie mógłby stanąć przed sądem Anubisa, szakalogłowego boga śmierci? Czy mógłby wyciągnąć sobie serce i wciąż iść, trzymając je w ręce? Niedorzeczność.

Ktoś, czyjej twarzy nie był w stanie dojrzeć z powodu światła padającego zza jego głowy, podał mu rękę. Skorzystał z pomocy i po chwili stał na nogach… by za chwilę z wrażenia prawie upaść z powrotem.

– Edward? – zapytał. – Przecież ty nie żyjesz!

Książę Anglii wzruszył ramionami.

– Też mi się tak wydawało – odparł. – Ale najwyraźniej musieli chybić.

– Jak to chybić?! Przestrzelili ci czaszkę! Na wylot! Cholera, Edward, widziałem twój mózg, a teraz nie masz nawet zadrapania! Jak to możliwe, że wstałeś z martwych?!

Na dźwięk imienia księcia jakiś mężczyzna stojący przy grupie zakładników odwrócił się raptownie.

– Książę Edward? – upewnił się. Oddał trzymane dziecko opiekunce i podbiegł do chłopców, po drodze przyczesując siwe włosy. – Jak się cieszę, że żyjesz! Z całego serca wierzyłem, że nic ci się nie stało!

Brytyjski następca tronu popatrzył na niego ze zdziwieniem, po czym wyciągnął rękę.

– Pan się nazywa…

– Stevenson. Samuel Stevenson. Scotland Yard.

– Panie Stevenson – książę wyprostował się dumnie, jak przystało na trzeciego w kolejce do urządzania herbatek z premierem w pałacu Buckingham – dziękuję za pańską wiarę i wszystko, co zrobił pan dla Korony. Nie będzie to panu zapomniane.

Te trzy dni wolnego naprawdę się Stevensonowi należały. Właściwie należało mu się ich dużo więcej, ale swoim zwyczajem odmówił skorzystania z dłuższego urlopu. Tym razem nikt na to nie nalegał, nikt go do niczego nie zmuszał ani nie naciskał i ogólnie wszyscy starali się być mili. W końcu Stevenson był bohaterem. Na dodatek mądrym, bo mimo wyraźnych podchodów jakiegoś dziennikarzyny z brukowego „The Sun", nie wspomniał w raporcie, a tym bardziej podczas konferencji, o żadnych pikantnych szczegółach. Ani też, rzecz jasna, o klaunach, wężach czy egipskich bogach. Jeżeli w zamian za to Stevenson chciał tylko wrócić jak najszybciej do pracy, to Scotland Yard był łaskaw przychylić się do tej prośby. I teraz właśnie mijał trzeci dzień wolnego. Ostatnie chwile na hiszpańskiej ziemi, ostatnia porcja obtoczonych w cukrze i cynamonie churros, ostatnia kawa. W opartej o nogę stołu walizce brakowało zostawionej w hotelu kosmetyczki, ale nie zamierzał po nią wracać. Przyślą mu pocztą. Nie spiesząc się, uniósł filiżankę.

– Pan Stevenson? – zapytał ktoś za jego plecami.

Negocjator odwrócił się. Przed nim stał długowłosy, brodaty blondyn w hawajskiej koszuli i krótkich spodenkach z wielkimi kieszeniami.

– A kto pyta? – zapytał.

– Nazywam się Liarfather. Agent Loki Liarfather.

Oczy siwego mężczyzny rozszerzyły się na moment.

– Nikt taki nie istnieje – powiedział po chwili, ostrożnie dobierając słowa. – Sprawdzałem, pytałem...

Loki zajął miejsce przy stoliku, sięgnął po leżącą na talerzyku przekąskę i zamoczył ją w miętowo-czekoladowym sosie.

– I nikt nie przyznał się panu, że wykorzystano pana do przetestowania prototypowego wynalazku wartego miliony dolarów, i to na dodatek bez pańskiej wiedzy? – udał zdziwienie. – A to zaskakujące!

Stevenson rozważał to przez kilka sekund. Zastanawiał się też, czy zareagować na podbieranie mu łakoci, ale ostatecznie uznał, że szkoda fatygi. I tak nie miał już na nie ochoty.

– Skoro to takie tajne, to w takim razie co pan tu robi? – zapytał. – Czyżby ryzykował pan życie, żeby mi się ujawnić? Jak w *Archiwum X*?

Kłamca wstrzymał się z odpowiedzią, bo właśnie podeszła do nich kelnerka. Z zawodowym uśmiechem, który zapewnił jej pewnie regularne napiwki, zapytała, czy wszystko w porządku i trzeba im czegoś jeszcze. Zadając to drugie pytanie, wyczekująco spojrzała na Lokiego.

– Jakiegoś drinka z parasolką – poprosił. – Obojętnie jakiego.

Przyglądał się przez chwilę, jak odchodzi, kręcąc pupą. Jego mina mówiła, że dobrze wie, co będzie robił w nocy. A może jeszcze podczas zbliżającej się popołudniowej sjesty?

– Pytałem, czy... – negocjator wyrwał go z miłych rozmyślań.

– Wiem, o co pan pytał – odparł Loki. – I może rozczaruję pana żądną przygód i spisków duszę, ale odpowiedź brzmi

„nie". Oczywiście jestem tu na polecenie moich przełożonych, których zaniepokoił jeden szczegół w pańskim raporcie.

Powoli przeniósł spojrzenie na Stevensona. Sięgnął do pojemniczka z wykałaczkami. Wydobył jedną i włożył do ust.

– Wspomniał pan, że karmiono pana jabłkami pochodzącymi podobno z kosza, który ich rzekomy bóg ukradł innym bogom.

– Nic podobnego! – Negocjator niemal krzyknął oburzony. – Napisałem o próbie otrucia funkcjonariusza na służbie. Proszę wrócić do archiwum Scotland Yardu i przeczytać dokładniej.

– Tak, czytałem bardzo dokładnie. Mam jednak na myśli ten poprzedni raport, który dał pan niszczarce na pożarcie.

Długie sekundy mierzyli się w pojedynku spojrzeń, w końcu jednak Stevenson skapitulował i zwiesił głowę.

– Ja wiem, że brzmi to niedorzecznie… – zaczął cicho, ale Loki pokręcił głową.

– To wcale nie brzmi niedorzecznie – wszedł mu w zdanie. – A moje pytanie brzmi: czy powiedzieli, którym bogom?

CLEANER

GDZIEŚ NA ŚLĄSKU
POLSKA

Robert Majnicki nie był satanistą. Prawda, nosił pentagram, czytał Czarną Biblię i pluł na widok krzyża, ale to wszystko raczej z przyzwyczajenia niż z prawdziwej potrzeby. Ot, kiedyś dał się namówić, niedługo po tym, jak rozczarowaniem okazały się harcerskie zbiórki. Spodobało mu się przede wszystkim to, że w przeciwieństwie do mundurkowych forsujących durne hierarchie i stopnie, w nowym środowisku od razu wszyscy byli równi w oczach diabła. Słuchali tej samej muzyki brzmiącej jak wrzucona do studni szlifierka ojca, pili tanie wina zagryzane ciastkami Hit w bluźnierczej parodii chrześcijańskiej komunii i czasem uwalniali okoliczne osiedla od problemu bezdomnych kotów.

Robert nie mówił tego głośno, ale kluczowym impulsem, który skłonił go do wstąpienia do bractwa, była wiadomość, że na spotkaniu będzie też Strońska z IV b i że jak zawsze, w imię pana piekieł, rozbierze się do rosołu. Majnicki miał wtedy piętnaście lat i szansa na obmacanie najbardziej zajebistej laski w całej tej zapadłej dziurze była dla niego największym darem, jaki mógł dostać. A skoro nie oferował tego ani Bóg, ani druh komendant, wybór drogi był jasny. Skorzystał… i tak już zostało.

Przez dwa lata, jakie minęły od tamtej pory, piwnicę u „Magusa" Kolińskiego, gdzie się spotykali, odwiedziły jeszcze tabuny innych dziewczyn, może nie tak zgrabnych jak

Strońska, ale z pewnością dużo bardziej ochoczych i zaangażowanych w sprawę. Ideały towarzyszące powstaniu bractwa powoli wietrzały, by stać się w końcu resztkami zatartych symboli na ścianie, spranymi czarnymi bluzami i skrzętnie ukrywanym przed rodzicami Magusa zestawem rytualnym. Nie było źle. Aż do wczoraj…

Westchnął raz jeszcze i zerknął na wystawę księgarni, choć mógłby przysiąc, że stercząc tu ponad pół godziny, zdążył się już nauczyć tytułów wszystkich leżących tam pozycji.

Zegar na wieży ratusza wybił szóstą i jak na zawołanie po drugiej stronie szyby opadła pancerna roleta, zamiast książek pokazując Robertowi jego własne zmizerowane odbicie: podkrążone oczy na bladej, wychudzonej twarzy, poskręcane w strąki, ufarbowane na czarno włosy, lekko odstające uszy. Opuścił głowę, udając przed samym sobą, że sięga po sfatygowaną paczkę papierosów wciśniętą w przednią kieszeń dżinsów.

Gdy ponownie zerknął na wystawę, obok jego własnego odbicia pojawiło się drugie, niemal identyczne. Koleś taki sam jak Robert, gdy zaczynał. Szczeniak pełen ideałów, wciąż jeszcze wierzący w sprawę, choć teraz, jak niemal wszyscy, mający pewne wątpliwości. Te malowały się na nieco pucułowatej twarzy, kreśliły na niej nieme pytanie, na które starszy kolega nie umiał lub nie chciał odpowiedzieć. Zamiast tego Majnicki odwrócił się i skinął młodemu głową. Ten odpowiedział tym samym, po czym ruszyli wzdłuż ulicy. Dwa dni wcześniej pewnie przywitaliby się normalnie, jak przystało na dobrych kumpli, pogadaliby o panienkach i poszli na pizzę do „Alberta". Ale tak było, zanim Magus znalazł tę pierdoloną książkę… Teraz nic już nie będzie takie samo.

Dom Kolińskich zupełnie nie pasował do okolicy. Trudno byłoby znaleźć współcześnie jakiekolwiek miejsce, gdzie ten piętrowy budyneczek z wielką werandą i spadzistym, stylizowanym na drewniany dachem mógłby się wkomponować bez wzbudzania zdziwienia. Chyba tylko w westernach. Bowiem właśnie z Dzikiego Zachodu blisko sto lat wcześniej przybył Zbig Kolinsky, przywożąc podobno kilka worków złota. Ledwie postawił ten dom, poszedł na wojnę, gdzie zginął od rosyjskiej kuli. A budynek trwał. Jakimś cudem, a może jego demonicznym odpowiednikiem, przetrzymał obie wojny, Stalina, Gierka i Solidarność. Wyglądało na to, że przetrwa jeszcze wiele, podobnie jak sami Kolińscy.

Robert wszedł pewnym krokiem na werandę i zadzwonił do drzwi. Drugi chłopak stanął nieco z tyłu, tak że przypominał oderwany od podłoża, nieco zakłopotany cień.

Przez dłuższą chwilę nic się nie działo. Majnicki pomyślał nawet nie bez ulgi, że spotkanie zostało odwołane, gdy wtem otworzył im ubrany w czarną togę Magus.

Mógł mieć jakieś dwadzieścia pięć, może dwadzieścia sześć lat. Cały zarost na jego głowie ograniczał się do zabarwionej na czarno koziej bródki. Wyglądał jak mag z erpegowego podręcznika, jeden z tych demonicznych, złowrogich, diablo eleganckich. Nie dobroduszny, długobrody czarodziej, nie groteskowy czarnoksiężnik w stożkowatej czapce w gwiazdy i księżyce. Mag, prawdziwy, a do tego wkurzony.

– Mówiłem, że starych nie ma i macie wchodzić bez pukania – powiedział, poprawiając okulary. – Jest jeszcze mnóstwo do przygotowania.

Nie czekając, odwrócił się na pięcie i wszedł do środka. Robert dostrzegł wahanie w oczach młodego. Rozumiał go. Sam też, nawet po całym tym czasie, nie czuł się tu ani trochę u siebie.

– Chcesz zobaczyć jak wygląda piekło od kuchni? – zapytał.

– No – nowy pospiesznie kiwnął głową.

Piwnica jak zwykle śmierdziała potem, kadzidełkami, spermą i dymem. Majnicki z resztą chłopaków niejednokrotnie zastanawiali się, jak pomimo tego zaduchu udaje się utrzymać wszystko w tajemnicy przed rodzicami Magusa. Musieli tu przecież czasem schodzić.

Chociaż w sumie po co mieliby to robić? Stary Magusa nie trzymał tu wina, a matka kartofli. Nie licząc rozstawionych teraz na ziemi pięciu świec, po jednej na każdym wierzchołku rozrysowanego na posadzce pentagramu, czterech betonowych filarów w każdym rogu, małej mównicy ze stojącą na niej świecą i koźlą czaszką, no i, rzecz jasna, drewnianych schodów, nic w środku nie było. I raczej nie bywało.

– Tu mi się nie pałętajcie, nie jesteście na razie potrzebni. Chłopaki są na górze, więc idźcie do nich – powiedział Magus.

Podszedł do mównicy i położył na niej księgę. Otworzył z namaszczeniem, delikatnie odwrócił kilka stron. Robert i jego kumpel spojrzeli po sobie. Młodszy chłopak pierwszy odważył się odezwać.

– A czy są tam jakieś laski? – zapytał na pozór śmiało, ale Robert wiedział, że bardziej niż odwaga przemawiają przez niego hormony.

Magus powoli uniósł głowę, zmierzył chłopaka wzrokiem. Jeszcze kilka miesięcy… co tam, kilka dni temu jego głos niewiele miał w sobie z poważnego i arcymądrego przywódcy. Brzmiał raczej jak szept dojrzewającego dzieciaka, któremu po wielu trudach udało się znaleźć miejsce, skąd będzie mógł podglądać dziewczyny pod prysznicem. Ale teraz, gdy przemówił, brzmiał jak jakiś popieprzony, nawiedzony prorok.

– Głupcze, czy nie pojmujesz, co właśnie dzieje się na twych oczach?! Oto po latach udało mi się odnaleźć drogę Magii, która pozwoli kształtować cały świat podług naszej woli. Nie podołał król Salomon ani John Dee, nie udało się mistrzowi Crowleyowi. Ale oni nie szukali tam, gdzie powinni, byli bowiem, jak ty, zapatrzeni w drobne przyjemności doczesności, stali się więźniami swej chuci, która nie pozwalała im odkryć prawdziwej drogi. Jest nią zaś ten, który upadł, by odrodzić się na Ziemi. On to wraz ze śmiercią spłodził nadzieję, by wszyscy mu wierni nie ustawali w poszukiwaniach. Dał też początek demonom, ażeby służyły jego wyznawcom. Ci będą mogli sprawiać, by ich wola stała się prawem. Zmienią oblicze świata, uczynią, co dotąd niewyobrażalne… Co się tak gapisz, kretynie? Rob, zabierz go stąd, kurwa, bo mu zaraz przyjebię w tę tępą gębę.

Robert skinął głową i chwycił młodego pod ramię. Dochodziła dwudziesta druga.

Majnicki wiedział, że Koliński ma odloty. Może nie takie jak teraz, ale zdarzały się… kurczę, mniej więcej co pół roku. Jak wariatom albo geniuszom.

Młody stwierdził, że w sumie to chciałby iść do domu pograć na kompie. Choć Robert dobrze to rozumiał, jednak włączył mu się instynkt bractwa. Przetłumaczył młodemu na schodach, że nie pyta się Magusa o takie rzeczy.

– Trochę szacunku, a nie pożałujesz. Wczoraj mówił, że kto wie, gdy spełni się, to co zamierza, może sama Pamela Anderson będzie cię błagać, byś dał jej swojego małego... – szepnął.

– Ja? – zdziwił się nowy. I został.

Teraz siedzieli w sześcioosobowym kręgu na podłodze w salonie. Wyglądali niemal tak samo, różnili się jedynie niewiele znaczącymi szczegółami, jak aparat korekcyjny na zębach, okulary, liczba pryszczy czy wielki nos. Teraz do ich cech wspólnych należałoby dołączyć jeszcze skupienie i rozmarzenie na twarzach. Bo jak już Magus coś powiedział...

– Pieprzysz, Beniu! Pamela Anderson to pewnie była tylko przenośnia – powiedział ten z aparatem, wysłuchawszy rewelacji młodego. – No wiecie, metafora...

Wszyscy pozostali jak na zawołanie spróbowali sobie wyobrazić przywódcę mówiącego coś w przenośni. Niemal równocześnie pokręcili głowami. Jeśli istniało coś takiego jak prosty język, to właśnie Magus był jego apostołem. Przynajmniej do niedawna. Satanista z aparatem nie dawał jednak za wygraną.

– No bo nie wiem, co jest w tej książce, ale raczej nie sądzę, by po przeczytaniu jakiegoś tam zdania pojawiła się tu Pamela, żeby dać nam dupy.

– Nie nam, żadne *nam* – obruszył się Benio, czyli młody. Nie miał chęci dzielić się blond pięknością. – Rob to słyszał, niech powie.

– No – rzucił niechętnie Majnicki i szybko zmienił temat. – A poza tym nie pamiętasz, co Magus zrobił z tą od polskiego, jak rzucił klątwę? On ma moc, a w tobie nie ma wiary, bracie.

– Zgadza się – dodał pospiesznie okularnik. Był mniej więcej w wieku Roberta. Jego zbyt równa grzywka i kilka przedzierających się spod niej blond włosków demaskowały nałożoną perukę. – A niewiara winna być karana.

– Otóż to. Ja też myślę, że może się udać – powiedział Majnicki z powagą w głosie. Miał nadzieję, że jeśli przekona chłopaków, to może i samego siebie. Nie chciał być wątpiącym. W filmach tacy w zasadzie nigdy nie kończyli za dobrze. – Wcześniej nie robiliśmy niczego tak wielkiego, ale wtedy też nie było księgi. Magus wyglądał, jakby był o krok od odkrycia czegoś wielkiego. Może nie od razu Pameli...

Wybuchli śmiechem.

– Ta to rzeczywiście ma wielkie – wychrypiał Wrona. Nazywali go tak z powodu długiego i spiczastego nosa przypominającego dziób. Pozostali potwierdzili jego słowa zgodnym rechotem. Tylko Benio nie podzielał ogólnego rozbawienia.

– Nie rozumiem, dlaczego nie Pamela – burczał pod nosem – przecież...

Zegar wybił północ. Wszedł Magus.

– Idziemy, panowie – powiedział, pozwalając sobie na ledwo zauważalny uśmiech. – Czas zaczynać.

Coś się rzeczywiście zmieniło. Pięciu braci stojących za wierzchołkami pentagramu raz po raz zerkało na siebie nawzajem. Robert stał obok Magusa, ściskając nerwowo czarną świecę, z twarzą skrytą w mroku czarnego kaptura...

Coś się zmieniło.

Niby wystrój piwnicy był identyczny jak przy każdych modłach czy klątwach, niby porządek taki sam, ale...

Zaczęło się, gdy Magus zaczął czytać fragment księgi. Z początku jego wykonanie staroaramejskiej pieśni brzmiało, jakby dostał ataku kaszlu, ale już po chwili słowa stały się wyraźniejsze, a improwizowana melodia dźwięczniejsza. Wtedy też płomienie świec zmieniły kolor. Najpierw stały się czerwone, potem część przybrała odcień pomarańczowy, inne biały, aż w końcu wszystkie zapłonęły nierealnym, bezbarwnym blaskiem. Drobinki kredy, którą był nakreślony pentagram, uniosły się niczym kurz poderwany wiatrem, po czym opadły, tworząc na posadzce wzór zwarty jak namalowany farbą. Wnętrze piekielnej gwiazdy zapłonęło.

– Magus… – wyszeptał Robert. Chyba po raz pierwszy w życiu był naprawdę przerażony. – Magus! – powtórzył głośniej.

Tamten nie reagował. Pieśń zawładnęła nim całkowicie. Z każdym wyższym dźwiękiem unosiła mu brwi i włoski na karku. Z każdym niższym zmuszała do pochylenia głowy i przymknięcia oczu. Ogień we wnętrzu pentagramu wzbił się ku sufitowi, barwiąc go czernią sadzy.

Śpiewający wzniósł ręce i rozpoczął ostatnią strofę. Powietrze wokół zadrżało. I wtedy właśnie wewnątrz kręgu stanął demon. Wyłonił się z ognia, ukazując najpierw swój rogaty łeb, a zaraz potem tułów i obfite kobiece piersi. Jego nogi wciąż kryły się w płomieniu, przez co wyglądał niczym galion na dziobie dawnego żaglowca.

Magus umilkł. Wtedy w piwnicy na chwilę zaległa cisza i bezruch. Czas zdawał się stać w miejscu, zastygły nawet krople potu na twarzach chłopaków.

Aż demon ryknął. Jego potężny łeb poderwał się w niekontrolowanym spazmie, wielkie czerwone oczy rozszerzył ból i przerażenie, a między piersiami wykwitł i zaraz zniknął język ognia. W miejscu, gdzie rozbłysnął płomień, pojawiła się potężna dziura. Demon raz jeszcze zaryczał rozpaczliwie, po czym poleciał do przodu. Gdy jego łeb znalazł się nad linią pentagramu, eksplodował nagle, a z nim i reszta bestii. Wnętrze gwiazdy zasnuł dym.

Koliński pierwszy wyrwał się z odrętwienia. Natychmiast znikło całe jego nawiedzenie.

– Chodu! – krzyknął, ale było już za późno.

Z dymu wyszła skrzydlata postać z ognistym mieczem w dłoni. Nie zważała na pentagram, bez obawy przekroczyła linię mającą odgradzać światy. Pomieszczenie wypełniła jasność. Nie blask, przed którym należy mrużyć oczy, ale jasność, ciepła i dobra. W tym świetle nawet twarz przybysza, pełna starych blizn i z tatuażem w kształcie płomienia wokół lewego oka, wydawała się dobrotliwa. Jego uśmiech koił, a trzy pary osmolonych skrzydeł zaczynały lśnić. I tylko głos, głęboki i sykliwy, odbierał resztki nadziei.

– Witam, panowie – powiedziała postać. – Dziś porozmawiamy o potępieniu.

– Co tu się stało? – zapytał Loki, stając w progu piwnicy. Siedzący na przewróconej ambonce Gabriel nawet na niego nie spojrzał. Wzruszył tylko ramionami.

– Michał dał się ponieść emocjom.

Loki zszedł powoli po śliskich od krwi stopniach i podniósł dłoń leżącą w kałuży wosku. Przytaknął z uznaniem.

– I on to wszystko sam? Z emocji? Nie ma co, wrażliwy typ…

Gabriel przejechał dłonią po włosach.

– Właściwie nie powinno cię to interesować, bo nie ma znaczenia dla twojej pracy, ale ścigał jakiegoś demona ze swojej listy – wyjaśnił. – Nie pamiętam imienia, ale to był któryś z LEGION-u. Chyba jakiś od pożądania albo... nieważne. Walczył z nim i nagle bestia zaczęła mu znikać. W ostatniej chwili złapał się jej kurczowo. Przeniosło go tutaj. Te dzieciaki odprawiały jakiś rytuał i...

– Przyzwały archanioła? – zaśmiał się Loki. – Niezłe. Pewnie miały niespodziankę.

Gabriel ponownie wzruszył ramionami.

– Jak widać.

Loki podszedł do miejsca, gdzie widać było jeszcze resztki kredy. Poślinił palec i dotknął linii. Niewielka iskra skoczyła ku jego ręce. Kłamca syknął i dmuchnął kilka razy na oparzony kciuk. Wstał, sięgając do kieszeni po wykałaczkę.

– Nie rozumiem tylko, dlaczego nie ma tu Michała – powiedział, wkładając zaostrzony patyczek do ust. – I co my tu właściwie robimy?

– Michał ma swoją listę i krucjatę. Nie może jej przerwać z byle powodu. A co do mnie, to... Czekałem tu na ciebie. Z zadaniem.

– Jeśli powiesz to, o czym myślę... – zaczął Loki.

– Dobrze myślisz – przerwał mu Gabriel. – Chcę, żebyś tu posprzątał.

Kłamca jeszcze raz rozejrzał się po piwnicy.

– Są co najmniej trzy powody, dla których nie powinienem brać tej roboty – powiedział. – Po pierwsze, z całą pewnością jestem uczulony na detergenty. Jeszcze nie byłem u lekarza, ale na pewno tak jest. Po drugie, nie wywiązałem się jeszcze z ostatniego zlecenia od Michała. I po trzecie... chyba mi się nie chce.

– Znaczy, nie zrobisz tego? – zapytał zdumiony archanioł. – To chcesz powiedzieć?

W oczach Lokiego pojawił się dobrze już znany Gabrielowi błysk chciwości.

– Daję ci tylko do zrozumienia, że będziesz potrzebował co najmniej czterech solidnych argumentów, by mnie przekonać.

– Ilu?! Odbiło ci?

– Komuś na pewno – odgryzł się Kłamca, szturchając nogą przypalony korpus z dziurą zamiast serca. – Ale na twoim miejscu nie upierałbym się, że chodzi o mnie.

– Loki, przypominam ci, na jakich zasadach współpracujemy...

– A ja przypominam, że wciąż mam nieskończoną robotę dla pana wrażliwego. Jest od ciebie większy, a w dodatku ma zajebiście wielką mieczopochodnię, więc to roboty od niego mają u mnie priorytet. Coś jeszcze?

Gabriel machnął ręką zrezygnowany.

– Niech będzie, dostaniesz cztery pióra. Masz jakiś pomysł?

– Dopiero w tej chwili przekonałeś mnie, że warto w ogóle myśleć – odparł Loki. Rozejrzał się. – Gdzie są właściciele domu?

– Podobno na kilkudniowym wyjeździe – wyjaśnił archanioł. – Tylko wtedy ci tutaj bawili się w te swoje czarne msze.

– A czy ktokolwiek słyszał, co się tu wydarzyło?

Gabriel pokręcił głową.

– Mało prawdopodobne. Ludzie tędy nie chodzą. Stary dom na odludziu, cisza, spokój i szanowana rodzina. Nie ma czego szukać.

Kłamca stał przez chwilę, w zamyśleniu żując wykałaczkę. Jego umysł pracował na najwyższych obrotach, tworząc i odrzucając kolejne koncepcje.

– Może zamieszamy w to jakiegoś psychopatę – podpowiedział archanioł. – Wielu twierdzi, że działają z polecenia diabła. Jeszcze konkurencję wmieszamy.

– Dobrze kombinujesz – pochwalił Loki. – Ale z punktu widzenia mediów, a więc i opinii publicznej, sprawy z diabłem podchodzą pod obsesje religijne. Potem jest gadka, że owszem, zadziałał diabeł, ale gdzie był wtedy Bóg i jego aniołowie? Nie, lepiej sprawić, żeby ludzie pozrzucali winę na siebie nawzajem, a nam, znaczy wam, dali spokój.

– Chyba masz rację – zgodził się Gabriel, lekko czerwieniejąc na twarzy. – Palnąłem.

– Niekoniecznie, psychopata to nie taki głupi pomysł, ale trzeba też wiedzieć, jak go wykorzystać. Na pewno nie możemy iść w banał typu polecenie diabła, bo to klisza. Pies każący zabijać, fale z kosmosu odbierane ortodontycznym aparatem, czegoś takiego nam trzeba. Odrobinki szalonej finezji, krwi jednej z ofiar i w miarę czystej ściany. Na przykład tamtej.

Ruszył w kierunku muru najdalszego od pentagramu i najbardziej skrytego w cieniu. Gdy doszedł, wypluł wykałaczkę i uniósł głowę. Stojący za jego plecami archanioł nie widział twarzy, ale był pewien, że Loki się uśmiecha.

– Co takiego odkryłeś? – zapytał.

Kłamca tylko pokręcił głową.

– Wydaje mi się, że jednak żaden morderczy świr nie będzie nam potrzebny – powiedział i wskazał archaniołowi palcem kilka spośród leżących wokół fragmentów zwłok. – Pobaw się w puzzle. Ja będę za jakieś pół godziny.

Gdy Loki wrócił z wielką torbą na ramieniu, Gabriel kończył właśnie składać Magusa. Pozostali leżeli już dopasowani, na ile to było możliwe. Tu i ówdzie brakowało jakiegoś kawałka albo wręcz całej kończyny. W jednym przypadku dłoń wtopiła się w udo, w innym przedramię zespoliło z klatką piersiową, przywodząc na myśl manipulację genetyczną szalonego naukowca bądź pozostałość po pożarze w gabinecie figur woskowych. Archanioł pokręcił głową z rezygnacją.

– Nie wygląda to przekonująco.

– A właśnie że jest idealnie – zaprzeczył Kłamca, otwierając torbę. Wyciągnął z niej garść nadpalonych szmat, które jeszcze niedawno były koszulkami, spodniami, bielizną. Rzucił nimi w Gabriela. – Ubierz w to, co się da. Jakieś większe kawałki nóg, korpusy i tak dalej. Potem wynieś trzech koło drzwi wejściowych. Który to gospodarz?

Archanioł przyglądał się przez chwilę zwłokom, po czym niepewnie wskazał na resztki Magusa. Loki skinął głową.

– Więc niech będzie wśród tych trzech. Jednego posadź na kibel, jednego tu przy schodach. Pozostali do salonu na kanapę. I daj tam też parę szklanek i ciasteczka. Niech się chłopcy rozerwą.

– A co ty będziesz robił? – zapytał nieco zdezorientowany Gabriel. Kłamca raz jeszcze sięgnął do torby i wyciągnął klucz francuski.

– Sodomę i Gomorę, przyjacielu.

Staszek Wołochowski, przez kumpli zwany Stanem, miał właśnie swoje erotyczne pięć minut. Długie miesiące zajęło mu namówienie na ten wypad Kingi, sąsiadki z naprzeciwka, która według plotek rżnęła się już z każdym, prócz Stana właśnie. Potem obiecał przez dwa miesiące pomagać ojcu w warsztacie w zamian za samochód na jedną noc, a matce myć gary, jeśli da stówę. Dużo wyrzeczeń kosztowała go ta sprawa. Teraz jednak, czując drobną dłoń Kingi zaciśniętą na swym kutasie, stwierdził, że było warto. Jęknął.

Dziewczyna uśmiechnęła się, ścisnęła trochę mocniej, a potem wsadziła głowę między jego nogi… I wtedy właśnie nastąpił wybuch.

Przez chwilę oślepiony i ogłuszony Stan nie wiedział, co jest grane. Potem pojawiła się myśl, że to pewnie boska kara i właśnie nie żyje albo że orgazm, a jeśli tak, to trochę mu go przereklamowano. Spanikowany odepchnął od siebie równie oszołomioną dziewczynę i wyskoczył z forda. Dopiero gdy zrobił kilka kroków, dostrzegł łunę za wzgórzem. Wrócił do samochodu, w biegu podciągając spodnie.

– Pali się chałupa Kolińskich! – wrzasnął i odpalił silnik. Ruszył w stronę miasteczka.

– No dobra – usiłował zrozumieć Gabriel. Jechali właśnie czarnym bmw autostradą na Kraków, daleko za sobą zostawiwszy maleńkie miasteczko z płonącym kowbojskim domkiem. – Ciągle nie wiem, dlaczego właśnie w tym domu wybuch gazu nie powinien wzbudzać podejrzeń.

– Toż właśnie ci tłumaczę. Swego czasu wszyscy tu czerpali gaz koksowniczy. Miał on to do siebie, że sam uszczelniał rury smolistymi substancjami. Ale potem okazało się, że nie jest to substancja szczególnie bezpieczna czy dobrze pachnąca, nieważne. Grunt, że wymienili to wszystko na gaz ziemny, który prócz wszystkich swych zalet miał jedną poważną wadę. Był, nazwijmy to, suchy i wykruszał wszystko, co tamten uszczelnił. Oczywiście w wielu miejscach wraz z wymianą gazu wymieniono też całą instalację, ale takie stare domy jak owa hacjenda chyba by tego nie przeżyły. Wyciek był więc tylko kwestią czasu. Tak przynajmniej twierdził ten facet od gazu, którego wziąłem na spytki.

Archanioł pokręcił głową z uznaniem.

– Sprytne, ale nie obawiasz się, że ten gazownik pokojarzy fakty? Że ktoś najpierw pyta o takie rzeczy, a zaraz potem… no wiesz?

– A myślisz, że dlaczego wyszliśmy tylnym wyjściem?

– Coś ty mu zrobił?! – Archanioł tak gwałtownie odwrócił się ku Kłamcy, że o mało nie stracił panowania nad kierownicą.

– Zawiadomiłem o wycieku – Loki wzruszył ramionami – i poczekałem z wybuchem, aż gość się zbliży. Czy to podchodzi pod nieumyślne?

– Jesteś potworem!

– Tak – zgodził się Kłamca. Sięgnął pod siedzenie i wyciągnął nadpaloną księgę. – Ale waszym. Jak myślisz, ile da mi Michał za, powiedzmy, jakąś połowę jego listy?

Aniołom dobrze było w czerni. Loki krążył wokół zakapturzonych skrzydlatych postaci i z uśmiechem przyglądał się ich speszonym twarzom. W końcu Gabriel nie wytrzymał.

– Jesteś pewien, że to zgodnie z zasadami?

Kłamca nie zdążył odpowiedzieć. Za jego plecami rozległ się tubalny głos archanioła Michała.

– A myślisz, Gabrielu, że ta wojna wciąż jeszcze ma jakieś zasady? Uważam, że pomysł Lokiego jest co najmniej dobry. Rzeczywiście oszczędza mnóstwo czasu.

– Cieszę się – odparł bóg fałszu z uśmiechem. – Ale te miłe słówka nie zbiją ceny, wiesz o tym, prawda?

Głową wskazał wyrysowaną na posadzce pięcioramienną gwiazdę.

– Czas zająć miejsca, panowie – powiedział i ruszył w stronę ambonki.

Coś się zmieniło. Pięć stojących za wierzchołkami pentagramu aniołów spoglądało niepewnie na boki. Michał z twarzą skrytą w mroku czarnego kaptura zajął pozycję obok Lokiego, ściskając w dłoni płonący miecz…

Kłamca rozpoczął inkantacje, a wkrótce w kręgu pojawił się demon. Jego zamknięte oczy i wysunięty lubieżnie język mówiły wyraźnie, jaką przyjemność czerpał z przyzwania. Trwał tak w całości już zmaterializowany, a jego rogaty łeb kiwał się w ekstazie.

Loki krytycznie obejrzał rycinę w księdze.

– Niepodobny wcale – stwierdził. – To ten?

Archanioł skinął głową i ruszył w stronę demona, który usłyszawszy głosy, otworzył oczy… i zamarł. Ostatnim widokiem w jego życiu była pozbawiona wyrazu twarz wodza zastępów.

Kłamca wykonał ołówkiem haczyk w rogu strony i raz jeszcze przewertował księgę.

– Działamy dalej, chłopaki – powiedział z uśmiechem. – Czeka nas jeszcze mnóstwo pracy.

PRZEPOWIEDNIA

PRZEDDZIEŃ W LOS ANGELES

Loki podniósł karty i westchnął w duchu. Zupełnie nie szło mu tego wieczora. Powiódł wzrokiem po gładkich twarzach pozostałych graczy. A miało być tak pięknie! W końcu anioły nie potrafią blefować. Z ich oczu zwykle czytał jak z otwartych ksiąg, a w razie czego mógł zwyczajnie zapytać i korzystać z faktu, że skrzydlaci nie są zdolni do kłamstwa. „Nie może być nic prostszego", myślał, „niż ograć anioła w pokera i na parę piór".

Dopiero po pół godzinie spostrzegł, że przeoczył mały szczegół – oni czytają w myślach!

Zanim nauczył się wystarczająco skutecznie blokować swój umysł, mącąc własne myśli dżinglami z reklam, minęło następne trzydzieści minut, a potem po prostu miał pecha. Tak się przynajmniej łudził, bo to dawało nadzieję, że fart jednak wróci.

– To jak, Loki? – zapytał zniecierpliwiony Araazel. – Grasz czy nie? Pamiętaj, że niektórzy z nas mają pracę.

– Ty to nazywasz pracą? – prychnął Kłamca. – Leży sobie twój podopieczny w szpitalu i zasysa kroplówy. Jedyne, co mu grozi, to nagły wzwód i tym samym niedokrwienie mózgu. A wtedy przynajmniej odetchną te biedne, obmacywane pielęgniarki. Wiesz, ile one mają już siniaków na tyłkach od jego szczypania?

– A ty skąd to wiesz? – zaciekawił się siedzący po lewej Mirael.

Loki rzucił mu pełne pogardy spojrzenie.

– Że mają siniaki? Zakładam, bo na miejscu starucha sam bym im kilka sprezentował. Aparatura siada, to sobie człowiek chociaż szczypnie, nie? Ale skąd wy to macie wiedzieć, skoro nie macie sprzętu? – odparł i wymownie wskazał palcem na swoje krocze. Następnie przeniósł wzrok na milczącego dotąd Kerrousa. Biedak chyba nie bawił się najlepiej tego wieczora. – Jak tam stawki?

Anioł wzruszył ramionami. Myślami był gdzie indziej. Aż dziw, że wygrał niemal wszystkie kolejki.

– Jest tak – wyjaśnił szybko Mirael – że właśnie rozdanie temu przegrałeś swój ostatni samochód, a teraz Kerri postawił wszystko, co dziś zdobył, i dwa pióra. Ja wszedłem, Arazel spasował. Wchodzisz?

Loki sięgnął do kieszeni po pudełko wykałaczek. Włożył jedną z nich do ust.

– Głupia sprawa – powiedział, uśmiechając się przymilnie – ale nieszczególnie mam już z czym.

– A gdybyś miał z czym, to byś wszedł? – zapytał natychmiast Kerrous. Poderwał się w jednej chwili, a jego oczy zapłonęły ognikami nadziei.

– Co ci się zrodziło pod tą blond grzywką, cwaniaczku? – Nordycki bóg spojrzał nań podejrzliwie.

Anioł poruszył skrzydłami i rzucił kilka ukradkowych spojrzeń na kolegów. Wyraźnie bił się z myślami, ale ten nowy koncept musiał być naprawdę silny i zdesperowany, bo najwyraźniej, niczym filmowy wykidajło w zakazanym barze, raz dwa rozbił w puch wszelkie wątpliwości.

– Powiedzmy, że jak przegrasz, przejmiesz za mnie robotę. Na jeden dzień. Z całą odpowiedzialnością przed górą – zaproponował.

Araazel pokręcił z dezaprobatą głową i położył rękę na ramieniu towarzysza.

– Kerri, nie szalej. Wiesz, że jemu nie wolno. On może tylko w sytuacji, gdy…

– Gdy dostanie polecenie z góry lub gdy pojawia się problem z siłami mitycznymi – dokończył Kerrous. – I to jest, uważam, taka właśnie sytuacja.

Loki uśmiechnął się na myśl o ewentualnej pracy. Zaczynał już trochę gnuśnieć w tym Los Angeles. A siedzenia tu bez grosza w ogóle sobie nie wyobrażał.

– Słucham cię uważnie – powiedział. Anioł odchrząknął.

– Rzecz w tym, że… – ponownie się zawahał, ale ostatecznie dał za wygraną, uznając, że i tak już za późno – że nie tak dawno udałem się z kumplami do Mojr. Wiesz, tych z Grecji, prządek czy jak je tam zwą…

– Parki – odruchowo podpowiedział Mirael i zaraz się speszył. – Znaczy tak słyszałem, nie znam się na mitycznych i…

– Dobra, dobra – przerwał mu Kłamca. – Później pogadamy na ten temat. Są pilniejsze sprawy. Dalej, Kerr, nawijasz.

– Poszliśmy do nich tak dla zabawy. Mieliśmy trochę wolnego, moi mieli wyjątkowo spokojne wakacje, a Grecja to piękny kraj…

Loki skinął głową.

– Byłem tam. Do rzeczy.

– One przepowiedziały mi – Kerrous się skrzywił – że moja podopieczna zginie w tym tygodniu. Dokładniej mówiąc, jutro, i to przed obiadem.

– Na Trony i Zwierzchności – westchnął Araazel. – Teraz rozumiem twój nastrój, przyjacielu.

Poklepał go po ramieniu.

– Przykro mi, stary – wyszeptał również Mirael, robiąc przy tym minę pełną współczucia, a zarazem radości, że padło na kogoś innego.

– Tak, tak, mnie też przykro – rzucił niecierpliwie Loki. – Czyli moją stawką jest teraz ewentualne stróżowanie przez jeden dzień przy jakiejś ofierze losu?

– Tak właśnie – zgodził się Kerrous. – Ale skuteczne stróżowanie.

– Niech będzie. Wchodzę i wymieniam dwie karty.

– Tak po prostu? – nie dowierzał anioł.

Kłamca wzruszył ramionami.

– A nad czym tu się głowić? Zwłaszcza że i tak wygram to rozdanie. Ktoś jeszcze dobiera?

– Podbijam – powiedział Araazel, ale pod wzrokiem Lokiego skapitulował. – Ale właściwie...

Bóg fałszu uśmiechnął się do swojej karety. Tym razem poszło dobrze. Choć może i szkoda tej roboty. Zapowiadała się interesująco...

– Sprawdzam – powiedział.

Zanim pozostali zdążyli zaprotestować, dorzucił:

– I stawiam to, co mam na sobie.

PORANEK
GDZIEŚ W TEKSASIE

– Mamusiu! – Mały Johnny raz jeszcze szarpnął śpiącą matkę. Rosie otworzyła zaspane oczy.

– Co jest? – zapytała.

Chłopiec patrzył na nią z konspiracyjną miną.

– Znowu przyszedł ten pan. Siedzi na ławce naprzeciwko i gapi się w nasze okna.

Kobieta usiadła i przetarła powieki.

– Jaki pan?

Johnny zamyślił się, po czym wyrecytował z pamięci:

– Ten skurwiony wielbiciel psich tyłków i właściciel najmniejszego fiutka w całym pieprzonym stanie.

– Komornik przyszedł? – skojarzyła własne słowa. – Znowu?

– Tak, mamo – potwierdził chłopiec. – Pukał, ale bałem się otworzyć. Krzyczał coś, że wróci z nakazem, zostawił to w drzwiach i poszedł.

Podał matce kopertę z kilkoma urzędowymi pieczęciami. Rosie wzięła ją do ręki, przez chwilę zastanawiała się, czy może jednak nie rozkleić, po czym sięgnęła do szuflady komódki stojącej przy łóżku i wrzuciła list na stosik podobnych, nigdy nieotwieranych kopert. Wraz z doręczonymi jej do rąk własnych pozwami było tego z kilkanaście i lada dzień machina państwowa musiała w końcu ruszyć w jej kierunku, by zmiażdżyć ją pod swoimi kołami.

– Tak sobie myślę – Johnny zmarszczył swój pięcioletni nosek – że jak tata wróci, to mu się dobierze do dupy, prawda, mamo?

– Pewnie tak, kochanie – potwierdziła, wstając. – Pewnie tak.

Nie miała sumienia tłumaczyć dziecku, że to właśnie przez jego kochanego tatusia znajdowali się w takiej sytuacji. Do dziś nie potrafiła zrozumieć, gdzie miała rozum, kiedy postanowiła zamieszkać z tym facetem. Ale jak zawsze mawiała jej matka pełna swych pijackich mądrości: „Ładne dziewczyny są jak wybory prezydenckie. Nieustanna walka między republikańską głową a demokratyczną dupą". Jeśli tak, jej eks był jak większość wyborców, zapatrzony w siebie, pełen uprzedzeń i zwyczajnie głupi.

– Jest coś jeszcze w lodówce? – zapytała, sięgając po wiszący na krześle szlafrok. Ścisnęła pasek i spięła włosy.

Chłopiec biegiem opuścił pokój.

– Jest jeszcze trochę sałatki Cobb – zawołał już z kuchni. – Tej od pana, co przyszedł z kwiatami. Jakiś kawałek sera, bekon i dwa pomidory.

Przez chwilę milczał, po czym dodał z wahaniem:

– A nie, pomidory już się nie liczą. Są za to jajka i mleko. A w szafce trochę płatków i proszek na naleśniki. Na śniadanie starczy.

Rosie weszła do kuchni i włączyła ekspres. Potrzebowała kawy.

Loki otworzył oczy. Jak na zawołanie do jego umysłu jęły intensywnie dobijać się wspomnienia wydarzeń z wczorajszego wieczora. Pamiętał, że przegrana zapewniła mu nową robotę, przypomniał sobie nawet, jak jeden z aniołów pisał mu na ręce adres jakiejś kobiety, tak żeby na pewno nie zgubił... Za nic jednak nie potrafił sobie przypomnieć, skąd wziął się nagi w tym pieprzonym polu kukurydzy!

– Cholera – zaklął, wstając.

Po jego stopie przebiegła polna mysz. Przystanęła na moment, powęszyła sekundę i pognała dalej. Loki patrzył przez chwilę za zwierzątkiem, po czym odruchowo uniósł rękę, by spojrzeć na zegarek. Pod wypisanym czarnym tuszem adresem któryś opierzony dowcipniś narysował mu tarczę zegarka wskazującego za pięć dwunastą i dodał krótką notatkę: „Spiesz się".

– Cholera jasna – rzucił ponownie i ruszył przed siebie.

Mimo wczesnej godziny upał wyraźnie dawał mu się we znaki. Suszyło go potwornie, a do tego wcale nie miał pewności, czy idzie we właściwą stronę. Jeżeli źle obrał kierunek, mógł brnąć przez pola godzinami…

Miał szczęście. Po niecałej półgodzinie marszu dobiegł go z wiatrem nieprzyjemny zapach gaszonego moczem ogniska. Loki przyspieszył, odrobinę zmieniając azymut, i niebawem stał już na skraju pola.

Tuż obok drogi na niewielkim wypalonym kawałku ziemi motocyklowy gang odsypiał nocną orgię. Świadczyły o tym porozrzucane wszędzie butelki i elementy damskiej bielizny. Właścicielki wszechobecnej garderoby wtulały się w leżących wokół prymitywnego paleniska brodaczy odzianych w skóry. Nieco dalej stały zaparkowane motocykle Harley Davidson. Loki obejrzał grafiki na bakach. Przedstawiały gorejący krzew z dwoma anielskimi skrzydłami.

– Dzięki chociaż za to – westchnął bóg kłamstwa, unosząc oczy ku niebu, po czym podszedł do leżącego najbliżej mężczyzny i szturchnął go nogą.

Brodacz powoli otworzył przekrwione oczy. Zaraz jednak, sycząc z bólu, zamknął je z powrotem.

– Czego, kurwa?! – warknął.

Loki się uśmiechnął.

– Potrzebne mi twoje ubranie, broń… i motor – odparł.

– To bierz i spierdalaj! – Motocyklista odwrócił się na drugi bok, zaraz jednak, kopnięty ponownie, wrócił do swej poprzedniej pozycji.

– Daj mi spać, człowieku – w przepitym głosie słychać było błagalną nutę. Kłamca przykucnął obok i złożył ręce, opierając łokcie na kolanach.

– Musisz się rozebrać – przypomniał.

– Hej! – usłyszał nagle. – Co ty tam robisz, zboku?!

Po przeciwnej stronie paleniska siedział, o dziwo, niemal całkowicie rozbudzony facet i mierzył do niego z obrzyna. Pozostali, zbudzeni krzykiem, podnosili właśnie skacowane głowy. Dziewczyny próbowały zasłonić nagie piersi, ale przyjrzawszy się intruzowi, stwierdziły, że nie warto. Gość stojący nago na kukurydzianym polu, który na dodatek właśnie podpadł uzbrojonym gangsterom, z pewnością ma na głowie inne rzeczy niż gapienie się na nagie biusty. A nawet jeśli… pewnie i tak nie pożyje długo. Czemu zabierać mu ostatnią przyjemność?

Tylko jeden członek gangu trwał w mocnym postanowieniu spania dalej – ten tuż przed Lokim. Kłamca pokręcił głową z dezaprobatą i powoli się wyprostował.

– Słuchajcie, ja tylko… – spróbował tłumaczenia, ale ledwie zaczął, już wiedział, że to na nic. Dyskretnie powiódł wzrokiem po ciele leżącego brodacza. Gdyby się dobrze postarał, może zdążyłby wyciągnąć pistolet z kabury przy jego udzie i wycelować w gościa z obrzynem. Może nawet zdążyłby wystrzelić…

Kucnął, błyskawicznym ruchem wyszarpnął broń i rzucił się na ziemię, przetaczając na plecy. Chmurka śrutu przemknęła tuż nad jego nagim torsem. Loki obrócił się na brzuch i zrewanżował dwoma strzałami. Trafił w kamizelkę, tuż nad naszywką z nieaktualną już ksywką Farciarz.

Pozostali motocykliści, odpychając od siebie sztywne ze strachu towarzyszki, również sięgnęli po spluwy, ale ich przeciążone umysły nie nadążały z wydawaniem rozkazów ciału. Loki zdążył wstać i rozwalić jeszcze dwóch, nim padł kolejny strzał w jego kierunku. Kobieta! Klęczała przy Farciarzu i trzymała jego zapasową broń w obu rękach niczym wystraszona kadetka w tandetnym serialu o szkole policyjnej. Gdyby umiała strzelać, w tej pozycji stanowiłaby niemałe zagrożenie, ale na szczęście dla Kłamcy szarpnięcie odrzutu sprawiło najwyraźniej, że zapomniała o reszcie nabojów w magazynku. Zanim się opamiętała, kula przeszyła jej krtań.

Loki tymczasem przeskoczył przez ognisko, wyrwał dziewczynie pistolet i zgrabnym przewrotem zszedł z linii strzału dwóm członkom gangu. Zorientowali się, że teraz mierzą do siebie nawzajem, już w chwili ściągania wrażliwych spustów. Sekundę później spod długiej brody pierwszego trysnęła fontanna krwi, a drugi pochylił głowę najniżej, jak mógł, i dłonią z pistoletem próbował zetrzeć rosnącą na piersi plamę krwi.

Kłamca odwrócił się i spojrzał w oczy ostatniemu motocykliście, temu, którego zaczepił na samym początku, a którego huki strzałów i porykiwania kompanów zdołały wreszcie przekonać, że sytuacja jest na tyle poważna, by odłożyć na później kaca i braki snu.

– Stary, czego ty, kurwa, od nas chcesz? – zapytał, trąc oczy, i zaraz wymierzył w Kłamcę oskarżycielski palec. – Ej, to moja spluwa?

Loki westchnął.

– Tak, twoja – odpowiedział. – I mówiłem już, czego chcę. Radzę wysilić główkę, bo powtarzać nie będę.

Po chwili siedział na motocyklu ubrany w skórzane spodnie, kurtkę bez kamizelki i czarny T-shirt. Na nosie miał okulary przeciwsłoneczne, a w olstrze obrzyna. Włosy związał w koński ogon.

– Ma któraś z was lusterko? – zwrócił się do kobiet. – Te w motocyklu są tak brudne, że boję się dostać tężca.

Jedna z panienek zaczęła grzebać w swoich rzeczach i po chwili podała mu kosmetyczkę. Loki przejrzał się i uśmiechnął.

– A wykałaczkę?

Johnny zastukał do drzwi łazienki. Po chwili jeszcze raz, tylko głośniej. Wewnątrz ucichł szum prysznica i chłopiec usłyszał przytłumiony głos matki:

– Tak?

– Przyszli jacyś panowie. Mówią, że są od pana Deedsa.

– Wpuściłeś ich?!

Chłopiec odruchowo wzruszył ramionami, choć kobieta nie mogła go przecież widzieć.

– Sami weszli. – Przysunął głowę bliżej drzwi. – Mieli klucze od pana Cooka z recepcji i wiedzą, że jesteś w domu. Czekają na ciebie.

Przez łazienkę przebiegł cichy pluton przekleństw. Potem zaległa cisza. Johnny się zaniepokoił.

– Mamo?

– Powiedz, że zaraz wyjdę, tylko coś włożę.

Cicho przekradła się do sypialni, wyszukała najkrótszą mini, a do tego przyciasną bluzkę na ramiączkach i z dużym dekoltem. Jenny, jej przyjaciółka z pracy, nazywała ten strój OBA – Ostatni Babski Argument. Wyjątkowo rzadko zdarzało się, by nie skutkował, gdy załatwiała coś z facetami.

Jednak wchodząc do salonu, spostrzegła, że tym razem nie miała szans. Nie miałaby ich nawet w samej bieliźnie.

W pokoju znajdowało się trzech mężczyzn w garniturach i w okularach przeciwsłonecznych na nosach. Dwóch stało przy drzwiach wyjściowych, wyraźnie sugerując, że choćby nawet kopnęła w jaja ich towarzysza, przeskoczyła kanapę i dobiegła do wyjścia, to korytarza nie zobaczy. Nie mówiąc już o światełku na jego końcu.

– Witam w prawdziwym świecie, pani McNugget – powiedział trzeci mężczyzna. Choć wyglądał jak dwaj pozostali, nie było wątpliwości, że to on jest szefem. Siedział na kanapie, prawy łokieć opierając o blat szklanego stolika. W palcach drugiej ręki obracał dużą srebrną monetę. – I choć odnoszę wrażenie, że raczej nie przypadnie on pani do gustu, mam nadzieję, że będzie pani na tyle rozsądna, by jednak na trochę w nim zagościć.

Wskazał fotel naprzeciwko siebie. Rosie skinęła głową i posłusznie zajęła miejsce. Ścisnęła nogi, a ręce złożyła na podołku, czując, jak szlag trafia resztki pewności siebie.

– Panowie przyszli w sprawie… – zaczęła, z trudem opanowując drżenie głosu.

– Długu pani męża, oczywiście – mężczyzna odparł z uśmiechem. – A z jakiegoż innego powodu trzech uzbrojonych drabów straszyłoby pani syna i brudziło podłogę zapaskudzonymi buciorami?

Zaśmiała się nerwowo. Na dźwięk słowa „syn" odruchowo zerknęła ku wnętrzu mieszkania. Johnny'ego nie było w drzwiach, ale na pewno uważnie przysłuchiwał się rozmowie z drugiego pokoju i tak jak ona był uwięziony w mieszkaniu. Gdyby nie on, gdyby była sama, pewnie właśnie by się poddała. Dla niego jednak musiała próbować jakoś się z tego wykaraskać.

– Panowie – rzuciła nieco odważniej – nie jest chyba tak źle, by...

– Nie mogło być lepiej? – Rozmówca kolejny raz wszedł jej w zdanie. – Niewątpliwie. Obawiam się jednak, że jedynym, co poprawi pani sytuację w chwili obecnej i skłoni nas do opuszczenia tego pomieszczenia bez pani serca w skrzyneczce, jest wypowiedziane w ciągu najbliższej minuty zdanie: „Proszę, panowie, oto wasze pięćdziesiąt tysięcy".

Aż podskoczyła.

– Ile?!

Mężczyzna wzruszył ramionami.

– Nie wiem, jak to ująć, żeby nie mówić źle o zmarłym, ale pani mąż był... No cóż, lubił damskie towarzystwo.

Rosie z niedowierzaniem pokręciła głową.

– Pięćdziesiąt tysięcy! I on wydał to wszystko na dziwki?! – uniosła się, zupełnie zapominając o stojącym gdzieś za drzwiami Johnnym.

Zrozumiałaby, gdyby szło o prochy, hazard, pomysł na biznes. Ale kurwy?! Przecież dziesięć lat temu zdobyła pieprzony tytuł cholernej miss stanu!

– Proszę sobie nie brać tego do serca – powiedział mężczyzna ze świetnie zagranym współczuciem, pochylając się w jej stronę. – Jest pani piękną kobietą. On po prostu miał naturę łowcy... No, może bardziej turysty na safari, w końcu za wszystko płacił, ale wie pani, do czego zmierzam.

Siedziała z tępą miną. Już nie walczyły w niej głowa i dupa, tylko lęk z wściekłością.

Stojący w przedpokoju Johnny najciszej jak potrafił podniósł słuchawkę telefonu i wystukał dobrze znany z telewizji numer 911.

Wjeżdżając do miasta, zwolnił. Zerknął na adres na przegubie, potem na drogowskaz. Był prawie na miejscu. Skręcił i zaczął uważniej przyglądać się numerom domów. Już z daleka dojrzał ten, do którego zmierzał – niewielką trzypiętrową kamienicę o zrujnowanej elewacji i tak przerdzewiałych schodach przeciwpożarowych, że nawet ptactwo wolało nie ryzykować.

Kiedyś był to najładniejszy budynek w okolicy. Właściciel pobliskiej fabryki obuwia, zafascynowany Europą, kazał go postawić, by mógł służyć rodzinom fachowców ściągniętych ze Starego Kontynentu. W zamyśle zarówno biznesmena, jak i architekta miała to być kamienica na wzór paryskich, z mansardowym dachem, wąskimi oknami i gzymsami wyraźnie oddzielającymi piętra. Cel udało się osiągnąć, choć nie bez kompromisów – schody pożarowe szpecące zachodnią ścianę budynku były tego najwyraźniejszym przykładem.

Potem, pod koniec lat sześćdziesiątych fabryka upadła, fachowcy rozjechali się po całym kraju, a oddana miastu kamienica marniała z roku na rok, stając się przez jakiś czas siedliskiem narkomanów, a potem domem życiowych nieudaczników, których nie stać było na nic lepszego.

Na chodniku przed budynkiem stał zaparkowany czarny mercedes, a na ławeczce po przeciwnej stronie ulicy siedział gruby, łysawy pięćdziesięciolatek ubrany w zgniłozielony prochowiec. Skubał orzeszki i gapił się w okna na piętrze.

Loki zatrzymał motocykl koło mercedesa i wyciągnął obrzyna z olstra. Zakręcił nim, wycelował w ziemię i włożył do umocowanej przy udzie kabury. Wokół jego pojazdu zaraz zgromadziły się okoliczne dzieciaki, barwnym slangiem komentując to maszynę, to spluwę. Kilkoro rzuciło też parę pełnych podziwu komentarzy o samym przybyszu, choć te z racji przewagi czarnoskórych utonęły w morzu rasistowskich wyzwisk. Nikt natomiast nie przywołał nazwy klubu, którego emblemat widniał na baku, co znaczyło, że załoga nie miała tu najwyraźniej specjalnego poważania. Kłamca wyjął z kieszeni spodni kilka pomiętolonych dolców i rzucił je dzieciarni. Miał nadzieję, że kupi tym choć kilka minut ich sympatii, dzięki czemu nie przefasonują mu maszyny. Szanse były niewielkie, ale i banknotów niedużo, a w dodatku nie jego. Mógł zaryzykować. Poprawił kurtkę i pas, po czym pewnym krokiem ruszył w stronę budynku. Nagle jednak, tknięty jakimś dziwnym przeczuciem, zawrócił, minął dzieciaki, przekroczył jezdnię i stanął tuż przy ławeczce.

Siedzący na niej grubas uniósł głowę dopiero, gdy znalazł się w cieniu motocyklisty.

– Czy mogę w czymś pomóc? – zapytał z nutką lęku w głosie. Loki się wyszczerzył.

– Ma pan może wykałaczkę?

Napięcie spełzło z twarzy siedzącego, nadal jednak lekko drżały mu ręce i nogi.

– Nie, ale mam zapałki i scyzoryk – odparł, sięgając do kieszeni. – Jak się obetnie główkę z siarką, niemal nie widać różnicy. Chce pan?

Kłamca pokręcił głową.

– W naprawdę ważnych sprawach unikam prowizorki. Ale chciałem spytać o coś jeszcze. Nie wie pan, czy zastałem Rosie McNugget?

Nieco zmieszany mężczyzna odruchowo zerknął w stronę okien, którym przyglądał się od rana. Jedynych w tym budynku, które miały firanki i całe szyby.

– Nie wiem. Też na nią czekam. Mam jej do...

Kłamca dobył obrzyna, podrzucił, chwycił za lufę i na odlew wyrżnął siedzącego w skroń kolbą. Grubas osunął się z ławki wprost na stos skorupek po orzechach.

– Precyzyjna odpowiedź na pytanie. Tylko tyle potrzebowałem – powiedział Loki i ruszył w stronę kamienicy. Gdy przeszedł koło motocykla, czarne dzieciaki zgotowały mu taką owację, jakby właśnie rozniósł w pył oddział Klanu. Kłamca uznał, że w połączeniu z dolarami ta reakcja stanowiła dla motocykla dobrą wróżbę.

– Zobacz, co się tam dzieje – polecił mężczyzna siedzący naprzeciw Rosie, nawet na ułamek sekundy nie spuszczając jej z oka. – A jeśli któryś z tych gnojków namalował coś na samochodzie, to Bóg Wszechmogący mi świadkiem, steki będziecie od tej pory przyswajać w szejkach.

Jeden z milczących podszedł do okna. Drugi natychmiast przesunął się, zasłaniając drzwi plecami. Dojrzawszy minę Rosie, wyszczerzył pożółkłe zęby.

– Nic nie robią z samochodem – usłyszeli po chwili. – Gapią się tylko na jakiś motor.

Siedzący podrzucił monetę i złapał ją tuż nad ziemią, choć ani na chwilę nie oderwał wzroku od przestraszonej kobiety.

– Mam nadzieję, że na masce naszego wozu nie ma śladu ich brudnych dup, bo jeżeli tak, to…

Tym razem nie zdążył dokończyć groźby, bo nagle rozległ się potworny huk. Mężczyzna strzegący wejścia przycisnął ręce do brzucha, a chwilę później leżał już na podłodze z drzwiami na plecach. Jego stojący przy oknie towarzysz odwrócił się. Zdążył tylko dostrzec szczupłego mężczyznę w skórzanej kurtce i z obrzynem w ręce wyłaniającego się z kłębów dymu i kurzu, zanim wielka giwera plunęła mu śrutem prosto w twarz.

Siedzący na sofie miał więcej szczęścia i rozumu niż jego towarzysze. Gdy tylko usłyszał huk, rzucił się na podłogę za sofą, mocnym szarpnięciem zmuszając do tego samego Rosie. Wyszarpnął broń z kabury i wetknął ją dziewczynie pod brodę.

– Zabiję ją, jeśli się zbliżysz! – wrzasnął. – Kimkolwiek jesteś, zajebię ją, jeśli zrobisz chociaż jeszcze jeden krok!

Cały spokój i pogoda ducha, z jaką do tej pory prowadził rozmowę, zniknęły w jednej chwili. Odgłos podkutych butów przybysza zdawał się coraz bliższy.

– Tylko nie postrzel jej w sposób uniemożliwiający zabawę – poprosił z rozbawieniem Loki, cicho repetując broń – a wszystko będzie w porządku.

– Czego chcesz?! – rozległ się kolejny wrzask zza sofy.

Kłamca pochylił głowę i zamknął oczy. Pod jego powiekami zaczęły krążyć zapomniane słowa zapomnianego języka.

– Przejeżdżałem obok i zastanawiałem się, ile może palić taki mercedes. I jak bardzo można go rozbujać na prostej – rzucił dla niepoznaki nieco drętwym głosem. Słowa pod jego powiekami zaczęły układać się w zdania, a te z kolei w obrazy. Jeszcze tylko chwila i…

Był gotów.

Pomimo uwierającej ją w podbródek lufy, Rosie ucieszyła się z takiego przebiegu sytuacji. Nieważne, czy ów nowy przybysz był tajemniczym supermanem, czy też kolejnym wierzycielem jej męża – był zwykłym facetem, nie bubkiem w garniturze, a to zawsze dawało jej jakąś szansę. Tym większą, że najwyraźniej jeździł na motocyklu, może nawet w którymś z klubów, a na takich OBA działał najlepiej. Żeby tylko nie dał się załatwić...

Wtem zobaczyła jego głowę wychyloną zza oparcia sofy. Głupio, naiwnie, jak goffer ze swojej dziury. Dobrzy teksascy strzelcy takich błędów nie wybaczali, ale jej oprawca był przecież kolesiem w garniturze. Może wciąż istniała szansa. Wstrzymała oddech, modląc się w duchu, by na głupiego motocyklistę opadła jakaś niewidzialna kurtyna. Jeszcze tylko kawałek, jeszcze tylko sekunda...

Nagle przestała czuć chłód lufy na szyi. Broń śmignęła jej tuż przed oczami i bez ceregieli czy sekundy zwłoki wypaliła dwukrotnie w stronę wychylonego zza kanapy motocyklisty. Tajemniczy przybysz zacharczał, złapał się za przestrzeloną krtań i padł na ziemię zalany krwią. Widząc to, garniak poderwał się błyskawicznie, raz jeszcze wypalił do zwłok i z uśmiechem poprawił marynarkę. Odwrócił się do Rosie.

– Na czym skończyliśmy, kochanie? – zapytał, a potem jego głowa zmieniła się w coś na kształt przegniłego arbuza zrzuconego z wieżowca.

Obryzgana krwią i kawałkami mózgu kobieta z całych sił zmuszała się, by nie wrzeszczeć. Zamknęła oczy w naiwnym dziecięcym przeświadczeniu, że skoro ona nie widzi zła, to ono też będzie na nią ślepe. „Jedna Missisipi", liczyła cicho, „dwie Missisipi, trzy Missisipi…"

Gdy naliczyła ich dziesięć i zdecydowała się spojrzeć, sofa była odsunięta, a przed nią stał tajemniczy motocyklista, cały i zdrowy. Odwróciła głowę zaskoczona. Jego zwłoki nadal tam leżały, ale stawały się coraz bardziej przezroczyste. Mogła przez nie zobaczyć błysk leżącego na podłodze kolczyka, który zgubiła w zeszłym miesiącu.

– Jasna cholera! – westchnęła tylko, nim jej umysł uznał, że dość już wrażeń na jedno przedpołudnie i zachowawczo odciął zasilanie.

SAMO POŁUDNIE

Zastępca szeryfa Taylor kołysał się na krześle, nerwowo bębniąc palcami o blat biurka. Z całego serca nienawidził takich sytuacji. Jego uczucie było tym silniejsze, że od kiedy pięć lat temu znalazł robotę w tym miasteczku, zdarzały się one nagminnie. Średnio raz na tydzień stawał przed wyborem: lojalność wobec szefa bądź… no właśnie, kogo? Społeczeństwa? Siebie? Ideałów?

Zwykle jego myśli docierały do tego właśnie momentu, po czym zastępca Taylor podejmował zawsze tę samą decyzję. Tak było i tym razem.

Pochylił się nad biurkiem i nacisnął przycisk interkomu. Czekał przez chwilę, a jego palce jęły uderzać w biurko coraz szybciej. Może to znak, żeby jednak się wycofać? Może…

Z głośnika dobiegł najpierw cichy chichot, a zaraz potem bas szeryfa.

– Czego?

Taylor przełknął ślinę.

– Mamy wezwanie, szefie. Dzwonił pewien dzieciak i mówił, że u niego w domu są jacyś goście i straszą mu matkę. Podobno wyglądają groźnie i…

– Jak myślisz, Taylor, co mnie to obchodzi? – zapytał mocno znużony głos. – Standardowa procedura. Kurwa, czy wszystko muszę powtarzać po tysiąc razy?

Coś w głowie zastępcy kolejny raz zaproponowało, by się wycofał. Mało brakowało, a tym razem posłuchałby tej myśli.

– Znam procedurę, ale doniesienie pochodzi z domu Rosie McNugget.

Szeryf nie odpowiedział. Taylor doskonale wiedział, że wzrok i myśli szefa skupione są teraz na stojącym na biurku zdjęciu syna. Zdjęciu z czarną tasiemką w narożniku ramki. Postanowił dać mu chwilę, zanim dokończył:

– Podobno ci ludzie są uzbrojeni. I myślę, że jest bardzo prawdopodobne, że zaczną strzelać, a wtedy…

– Stul dziób, kretynie! – ryknął szeryf. – Zaraz wyjdę.

Po chwili z gabinetu wypadła rudowłosa dziewczyna, zasłaniając nagie piersi trzymaną w rękach koszulką. Spomiędzy palców wystawały jej banknoty, które pewnie jeszcze dziś Taylor będzie musiał odzyskać, wlepiając dziewczynie mandat gdzieś na drodze. Taka osobliwa wersja dobrego i złego gliny, którą zwykli w tym mieście witać młode kurewki. Niedługo po tym, jak dziewczyna zniknęła za przeszklonymi drzwiami biura, w progu gabinetu stanął szeryf. Usiłował zapiąć pasek, w czym usilnie przeszkadzał mu potężny brzuch.

– Nigdy – zaczął spokojnie i, co dziwne, utrzymał w tym tonie resztę wypowiedzi – nie waż się mówić o interesach w towarzystwie osób postronnych. A zwłaszcza wtedy, gdy osoba postronna to pierdolona irlandzka dziwka.

Taylor skinął głową.

– Mam wezwać chłopaków? – zapytał.

– Dwa patrole. I niech się dobrze przygotują. Ci od koronera w końcu dostaną jakąś robotę.

Obudziło ją głośne plaśnięcie i uczucie, jakby wsadziła policzek do kominka. Krzyknęła, a jej dłoń błyskawicznie powędrowała w stronę twarzy, by rozetrzeć bolące miejsce. Pochylony nad nią motocyklista sprawiał wrażenie, jakby przyładowanie jej w twarz sprawiło mu niemałą frajdę.

– Wyspana? – zapytał. – Najwyższy czas wstawać. Mów mi Loki. Znaczy, jak będziesz naprawdę musiała, ale najlepiej nie mów.

Pokiwała głową. W jednej chwili wrócił do niej cały koszmar tego poranka. Zupełnie jakby ktoś pozbierał wydarzenia kropla po kropli, zamieszał, a na koniec chlusnął jej nimi w twarz. Przekręciła się na bok i zwymiotowała.

– Gdzie jest Johnny? – zapytała po chwili, ocierając usta.

Loki wstał z klęczek i otrzepał kolana. Poczekał, aż dziewczyna wstanie, po czym podał jej znalezioną w kieszeni wymiętoloną paczkę chusteczek. Nie przyjęła.

– Gdzie jest mój syn? – ponowiła pytanie, tym razem głośniej i bardziej stanowczo.

Kłamca wzruszył ramionami.

– A, o niego ci chodzi? Myślałem, że nieudolnie cytujesz *Lśnienie*. Siedzi w kuchni i bawi się nożami. Kiedy go ostatnio widziałem, szczeniak wyglądał, jakby chciał się nimi przede mną bronić.

Rosie się uśmiechnęła. „Dzielny chłopak", pomyślała. „Dzielny jak mało kto".

– Nic dziwnego, że się pana wystraszył – stwierdziła. Przez moment zamajaczyła jej przed oczyma wizja najpierw leżących pod oknem, a potem znikających zwłok. Odegnała ten obraz, biorąc go za wywołaną strachem halucynację. – Wygląda pan dość strasznie.

– To ten legendarny teksaski sposób okazywania wdzięczności za uratowanie? W takim razie nie ma za co.

– Och, ależ ja bardzo panu dziękuję – zmitygowała się Rosie, ruszając w stronę kuchni. – I zaraz o tym porozmawiamy, tylko... Johnny? Gdzie jesteś, synku? Chodź do mamy!

– Spokojnie. Właściwie ja też mu się nie dziwię, że się wystraszył – burknął pod nosem Loki, podążając za nią. – Powiedziałem, że skręcę mu kark. Przez niego będziemy tu mieli za chwilę całą lokalną policję.

Na dźwięk głosu matki chłopiec wybiegł z kuchni, machając tasakiem wielkim jak jego ramię. Ze szczęścia nawet nie zdawał sobie sprawy, że go trzyma.

– Mamo! – zawołał, puszczając się biegiem w jej stronę. – Tak się bałem!

Kobieta kucnęła, rozłożyła ręce...

I wtedy właśnie Johnny zahaczył stopą o podwinięty róg dywanu. Balansując szeroko rozłożonymi rękami, wywalczył sobie dodatkowy ułamek sekundy w pionie, potem jednak runął przed siebie, zupełnie przypadkowo mierząc ostrzem prosto w szyję matki.

Loki zachował zimną krew. Skoczył do przodu, pewnym ruchem złapał Rosie za włosy i szarpnął, ciągnąc na bok.

Upadła, a ostrze o kilka centymetrów minęło jej grdykę, raniąc ją tylko boleśnie w ramię. Chłopiec wylądował na matce i dopiero w tym momencie wypuścił z dłoni śmiercionośne narzędzie. Wtulił się z całej siły w Rosie, drżąc z przerażenia.

Kłamca ukląkł i obejrzał ranę. Pokręcił głową.

– Znając moje szczęście, umrzesz na tężec – wymruczał, po czym ruszył w stronę łazienki na poszukiwanie apteczki. Za plecami słyszał cichy szloch dziecka i matczyne słowa otuchy.

– Jak to nie mogę go zabrać?! – wrzeszczała Rosie ku uciesze zgromadzonych wokół motocykla dzieciaków. Któryś skomentował, że po raz pierwszy słyszy, żeby biała kobieta darła się w sposób właściwy dla ich czarnoskórych matek i babek. Młody Meksykanin tłumaczył natomiast białemu koledze różnicę między krzykiem Rosie a tym, który słyszał kiedyś, gdy w jego rodzinnej wiosce po drugiej stronie granicy kartel rozliczał się z kapusiami za pomocą opon i ognia. Trudno go było zrozumieć, bo używał do wyjaśnień chaotycznej mieszaniny angielskiego i hiszpańskiego.

Loki obrócił w ręce pudełeczko zabranych z kuchni wykałaczek.

– Bardzo mi przykro – odparł – ale nie mogę sobie pozwolić na ryzyko. Gówniarz o mało cię nie zabił. Poza tym mam tylko dwa miejsca, a tego oto młodzieńca moja umowa nie dotyczy. Znaczy inaczej, dotyczy, ale rozdzieleni macie większe szanse, niż będąc razem. Teraz i tak może być problem, gdy postanowisz zemdleć albo co. Jedna osoba do niańczenia to dla mnie aż nadto.

Wskazał brodą na jej niefachowy opatrunek ukryty teraz pod przewiewnym sweterkiem. Rosie nie dawała jednak za wygraną.

– Proszę pana – powiedziała, używając tonu zarezerwowanego dla szczególnie skrupulatnych urzędników – jestem panu niezmiernie wdzięczna za ratunek, jednak… Bez niego nie jadę. I jeżeli nie pomoże pan nam obojgu, pański wysiłek pójdzie na marne.

Kłamca wzniósł oczy ku niebu i pokręcił głową. Z oddali dobiegło ich ciche zawodzenie policyjnej syreny. Czasu było coraz mniej.

– No dobrze – zgodził się. – Wyślij go, niech poszuka u twoich gości kluczyków do tego mercedesa.

– Chyba pan nie myśli, że… – zaczęła, ale spojrzenie Lokiego było aż nadto wymowne. Zmusiła chłopca, by puścił jej nogę.

– Poczekaj tu, kochanie, mamusia…

– Nie mamusia. – Loki wskazał na dzieciaka. – On. Nawet potykając się na prostej drodze, zrobi to szybciej.

Rosie już otwierała usta, by zaprotestować, ale Kłamca nagle przykucnął przy chłopcu.

– Dobra – powiedział. – Dość tego!

Przejechał ręką po twarzy jakby w geście rezygnacji, a gdy cofnął dłoń, na ułamek sekundy chłopiec ujrzał prawdziwe oblicze Lokiego, strawione jadem do mięsa i ociekające ropą.

– Buu – wyszeptał Kłamca, potęgując jeszcze upiorny efekt paskudnym uśmiechem.

Chłopiec wrzasnął i na złamanie karku popędził do wnętrza kamienicy.

Loki trwał tak jeszcze przez kilka sekund, po czym strzepnął z ramienia niewidzialny pył i wstał.

– A teraz wsiadaj – warknął, nie dając osłupiałej matce dojść do słowa. – I nie myśl, że skoro cię dzisiaj broniłem, to nie potrafię być brutalny. Już!

Chwilę później patrzył, jak dziewczyna znika w drzwiach budynku. Jego mina wyrażała jednocześnie gniew, zdumienie i podziw.

– Czy ja dobrze słyszałem? – zapytał stojącego najbliżej dzieciaka, wyglądającego jak niemal podręcznikowy przykład potomka białych południowych wsioków. – Czym ona kazała mi się wypierdolić?

Nie czekając na odpowiedź, pobiegł za nią. Dźwięk syren stawał się coraz głośniejszy, a już po chwili zza rogu wyjechał pierwszy radiowóz.

Każde dziecko ma swoje ciche miejsce. Zakątek, do którego udaje się, gdy nagle odkrywa kolejną niesprawiedliwość świata. Zwykle wchodzi tam z zamiarem trwania w swym małym buncie do chwili, gdy rzeczywistość nie przyjmie jego warunków, i najczęściej wychodzi zmuszone do kapitulacji przez zdradziecki żołądek lub pęcherz.

Każda dobra matka zna kryjówkę swojego dziecka, choć żadna nie przyznałaby się do tego dobrowolnie. Nigdy też nie weszłaby do niej bez potrzeby…

Tym razem jednak potrzeba była ewidentna i Rosie, uważająca się za całkiem niezłą matkę, gnała na strych, przeskakując po dwa, a czasem i trzy schodki na raz.

– Johnny! – zawołała, stając pod uchylonymi drzwiami na najwyższym piętrze. – Chodź tu do mnie. Ten pan już nam nic nie zrobi, synku. Chodź, proszę, do mamy! Gdy nie doczekała się odpowiedzi, pchnęła drzwi i powoli przekroczyła próg.

Na strychu panował półmrok. Większość niewielkich okienek z braku szyb była zasłonięta deskami pokrytymi gęstą warstwą kurzu i pajęczyn. Mimo to Rosie doskonale wiedziała, gdzie ma iść. Nogi niosły ją niemal same.

– Jesteś tu, kochanie? – zapytała, stawiając stopę tuż obok krzywej trzydrzwiowej szafy zniszczonej i wyrzuconej tu pewnie jeszcze przez pierwszych lokatorów kamienicy. – Johnny? To ja. Już nie ma się czego bać.

Z zewnątrz dobiegł ją dźwięk dławiącej się syreny, a zaraz potem wszystko umilkło. Słychać było tylko ciche brzęczenie owadów gdzieś w głębi strychu.

Stanęła przed starym, nakrytym płachtą stołem i kucnęła, zaglądając pod spód. W ciemności dostrzegła zarys ciała chłopca i jego rozszerzone ze strachu oczy. Rosie odetchnęła.

– Już dobrze – wyciągnęła w stronę syna lewą rękę. Zaraz jednak syknęła z bólu, gdy ledwo przyschnięta rana znów się otworzyła. – Nie będziemy się już zadawać z tamtym panem. Sami sobie poradzimy. Tylko musimy się spieszyć, zanim przyjedzie tu pan szeryf, dobrze? Chodź do mnie.

Johnny ani drgnął. Wyglądał jak pogrążony w transie. Rosie wstała i złapała za krawędź stołu, chcąc go odsunąć. Stanęła bokiem do blatu, by łatwiej się zaprzeć, i szarpnęła z całej siły. Wtedy za jej plecami rozległo się głośne:

– Stój!

Ale było już za późno.

Szeryf wyłączył silnik i sięgnął po kapelusz leżący na fotelu pasażera. Dłuższą chwilę zajęło mu wygramolenie się z samochodu, ale nie musiał się nigdzie spieszyć Tayor, który był już na miejscu, podał mu przez radio, że strzały uzasadniające interwencję już padły. Były nawet trupy!

– Przy odrobinie szczęścia, synu, tej suki już nie ma wśród żywych – powiedział cicho, zakładając kapelusz i ocierając rękawem gromadzące się pod nosem krople potu. – A jeśli jest, to twój staruszek nie z tych, co marnują okazje. Będzie żałowała, że nie dała ci wtedy skończyć. Przyrzekam ci, George. To pewne, jak Bóg na niebiosach.

Charknął, splunął i rozejrzawszy się, ocenił sytuację. Oba wozy z jego biura były już na miejscu. Stanęły zdecydowanie bliżej niż on, po obu stronach mercedesa, blokując mu wyjazd. Koguty na dachach migały ostrzegawczo. Wszystko jak w regulaminie. Szeryf się uśmiechnął. Lubił profesjonalną robotę, do której nikt ze stanowych nie mógł się przywalić i która należycie wygląda opisana potem w raporcie.

Stojący przy motocyklu Taylor rozmawiał właśnie z grupą dzieciaków. Zauważywszy szeryfa, skinął głową i wyrwał się z otaczającego go kręgu.

– Chłopaki są w środku – powiedział, podchodząc.

Rozejrzał się, czy żaden z maluchów ich nie słyszy, i dodał półgłosem:

– Wszystko ustawiłem tak, jak pan chciał. Jak tylko ją znajdą, rozpoczną strzelaninę. Żadnych budzących podejrzenia pojedynczych strzałów. I niech pan się nie martwi postronnymi świadkami. – Brodą wskazał grupkę, z którą rozmawiał przed chwilą. – Czarnuchy, meksy i biała hołota.

Rzuciłem coś o poszukiwaniu kieszonkowców, więc zaraz powinni zacząć się ulatniać. Musiałem też spławić czekającego na McNugget rozżalonego komornika. Ale to raczej płotka i nie powinno być kłopotów, zwłaszcza że ktoś faceta zdzielił przez łeb, więc może mieć zaburzenia pamięci.

Skończył i spojrzał niepewnie jak chłopczyk oczekujący aprobaty nauczyciela. Doczekał się. Szeryf odpowiedział uśmiechem.

– Jeszcze rok temu pierwszego, który trafiłby ją przede mną – rzucił, wyciągając paczkę papierosów – przywiązałbym do zderzaka i przeciągnął po całym tym cholernym miasteczku. Ale ludzie się zmieniają, nie? Czyja to maszyna?

Zastępca wydobył z kieszeni zapalniczkę, zapalił i podstawił pod nos szefowi.

– No właśnie o tym chciałem mówić. To on zdzielił komornika i może być naszym kozłem ofiarnym, jakby tamci w domu…

– Konkret, Taylor, potrzebuję konkretu – niecierpliwił się szeryf.

– W domu mamy trzy trupy. Jeden nie ma bebechów, a dwóch straciło makówki. Koroner rzeczywiście nie będzie szczęśliwy.

Grubas podrapał się po głowie.

– Ostry facet. Znamy go? Barwy na motorze to…

– To żaden z nich – przerwał Taylor. – Poza tym Głosy Pana są na naszej liście płac. Nie robią nam niewesołych numerów. A ten facet? Pewnie jakiś pajac, który podpieprzył Głosom maszynę. Wie pan, szeryfie, lepiej niż ja, że w Teksasie nigdy nie zabraknie steków, ropy i naśladowców Eastwooda snujących się ze spluwą przy udzie. Ten konkretny jeszcze chwilę temu chciał stąd zabrać naszą panią McNugget i trochę się poprztykali. Teraz oboje siedzą w budynku i nikt nie będzie zdziwiony, jeśli wynikiem różnicy zdań odstrzelą sobie łby. Idealny koziołek.

Szeryf ostatni raz zaciągnął się papierosem i wyrzucił go daleko, do rynsztoka.

„Już po niej, George", pomyślał. „Jak Bóg na niebiosach, już po niej".

Czas zwolnił. Zupełnie jakby w swej złośliwości zapragnął przedstawić Rosie nawet najdrobniejszą konsekwencję pochopnego ruszania stołu. Bo teraz nie pozostało jej już nic innego, jak patrzeć. Stać w bezruchu z palcami wbitymi w blat i z przerażeniem czekać chwili, gdy wywołana przez nią lawina zdarzeń sięgnie celu – wielkiego i obrzydliwego gniazda os.

Popchnięte przez stół wiadro zdążyło się już wywrócić i uderzyć w kosz ze starymi parasolami. Zahaczony o rączkę jednego z nich kabel, którego drugi koniec niknął gdzieś na szafie, naprężył się, ściągając z góry starą lampkę z abażurem. Ta spadła wprost na wysunięty koniec deski opartej na kawałku dachówki i pewnie nieraz służącej Johnny'emu za huśtawkę. Teraz jednak zmieniła się w katapultę – lampka poruszyła nią, a drugi koniec rąbnął w wieszak bez jednej nogi. Ten zachybotał się zupełnie jak drzewo ścinane przez bohatera *Siedmiu narzeczonych dla siedmiu braci* i runął prosto na gniazdo os... by zatrzymać się wsparty o owadzią siedzibę niczym pijak o ścianę. Z wnętrza gniazda wyglądającego jak zmutowana piłka futbolowa dobiegł cichy pomruk niezadowolenia... i tyle.

Rosie stała jeszcze przez chwilę zlana zimnym potem, po czym powoli odwróciła się, by podziękować krzyczącemu za ostrzeżenie. Ujrzawszy Lokiego znieruchomiałego w pół kroku w dynamicznej pozie niczym grecka rzeźba atlety, tyle że z wykałaczką przyklejoną do dolnej wargi, nie wytrzymała. Wybuchnęła śmiechem.

– Więc jednak zmienił pan zdanie? – zapytała, patrząc, jak Loki ostrożnie odsuwa wieszak i stawia pod gniazdem stary kosz na pranie. Johnny, wczepiony w nią mocno, to mrużył oczy z wyrzutem, że matka w ogóle rozmawia z obcym, choć mieli się z nim już nie zadawać, to znowu łypał podejrzliwie w stronę Kłamcy. Trudno było stwierdzić, co w tej chwili kołatało w jego głowie, ale ani chybi poznawał właśnie w praktyce znane z telewizyjnych wiadomości stwierdzenie: sytuacja rozwija się dynamicznie.

– Właściwie to pomyślałem, że pomysł zwiewania przed glinami wcale nie jest taki mądry – stwierdził Kłamca. – Wezmę tych trzech na siebie, z ciebie zrobimy ich ofiarę. W biurze szeryfa przetrzymają was do jutra bezpiecznie, a ja się potem…

Potrząsnęła głową.

– Nie – przerwała mu. – Pomysł zwiewania przed glinami był jedynym sensownym, jeżeli mam wyjść z tego cało. Nie lubimy się z miejscowym szeryfem.

– Jak bardzo?

– Bardzo.

– Niedobrze. A cóż takiego spowodowało ową niechęć?

Rosie stanęła bokiem do syna i zasłoniła mu uszy.

– Powiedzmy, że nie pozwoliłam włożyć pewnemu skurwielowi tego, co chciał mi wcisnąć. Później okazało się, że ten gnojek był zastępcą, a co gorsza, także synem szeryfa.

– Był? – zapytał Loki, unosząc brwi. Dziewczyna uśmiechnęła się smutno.

– Moje „nie" dotarło do niego dopiero, gdy powiedziała mu o tym jego służbowa trzydziestka ósemka. Sąd potraktował to jako obronę konieczną…

– Ale szeryf nie może ci tego darować, tak? I szuka okazji, by to wyrazić – dokończył Kłamca, smętnie kiwając głową. – Więc tak, masz rację, rzeczywiście gliny odpadają. Wcale bym się nie zdziwił, gdybyś w ostatecznym raporcie okazała się jedną z ofiar tej rzezi. A ja przy tobie.

Usłyszał coś. Podszedł do małego okienka, które jeszcze miało szybę. Przetarłszy je, wyjrzał na zewnątrz.

– O wilku, czy też raczej tłustym kojocie, mowa. Chyba właśnie przyjechał szanowny tatuś.

– Taki obleśny grubas? Jeśli tak, to na pewno on. Nie ma drugiego takiego w całym stanie. Nie zmieściliby się.

Loki lekkim ukłonem pochwalił jej dowcip.

– Niezłe. Więc może masz też pomysł, jak stąd wyjść? – Powiódł wzrokiem po strychu. Rosie nie odpowiedziała, więc spojrzał na Johnny'ego.

– Chłopcze, czas zapomnieć o naszych małych nieporozumieniach. Musisz mi pomóc…

Taylor, klnąc na czym świat stoi, wszedł do budynku. Wcale a wcale nie podobała mu się rola jedynego zaufanego szefa. Zwłaszcza że wiązała się w zasadzie tylko z obowiązkami i odpowiedzialnością, bo szeryf rzadko pamiętał o czymś takim jak nagroda. Za to słowo „kara" musiał mu ktoś w dzieciństwie powiesić nad łóżkiem. Znał je jak mało kto.

Zastępca wkroczył w szarość śmierdzącego uryną korytarza, dobył broni, odbezpieczył. Jej ciężar w dłoni jakoś zawsze dodawał mu odwagi. Ale tym razem czuł się... głupio. W jego głowie zaszumiały niedawne słowa kolegów, te o wyglądzie trzech leżących w mieszkaniu ofiar. Jak to powiedzieli? Ktoś miał chyba armatę z celownikiem. Ciekawe, jak to określą ci od koronera, gdy już się łaskawie zjawią.

Wzdychając ciężko, zaczął powoli i ostrożnie wchodzić po schodach. Pierwsze piętro, drugie... Przeszedł długość korytarza i zajrzał przez wyważone drzwi. Policjanci stali, rozmawiając. Tylor już miał na końcu języka uwagę, że pilnując miejsca zbrodni, powinni raczej stać na zewnątrz, a nie w środku, żeby nie zadeptać śladów, tak bowiem stanowił regulamin. Uznał jednak, że nie zamierza dokładać hipokryzji do listy własnych grzechów, i zamiast tego zapytał:

– Macie coś jeszcze?

– Nigdzie ich nie ma – rzucił jeden z funkcjonariuszy. Jego usta wypełniała brunatna maź złożona ze śliny i tytoniu do żucia. – Tylko ci trzej. Pewnie sprawca czai się gdzieś na wyższych piętrach.

„Tak, a wy jak debile stoicie sobie tutaj i gadacie o pierdołach", pomyślał Taylor, ale i tym razem zmilczał. Jego uwagę przykuła brązowo-zielona plama wymiocin na środku pokoju. Uśmiechnął się złośliwie.

– Który nie wytrzymał? – zapytał.

– To już było – odpowiedział ten drugi, po czym wskazał ręką w stronę stóp Taylora. – W naszych stoisz. A przy okazji, kiedy pojawią się chłopaki ze stanówki? Bardzo chętnie usłyszałbym już to ich nadęte „przejmujemy sprawę". Albo chociaż koroner.

– Jadą – skłamał Taylor. – Ale znasz ich. Ci pierwsi uważają, że do trupów nie muszą się spieszyć, a ci drudzy po prostu są pojeba…

Z wyższego piętra dobiegł ich wrzask dziecka. Zastępca odwrócił się gwałtownie i jako jedyny uniósł broń. Zrobił krok w kierunku schodów, z których już po chwili zbiegł Johnny, wrzeszcząc jak opętany. Policjant błyskawicznie schował broń i złapał chłopca. Bez słowa przycisnął go do siebie, przytulił i trzymał tak prawie minutę, aż szczeniak się uspokoił, przestał krzyczeć i tylko chlipał nerwowo. Wtedy Taylor odsunął go od siebie i pogładził po włosach.

– Co się stało, mały? – zapytał. – Gdzie twoi rodzice?

Johnny wskazał palcem w górę.

– Tam – wydusił z siebie. – Ten pan… robi brzydkie rzeczy mamie.

Taylor postawił malca na ziemi i przyjrzał mu się z uwagą.

– Nazywasz się McNugget, prawda?

Johnny potwierdził skinieniem głowy, po czym przetarł nos rękawem. Zastępca szeryfa znów wydobył broń z kabury.

– I twoja mama jest z tym panem na strychu?

Kolejne potaknięcie.

– Zaczekaj tu na mnie, dobrze? Ej, wy, skoro i tak nic nie robicie, przypilnujcie chłopca.

Jak najciszej i jak najszybciej pobiegł na górę. Jeśli się pospieszy, może zdąży jeszcze na igraszki… Niestraszny mu był harleyowiec ze spodniami na wysokości kolan, a McNugget była niezła i fajnie by ją było zobaczyć w akcji, nawet niechcianej. Płynąca z ciężaru broni moc pomknęła wzdłuż palców, wypełniając go po brzegi.

Na igraszki nie zdążył i wyglądało na to, że nie miał prawa zdążyć. Co prawda Rosie leżała na podłodze w poszarpanym ubraniu, ale jęki siedzącego obok harleyowca, a zwłaszcza fragment złamanego drewnianego wieszaka tkwiący w jego brzuchu, świadczyły wyraźnie o tym, że może i McNugget często rozkłada nogi, ale najwyraźniej tylko przed tym, przed kim sama chciała.

Dziewczyna zauważyła Taylora i odruchowo spróbowała zasłonić częściową nagość.

– Zastępca szeryfa – powiedziała dziwnie przymilnie, jak nie ona. – Jak to miło pana zobaczyć.

Taylor wycelował jej w głowę.

– Zaraz nie będzie ci tak miło, suko – wycedził. Jego palec powoli zwiększał nacisk na spuście.

Nagle harleyowiec jęknął głośno. Zastępca spojrzał na niego kątem oka i w pierwszej chwili wziął zmianę na brodatej twarzy motocyklisty za grymas bólu. Ale już za moment zorientował się, że mężczyzna wpatruje się w niego z bezbrzeżną wściekłością.

– Nie wolno tak mówić o mojej mamie! – ranny niemal wykrzyczał te słowa. Jego głos brzmiał jak…

– Takie małe pytanie – rozległo się tuż za plecami Taylora.

Zastępca odwrócił się, wbrew logice doskonale wiedząc, co zobaczy. Stając frontem do wejścia, opuścił nieco wzrok. Mały Johnny celował z wielkiego obrzyna wprost w jego pierś.

– Oglądałeś film *Omen?*

Głośny huk i nagły, potworny ból odebrały mu możliwość odpowiedzi.

Szeryf czuł się trochę niekomfortowo z tym, że sam nie domyka tej sprawy, ale wiedział, że tak będzie najlepiej. Miał już swoje lata i kilogramy, a nie mógł przecież pozwolić, by jedno czy drugie zagroziło powodzeniu misji. Swojemu zastraszonemu zastępcy natomiast ufał na tyle, na ile był zdolny ufać komukolwiek, i wiedział, że ten w jego imieniu zadba o każdy szczegół. Nawet przez myśl mu nie przeszło, że Taylor mógłby okazać się na tyle głupi, by czekać, aż przeciwnik wyciągnie broń. Kto ma spluwę w ręce, ten ma przewagę – to zasada stara jak świat. Kto ma przewagę i ją traci, nie zasługuje na to, by żyć.

Mimo wszystko, gdy z wnętrza budynku dobiegły strzały, szeryf wcale nie miał pewności, czy wszystko poszło tak, jak powinno. Odetchnął z ulgą dopiero, gdy z krótkofalówki dobiegł go pełen przejęcia głos Taylora.

– Czysto – powiedział zastępca, nie wdając się w szczegóły. Szeryf z uśmiechem podrapał się po porośniętym szczeciną podbródku.

– Jestem z ciebie dumny, Taylor. Dziś bawisz się na mój koszt.

Z głośnika dobiegł pomruk zadowolenia, a zaraz potem ponownie głos zastępcy.

– Pewnie chciałby pan to zobaczyć. Zapraszam na strych. Ja tymczasem odwołam darmozjadów, niech już tam nie sterczą i nie depczą śladów.

„Myśli o wszystkim", przebiegło przez głowę grubasa. „Dobry chłopiec".

– Już tam do ciebie idę – rzucił, odwieszając mikrofon. Wytarabanił się z radiowozu i poprawił kapelusz. Ważne chwile wymagają odpowiedniej prezencji.

Zanim doszedł do drzwi wejściowych, minęli go funkcjonariusze dotąd obstawiający mieszkanie. Zatrzymał ich, wysłuchał bzdurnego raportu o niczym i zapewnił, że sam poczeka na koronera i policję stanową. Pozwolił też skorzystać z barku w swoim gabinecie, zapewniając, że mogą sięgać po wszystko, nawet najdroższego bourbona. A co!

Taylora spotkał koło mieszkania Rosie. Właśnie pochylał się, by przykleić odlepiający się koniec policyjnej taśmy do podłogi. Gdy wstał, na moment skrzywił twarz w grymasie bólu. Szeryf zauważył, że zastępca ma strzaskane ramię i mundur przesiąknięty krwią.

„To jednak twardziel", pomyślał. „Po głosie nie było znać, że tak oberwał".

– To? Drobnostka. – Taylor wychwycił spojrzenie szefa i wyszczerzył się, a następnie zdrową ręką wykonał zapraszający gest. – Proszę na górę, szefie. Pewna dama czeka tam na pana.

Obaj wybuchnęli śmiechem, jakby to był najprzedniejszy dowcip w historii świata. Gdy się opanowali, zastępca powiedział, że teraz idzie do wozu, bo chyba jednak musi to opatrzeć, a poza tym nie zamierza psuć szefowi ważnej chwili. Grubas poczekał, aż trzasną drzwi na dole, i dopiero wtedy podjął wspinaczkę. Na strych dotarł, ciężko dysząc, z czołem mokrym od potu. Od razu jednak zauważył, że było warto.

Nieco na lewo od wejścia leżał kozioł ofiarny z wielką dziurą w okolicy serca. Dłoń trzymał zaciśniętą na skrwawionym nożu. Dalej, ale z pewnością w zasięgu ręki harleyowca, znajdowały się zwłoki chłopca z poderżniętym gardłem. Po plecach szeryfa przebiegł dreszcz. Chciał wierzyć, że akurat z tą śmiercią jego zastępca nie miał nic wspólnego. Nie byli przecież potworami!

Ponure rozważania przerwał mu nagły, ledwo dostrzegalny ruch. Grubas spojrzał uważniej i z miejsca zapomniał o dzieciaku.

– Masz u mnie podwyżkę, Taylor – powiedział, kręcąc głową z uznaniem. – Zajebiście wielką podwyżkę.

Dziewczyna wciąż żyła, choć ledwo. Jej rozszerzone przerażeniem oczy i nerwowe, ograniczone ruchy dłoni sprawiły szeryfowi najmilszą z możliwych niespodzianek. Jak w pornolu sado-maso! McNugget leżała związana, choć w półmroku nie było tego widać. Większość knebla zasłaniały rozpuszczone włosy.

Tłuścioch przykucnął przy Rosie i z uśmiechem wyjął jej z ust starą piłeczkę do ping-ponga. Gorąco pragnął, by przed śmiercią choć raz błagała go o litość. Oczywiście jej nie zazna, ale…

– Uwaga, szefie! – wrzasnęła McNugget głosem Taylora. – To pułapka!

Pomimo swej tuszy szeryf błyskawicznie poderwał się na równe nogi i rozejrzał po pomieszczeniu. Było już jednak za późno.

Sznurek przeciągnięty od drzwi do kubła na pranie dostrzegł w chwili, gdy ten już naprężył się gwałtownie. Kubeł upadł, otwarte nagle więzienie wypuściło rój wściekłych os. Jednocześnie zatrzasnęły się wiodące na strych drzwi.

Rosie i mały Johnny wyszli przed budynek, zostawiając za sobą pełne bólu wrzaski uwięzionych na strychu mężczyzn.

Trzymając się za ręce, poczekali, aż czarny mercedes wykręci i zahamuje tuż przed nimi. Wsiedli. Zza murków, krzaków i z wnętrza parku przyglądały im się poukrywane okoliczne dzieciaki.

– I jak? – zapytał Loki. Nadal ubrany był w mundur zastępcy szeryfa, ale gdzieś zniknęła zdobiąca ramię czerwona plama, a twarz na powrót stała się obliczem harleyowca.

– Dokładnie tak, jak pan przewidział – odparła Rosie. – Trudno, by się nie nabrali na te… czary. Ale jak i… i przede wszystkim dlaczego pan to zrobił?

Kłamca zerknął w lusterko.

– Taka moja praca. Jedni rozwożą pizzę, inni ratują damy z opresji.

W lusterku zauważył, że dziewczyna na tylnym siedzeniu odpowiedziała mu uśmiechem. Jak na filmie, gdy popcorn się kończy i wiadomo, że zaraz będzie szczęśliwe zakończenie. Wyjechali właśnie zza budynków i wpadające przez okno złote promienie słońca rozświetliły jej twarz. Loki pomyślał, że przez jedną krótką chwilę wyglądała zupełnie jak Sygin w dniu ich ślubu. Brakowało tylko wianka ze stokrotek…

Kłamca westchnął ciężko. Stanowczo zbyt długo nie odwiedzał żony. Będzie to musiał nadrobić. Kto wie, może nawet tym razem go usłyszy, może tym razem, wbrew wszystkiemu, jednak się obudzi…

– A, zapomniałbym – powiedział po chwili. Jeszcze raz spojrzał w lusterko, ale złudzenie minęło. – Twoi mili goście zostawili ci niespodziankę. Pod moim siedzeniem jest czarna walizka.

Rosie sięgnęła po nią i otworzyła. Zaparło jej dech.

– Ile tego jest? – wykrztusiła.

– W sam raz, żebyś zaprosiła mnie na obiad, nie uważasz? Sądzę, że najwyższy czas coś zjeść.

Odwrócił się i spojrzał na Johnny'ego.

– Masz na coś ochotę, partnerze?

– Hamburgera wielkiego jak cały stan! – zawołał chłopiec, rozkładając ręce.

– Jak Teksas? Mam nadzieję, że będą mieli do niego dość sosu.

WIECZÓR W GRECJI

Stara kobieta odłożyła książkę, wyłączyła lampkę nad głową i przymknęła oczy. Wiejący od morza wiatr przyjemnie gładził ją po twarzy, a zachodzące słońce ogrzewało wychudłą pierś.

Uniosła ręce, przeciągając się leniwie, w końcu położyła je na okrywającym nogi kocu. Jak na swój wiek czuła się i wyglądała wspaniale. Odwróciła głowę, by powiedzieć o tym siedzącej w fotelu obok siostrze. Ta prychnęła.

– W twoim wieku każdy żyjący wygląda wręcz idealnie – powiedziała, poprawiając okulary zsunięte na czubek nosa. – Ile znajomych ci osób przeżyło pięć tysięcy lat?

– Znasz odpowiedź na to pytanie, An – kobieta odparła z uśmiechem. – A skoro już o takich osobach mowa, ty z kolei nie wyglądasz za dobrze. Za bardzo się tym wszystkim przejmujesz.

– A nie powinnam?! Nasza przepowiednia zawiodła! Jedyny powód, dla którego nikt na nas jeszcze nie doniósł do tego maniaka z tatuażem, to anielskie przekonanie, że możemy być przydatne. Gdy to się skończy…

Urwała, mając nadzieję, że niedomówienie spotęguje grozę, jaką niosły te słowa, ale druga staruszka wcale nie sprawiała wrażenia przejętej.

– Miał aniołek szczęście – rzuciła tylko, wzruszając ramionami. – Albo niejednoznacznie utkałyśmy wydarzenia. Zdarza się.

An milczała przez chwilę.

– Myślę, że to nie zasługa naszego strachliwego gościa – powiedziała w końcu. Jej oczy zmieniły się w maleńkie szparki jak zawsze, gdy przyszło jej obcinać tkane przez siostry nici. – Ktoś mu pomógł. Ktoś, kto wymyka się naszemu postrzeganiu. I myślę sobie, że ten ktoś, kimkolwiek jest, zasłużył na mały prezent.

Zaśmiała się skrzekliwie i w tej samej chwili gdzieś na drugiej półkuli odziany w skórę mężczyzna odstawił talerz z ledwie napoczętym posiłkiem. W jego głowie nagle powstała dziwna, obca myśl.

„Umrzesz, gdy dopełni się twa legenda", mówiła i brzmiało to jak przepowiednia.

GALERIA

ALPY SZWAJCARSKIE

Loki stał na wzgórzu i z satysfakcją wpatrywał się w swoje dzieło. Wiatr szalał w jego rozpuszczonych włosach, mróz zdobił twarz krwistą czerwienią rumieńców... Kolejne zimowe zwycięstwo. Czyż mogło być coś cudowniejszego dla nordyckiego boga?

Odłożył paletę i starannie wytarł pędzel, nie odrywając oczu od obrazu. Czegoś wciąż jeszcze mu brakowało. Zastanawiał się przez moment, po czym rozłożył szmatkę i narzucił ją na sztalugę. Policzył do trzech i ściągnął z wprawą magika. Płótno wyglądało teraz na dużo starsze. Co najmniej sto lat.

Kłamca uśmiechnął się, odwrócił i uniósł rękę w geście pozdrowienia.

– Możesz już wyjść, Gabrielu – powiedział. – I tak wiem, że tam jesteś.

Z mroku wyłoniła się zakapturzona postać.

– Dobra robota – pochwaliła, odsłaniając głowę. Lśniąca czarna grzywa archanioła mieniła się blaskiem księżycowego światła. – Zwłaszcza ta chatka u podnóża gór wygląda ciekawie.

Loki skinął głową.

– Prawda? Trochę się bałem, że umieszczając domek nieco po lewej, zachwieję kompozycją, ale postanowiłem malować zgodnie z rzeczywistością. Musiałem jednak na dachu chaty zastosować barwę o dwa tony ciemniejszą, żeby stanowił kontrapunkt. Inaczej zlewałby się z...

Archanioł nie krył zaskoczenia.

– Od kiedy interesujesz się malarstwem?

– Od jakiegoś miesiąca. – Kłamca wzruszył ramionami. – Uznałem, że powinienem sobie znaleźć jakieś relaksujące hobby. Jak myślisz, czy Johann Veritus będzie odpowiedni?

– Co proszę?

– Podpis. Obraz jest skończony, gdy autor strzeli parafkę – wyjaśnił niegdysiejszy mieszkaniec Walhalli – a przecież nie podpiszę się „Loki, potomek Olbrzymów, zguba Asów", prawda?

Na widok miny Gabriela pokręcił głową z dezaprobatą.

– Jak ty się nic nie znasz na sztuce – westchnął, sięgając po wąski pędzelek. Gdy podpis był już gotowy, postarzył go tak, jak wcześniej cały pejzaż.

Chwilę stali w milczeniu. Archanioł przyjrzał się uważniej ośnieżonym połaciom otaczającego wzgórze lasu i mdłym światłom leżącej w dolinie wioski. Okolica była wręcz wymarzona dla cudu Bożego narodzenia. Aż dziw, że znający przyszłość Chrystus nie wybrał na początek swej misji takiej właśnie alpejskiej wioseczki. Święta i tak wielu ludziom kojarzą się z zimą i śniegiem, a przynajmniej dziś nie byłoby problemu z bezpiecznym przyjazdem do Ziemi Świętej. No i można by iść po modłach na gorącą czekoladę.

– Myślę sobie, Loki – oznajmił, przerywając swoje rozmyślania – że zasłużyłeś na małą premię.

Sięgnął do kieszeni płaszcza i wyciągnął dwa pióra.

– Tak z okazji świąt – dodał, wręczając je Kłamcy, który przyjął podarek, sprawdził dokładnie jego jakość, po czym ostrożnie schował do kieszeni.

– Dziękuję. Swoją drogą, ostatnio pomyślałem, że to bardzo na miejscu dawać mi z tej okazji podarki.

– Nie rozumiem – zdziwił się archanioł.

– To proste. Obaj wiemy, że Jezus urodził się na przełomie lipca i sierpnia. Ty wiesz to nawet lepiej, bo tam byłeś. Przypisanie tego wydarzenia do zimowego przesilenia to cwana zagrywka Kościoła dla wygody i własnej korzyści. Czyli kłamstwo, nie? A skoro pozwoliłem sobie objąć nad tym zjawiskiem honorowy patronat…

Gabriel postąpił krok do przodu i wyciągnął rękę.

– Oddaj pióra, zmieniłem zdanie.

– Ależ nie mogę! – Błękitne oczy Lokiego zaiskrzyły. – Wiesz, co się dzieje z tymi, którzy dają i odbierają, prawda? Nie chciałbym cię na to skazywać, przyjacielu. Zresztą, zmieniając temat, ja też mam coś dla ciebie.

W jego dłoni pojawiła się nagle elegancko zdobiona koperta. Położył ją na dłoni Gabriela, a ten uniósł ją ostrożnie i delikatnie otworzył. W środku znajdował się złocony na krawędziach kartonik.

– To zaproszenie – wyjaśnił Kłamca. Wyciągnął pudełko wykałaczek, wydobył jedną i włożył do ust. – Na zabawę sylwestrową w kasynie w Monte Carlo.

Archanioł już pewniejszym ruchem wydobył tekturowy prostokącik.

– To miło z twojej… – powiedział, zaczynając czytać, ale zaraz skrzywił się z niesmakiem. – Bardzo śmieszne.

– Co takiego? – Loki zrobił zdziwioną minę.

– „Dla szanownej pani Mary Ann Garrety" – przeczytał Gabriel. – Przedni kawał. Ubawiłem się jak nigdy.

Kłamca wzruszył ramionami.

– Po prostu źle zrozumiałeś – odparł.

– A co tu jest do rozumienia?

– Tylko to. – Palec nordyckiego boga powędrował ku zaproszeniu. Zatrzymał się przy przeczytanym chwilę wcześniej nazwisku i jakby po namyśle, zjechał linijkę niżej. – „Z osobą towarzyszącą". Ta pierwsza część dotyczy mnie, nie ciebie.

– Sugerujesz, że ja i ty… – zaczął boży posłaniec podejrzliwym tonem.

Loki wszedł mu w zdanie.

– Ta zabawa to przede wszystkim wielka impreza charytatywna – wyjaśnił. – Odbędzie się na niej aukcja, a od każdego sprzedanego obrazu aż czterdzieści procent idzie na głodujące dzieci. A skoro nadarzyła się okazja i ta modelka sama wpadła mi w ręce, pomyślałem sobie, czemu nie…?

– Ale po co ci do tego ja? Bo nie uwierzę, że to tylko przyjacielski gest.

– I słusznie – przyznał Kłamca. – Doszedłem do wniosku, że taka ślicznotka nie może się pokazać z byle łachmytą. Musiałem jej znaleźć jakiegoś przystojniaka. No a któż prezentuje się wspanialej niż archanioł i do tego boży posł…

– Loki!

– Poza tym wy, skrzydlaci, macie tę zdolność do przekonywania siłą woli, a to może się przydać.

– Mogłem się domyślić, że coś jednak kombinujesz – powiedział Gabriel. – Ty i prezent?

– Największym prezentem dla anioła jest czynienie dobra, czyż nie? – zripostował Loki.

Archanioł westchnął ciężko i podrapał się po głowie.

– A co się właściwie stało z tą Mary Ann? Nie zrobiłeś jej żadnej krzywdy, prawda?

Kłamca uśmiechnął się szelmowsko.

– Zostawiłem ją w dobrych rękach – odparł. – Wierz mi, na pewno nie będzie żałowała tej imprezy. To co, ubierz się jakoś schludnie i wpadnij po mnie o ósmej, dobrze?

OKOLICE MONAKO
FRANCJA

Gdy o wskazanym czasie archanioł w nieskazitelnym, dopasowanym fraku zapukał do drzwi hotelowego pokoju, usłyszał przytłumione, lecz wyraźnie wściekłe:

– Proszę!

Nie znał tego głosu, jednak wszedł. W głębi, w części sypialnej przestronnego, eleganckiego apartamentu, stała wysoka, szczupła kobieta o sięgających ramion blond włosach. Ubrana była tylko w koronkową bieliznę, potencjalna reszta jej garderoby leżała rozrzucona w nieładzie na łóżku z baldachimem, obitym purpurą krześle i podłodze.

– Loki? – zapytał.

– A kogo się spodziewałeś? – warknęła dziewczyna już tonem Kłamcy. – Zamknij drzwi i poczekaj chwilę. Muszę się w coś, cholera, ubrać.

Gabriel opanował zdziwienie i uśmiechnął się z przekąsem.

– I pewnie nie za bardzo masz w co? – zadrwił.

– Wiesz – odparł Loki, wydymając pełne wargi – gdyby nie ten twój słynny anielski defekt, kazałbym ci się pieprzyć. – Ręką wskazał na komplet wypoczynkowy w rogu. – Siądź gdzieś sobie i poczekaj, aż będę gotów… to znaczy gotowa. Pięć minut.

To powiedziawszy, zebrał kilka zdawałoby się przypadkowych ciuchów z łóżka i zniknął za drzwiami łazienki.

Gdy przeszło pół godziny później z niej wyszedł, znudzony archanioł wstał z fotela i już miał postukać wymownie w tarczę zegarka, ale zastygł z półotwartymi ustami. Nawet mimo daru odporności na kobiece wdzięki długo nie mógł się napatrzyć na czerwoną suknię z sięgającym biodra rozcięciem, trójkąt głębokiego dekoltu, doskonale opalone ramiona i… Stałby tak pewnie jeszcze długo, gdyby z zachwytu nie wyrwało go gniewne chrząkanie.

– Mógłbyś przestać? – skrzywił się Loki. – Jesteś w końcu aniołem. A ja, wbrew pozorom, facetem.

Gabriel zaczerwienił się i odwrócił wzrok.

– Chodźmy – powiedział. I poszli.

MONTE CARLO

Przez całą drogę Loki milczał i tylko pilnował, aby odbicie jego dekoltu ani na chwilę nie zniknęło z lusterka kierowcy. Zdaniem siedzącego obok Gabriela takie prowokowanie kierowcy było nie tylko nieprzyzwoite, lecz także, biorąc pod uwagę krętość górskich dróg wiodących w dół do Monako, zwyczajnie niebezpieczne. Wyobrażał sobie w różnych wariantach, jak wóz wpada w poślizg i stacza się po zboczu. Co prawda on i Loki nie mieli specjalnie powodów do strachu, ale szofera, który z jakiegoś powodu nie miał przydziałowego anioła stróża, byłoby jednak szkoda.

Ostatecznie zajechali bezpiecznie. Kierowca zatrzymał się u podnóża schodów, polecił swoje usługi w drodze powrotnej, a Kłamca wypłacił mu w gotówce astronomiczną kwotę, co do której Gabriel był dziwnie pewien, że rozwieje się w niebyt z nastaniem świtu. Chciał nawet o to zapytać, ale Kłamca wziął go pod ramię.

– Chodź, piękny. Zostało niewiele czasu.

Gdy weszli do kasyna, a odźwierny zabrał ich wierzchnie okrycia, Loki poprowadził archanioła przez ogromną, wyłożoną marmurami salę przechodnią i cały czas szeptał:

– Książę obiecał słodkiej Mary Ann przewodnika po wystawie i nie dało się go już odwołać, więc na trochę będę cię musiał zostawić. Słuchaj więc teraz uważnie. Przede wszystkim – głupi uśmiech. Szczerz zęby... O właśnie! Tam po lewej, przy stole bilardowym stoi sam książę Monako, organizator tej imprezy. W Hiszpanii mieliśmy ostatnio okazję poznać jego syna, który zapowiada się na znacznie lepszego władcę niż tatuś... Obok niego aktor Leon Negerblack, z którym...

– Kojarzę go – odszepnął Gabriel. – Do niego jeszcze kiedyś wrócimy, prawda?

– Zgadza się – potwierdziła uczepiona jego ramienia blond piękność. Ruchem głowy wskazała przeciwny kraniec sali. – Przy barze, tam głębiej... Nie gap się tak, dyskretniej, to... Ech, jakoś wyleciało mi jego nazwisko. Cóż, jestem przecież blondynką! – zachichotała. – Ale to też aktor. Zwykle grywa w głupawych komedyjkach lub zabawia się z transwestytami w taksówkach. Właśnie rzuciła go dziewczyna, dlatego tak pije. A tam, przy wejściu na główną salę stoi... Cholera!

– Co się stało? – spytał zaniepokojony archanioł.

– Nie oglądaj się teraz, ale idą tu moje koleżanki po fachu – wyjaśnił cicho Loki. – Miałem okazję poznać je na podobnej imprezie, będąc w twojej obecnej roli. Uśmiechaj się i pod żadnym pozorem nic nie mów. Ani słóweczka... Aaa, witam, kochane!

Odsunął się od Gabriela i z gracją wycałował policzki trzech nimf o piersiach pełnych silikonu i nogach niemal do sufitu.

– Jak się cieszę, że was widzę! Wyglądacie tak cudnie!

– Ty również jak zwykle śliczna, Mary Ann – zrewanżowała się smukła Metyska o zmysłowo wydatnych ustach. Stała w środku i wyglądała na zdecydowaną liderkę przybyłej trójki.

– Zawsze wiedziałaś, jak o siebie zadbać – poparła ją rudowłosa, ubrana w zieleń koleżanka. Była nieco okrąglejsza od pozostałych, ale w żaden sposób nie działało to na jej niekorzyść.

Loki tylko uśmiechnął się i wzruszył smukłymi ramionami.

– Wiecie, takie tam…

– Ale widać skuteczne – wtrąciła się trzecia, krótko ostrzyżona brunetka, do tej pory uważnie przyglądająca się Gabrielowi. – Ładny, nawet lepszy niż poprzedni. W zasadzie niż wszyscy oni razem wzięci. Z branży?

Ponownie zerknęła na archanioła, ale ten wydawał się niewzruszony. Patrzył tylko z przyklejonym głupawym uśmiechem, jakby w ogóle nic nie słyszał. Za to Mary Ann wyglądała na szczerze rozbawioną.

– Nie trudź się, Susan. Nie jest zbyt rozgarnięty i na dodatek nie zna angielskiego. Wyobrażasz sobie? W dzisiejszych czasach?! Ale masz rację. Warto się było potrudzić.

– Ty? Potrudzić? – zapytała rudowłosa z rozbawieniem. – Ależ skarbie, zawsze miałaś każdego, jakiego tylko zapragnęłaś.

Blondynka uśmiechnęła się promiennie. Jak myśliwy, który ustrzelił największego jelenia.

– Z naszej półki tak, ale jego odbiłam pewnemu wokaliście. Podobno w zeszłe święta staruszek oddał mu swoje serce, ale następnego dnia zjawiłam się ja, więc… rozumiecie. I żeby nie było, wcześniej żadnego grania na dwa fronty nie było.

– Chcesz powiedzieć, że on jest prawdziwym… – Metyskę aż zatkało ze zdumienia. – Znaczy? Kochana, prawdziwy gej! Jak tego dokonałaś?

Zapadła pełna podziwu cisza. Zadowolony Loki upajał się wywołanym wrażeniem. Jeszcze bardziej cieszyła go jednak mina Gabriela i postawienie go w takiej sytuacji. Posłaniec stał przecież przy Michale, gdy ten palił ogniem Sodomę, co chyba dość jasno klasyfikowało jego dotychczasowe poglądy jako konserwatywne. Teraz zaś w oczach tej trójki dziewczyn sam był nie tylko sodomitą, lecz także przedstawicielem dumnej mniejszości zdradziecko zmieniającym front.

Wspaniała chwila, upajające uczucie, jednak Kłamca wiedział, że nie może przeciągać tego w nieskończoność. Zresztą dostrzegł już zbliżającego się w ich stronę mężczyznę w uniformie kasyna.

– Przepraszam was, moje drogie, ale chyba idzie tu mój, znaczy nasz przewodnik. Ma nas oprowadzić po galerii. Złapiemy się jeszcze, dobrze, kochane?

Modelki, uśmiechnęły się słodko niemal identycznymi uśmiechami.

– Oczywiście, że się widzimy, skarbie. Ale na razie my też powinnyśmy już wracać na główną salę – oznajmiła brunetka.

Pozostałe skwapliwie potwierdziły.

– Miło było cię znowu zobaczyć – rzuciła na odchodnym Metyska, jednak jej spojrzenie mówiło wyraźnie, że jeśli będzie miała coś do powiedzenia w tej kwestii, następne spotkanie nie nastąpi zbyt szybko.

– Nie musiałeś tego mówić – mruknął z wyrzutem archanioł, korzystając z okazji, że ich przewodnika zagadnął jakiś gruby jegomość o siwych, gęstych bokobrodach. – Że niby ja i ten piosenkarz, że my…

Loki stanął na palce i pocałował Gabriela.

– Aniołku, nie rób scen. Miłość to miłość. Jak możesz być tak małostkowy?

– Jeszcze raz mnie pocałujesz – Gabriel ze wstrętem wytarł policzek – a zobaczysz, dlaczego zwą mnie posłańcem śmierci.

Stali przez chwilę, czekając, aż zatrzymany przez kogoś po drodze mężczyzna w uniformie skończy rozmawiać i zbliży się do nich.

– Pani Mary Ann Garrety, jak mniemam? – zapytał nienaganną angielszczyzną. – Niestety, nie podano mi nazwiska szanownego pana.

– Mój towarzysz nazywa się Gabriele Messaggero. Ale jest Włochem i nie mówi po angielsku.

Przewodnik się uśmiechnął. Z siwymi, zaczesanymi do tyłu włosami, nienaganną sylwetką i w doskonale skrojonym stroju wyglądał jak najprawdziwszy angielski lokaj. Z rodzaju tych, którzy taktu i ogłady mają w sobie więcej niż ich lordowie.

– Myślę, że nie będzie to żaden problem, szanowna pani – stwierdził. – Dość biegle posługuję się językiem włoskim.

Lekko schylił głowę.

– Signore Messaggero.

Archanioł zrewanżował się ukłonem, mając nadzieję, że lekko zardzewiały ostatnio dar języków zadziała bez zarzutu.

– Pozwolą państwo, że oprowadzę po galerii – przewodnik ruszył w stronę głównej sali. – Nie ma tu dziś, niestety, zbyt wielu wielkich dzieł, ogromna szkoda, zważywszy na szczytny cel, jaki przyświeca dzisiejszej aukcji, ale Jego Książęcej Mości udało się pozyskać kilka perełek. Mam nadzieję, że znajdą państwo coś dla siebie.

Zdążył powtórzyć to wszystko po włosku, niemal słowo w słowo, zanim dotarli na miejsce.

W środku panował iście targowy gwar. Niewielkie grupki ludzi skupione w kilku punktach olbrzymiej sali komentowały upatrzone dzieła, a każdy, nie przerywając subtelnej konwersacji, szacował jednocześnie, ile będą gotowi zapłacić jego konkurenci. Stojący na podwyższeniu panowie uzbrojeni w niewielkie młoteczki dokonywali ostatnich poprawek w porządku licytacji.

Przewodnik odwrócił się do Lokiego, z wewnętrznej kieszeni fraka wyciągając tabliczkę z numerem czterdzieści dwa.

– Proszę o wybaczenie, ale na śmierć o niej zapomniałem. Niestety otrzymali państwo tylko jeden numer, który jest przypisany madame Garrety. Jeśli pani sobie życzy, mogę przynieść drugą dla pana Messaggero. Z identycznym numerem, wtedy zakupy będą naliczane na to samo konto.

Kłamca pokręcił głową.

– Nie będzie takiej potrzeby – zapewnił. – Nie będę brała udziału w aukcjach, bo kompletnie się na tym nie znam – zachichotał, uroczo trzepocząc rzęsami. – Gabi, ty to weź, aniołku.

Przekazał tabliczkę swemu milczącemu Włochowi, po czym stanął na palcach, by szepnąć mu jeszcze do ucha:

– Mam dziwne wrażenie, że tamten blondyn się na mnie gapi. Możesz sprawdzić, czy on aby nie leci na mój tyłek? Nie chcę kłopotów.

Archanioł zerknął dyskretnie we wskazanym kierunku, marszcząc brwi, jak zawsze gdy skanował czyjeś umysły. Pokiwał głową lekko zaczerwieniony.

Loki się uśmiechnął.

– Czy dobrze kojarzę? – zapytał przewodnika. – Tamten dżentelmen w kremowym garniturze i z apaszką na szyi to Gerard Frotenbauer, ten słynny niemiecki miliarder filantrop?

– Owszem, to on we własnej osobie. – Ku zdumieniu Kłamcy dystyngowany starszy pan nie spojrzał nawet we wskazanym kierunku. Prawdziwy profesjonalista, mógłby wskazać umiejscowienie dowolnego gościa na sali, nie zastanawiając się dłużej niż pięć sekund.

– Możemy już ruszać? – zapytał. – Nie chciałbym, by coś państwa ominęło.

Poprowadził ich wzdłuż ścian, zatrzymując się przy każdym obrazie i omawiając go krótko.

– A tutaj umieszczone zostały płótna mistrzów holenderskich – powiedział, gdy zbliżyli się do niemal osobnej wystawy urządzonej w rogu sali. – Tam, proszę zobaczyć, znajduje się *Wskrzeszenie Łazarza* Rembrandta. Niestety, to jedyne tutaj dzieło tego wielkiego artysty, zresztą tylko wypożyczone. A tam, nieco po lewej obraz van Swanenburga z Lejdy. Jeśli się państwo orientują, był on nauczycielem Rembrandta. Artysta nie zatytułował dzieła, ale mówi się, że to jego autoportret. Niestety, również nie na sprzedaż.

Wolno przesuwali się naprzód, słuchając przy każdym malunku po angielsku i włosku, że zaskakująca technika, frapujący temat, mistrzowskie ujęcie, a cena wywoławcza tylko…

Gabrielowi było żal miłośników sztuki, że muszą się tak męczyć. Patrzenie na te dzieła mogło być pewnie przyjemne, przynajmniej dla tych, którzy nie pamiętali towarzyszących danej epoce konfliktów, chorób i innych paskudztw, ale słuchanie tych wszystkich informacji? Jak ktokolwiek mógł chcieć marnować daną przez Pana pamięć na takie bzdury? I jeszcze do tego przewodnik specjalnie dla Mary Ann raz po raz dodawał jakiś pikantny szczególik z życia artysty, a Loki jak na komendę zaczynał trzepotać rzęsami, jakby był pod wrażeniem. Gdy jednak starszy mężczyzna odwracał wzrok, obaj, Kłamca i archanioł, coraz częściej rozglądali się ze znudzeniem.

Wreszcie dotarli pod ogromną ramę zasłoniętą płótnem. Loki uśmiechnął się szelmowsko do swego towarzysza.

– A to, szanowni państwo – zaczął przewodnik – jest cel wielu naszych dzisiejszych gości. Zaginiony obraz Jacksona Pollocka, który cudownie odnalazł i zaoferował naszej galerii pragnący zachować anonimowość kolekcjoner. Przez ostatni miesiąc jedenastu ekspertów sprawdzało autentyczność dzieła i wszyscy zgodnie potwierdzili, że nie mógł namalować go nikt inny. Przepraszam na moment.

Energicznym krokiem podszedł do młodego kelnera trzymającego w opuszczonej ręce tacę z drinkami i szepnął chłopcu kilka słów. Ten zaczerwienił się i błyskawicznie podniósł ramię na wysokość brzucha.

– Co mu powiedział, bo nie wychwyciłem? – zainteresował się archanioł.

– „Co tak trzymasz drinki, jakbyś chciał do nich naszczać? Znudziła się robota?" Takie tam służbowe połajanki – wyjaśnił Loki. – A ten obraz Pollocka to również nasz cel.

Gabriel uniósł brwi.

– Chcesz go kupić? – zapytał.

– Nie, raczej pomóc sprzedać. Ma najwyższą cenę wywoławczą, ale i tak wszyscy ostrzą sobie na niego zęby. Dzieciaki z całej pieprzonej Afryki będą mieć żarcia na miesiąc…

Kłamca rozejrzał się i uśmiechnął do kogoś w tłumie.

– Kiedy wróci przewodnik, powiedz mu, że poszedłem się przewietrzyć – polecił. – Muszę załatwić parę spraw przed wieczorem. Spotkamy się pewnie koło dwunastej. Baw się dobrze i działaj. Pamiętaj, że cel jest szczytny.

Zanim archanioł zdążył zaprotestować, został sam. Przez chwilę wpatrywał się w zakryte płótnem malowidło, po czym ruszył zobaczyć przebieg pierwszej aukcji.

Licytowano jakiś pejzaż. Z daleka wyglądał jak kiczowaty zachód słońca nad wodą, ale oferty szły całkiem wysoko. Może dlatego, że główni zainteresowani, niski obleśny grubas i zbyt intensywnie wypudrowana pani po pięćdziesiątce, wyraźnie chcieli coś sobie nawzajem udowodnić.

– *Zachód słońca nad Tamizą* – szepnął po włosku przewodnik, który nagle pojawił się tuż obok Gabriela. – Artysta nieznany, ale krążą pogłoski, że to dzieło Jego Książęcej Mości. Warto mieć.

Archanioł skinął głową. Trochę drażnił go piskliwy głos wypudrowanej damy, wolał więc obejrzeć uważniej obrazy wiszące z tyłu sali. Przewodnik szedł krok za nim. Nie pytał o Mary Ann, widać było jednak, że wciąż jej wypatruje, gotów pojawić się na jedno skinienie. Gabriela zaciekawiło tylko, co było tego główną przyczyną – profesjonalizm czy nowe ciało Lokiego.

Następna aukcja wyglądała już znacznie ciekawiej. Podobnie zresztą jak licytowany obraz. Amatorów *Kary dla*

Marchiasza autorstwa współczesnego malarza z RPA było pięciu i każdy przebijał z równą zawziętością. Podczas tego starcia naprawdę czuło się magię. Tabliczki szły w górę i opadały, popiskiwały klawisze palmtopów, stukały klawiatury przenośnych komputerów. Różni ludzie mruczeli do siebie, raz po raz powtarzając ostatnią sumę podaną przez prowadzącego.

Gabriel stał dobre pięć minut, z rosnącym podnieceniem wsłuchując się w coraz to wyższe oferty. Słyszał wahania ludzi, gdy zaczynali podawać stawki, i wręcz euforyczne westchnienia, gdy kończyli je wykrzykiwać. Odruchowo zaczął sczytywać myśli licytujących. W jednej chwili uderzyła go skumulowana mieszanina lęku, podniecenia i radości. Aż zakręciło mu się w głowie. Otoczyły go sumy i kwoty, każda z nich połączona z gamą różnorakich uczuć. To było niesamowite… i wspaniałe.

W końcu nie wytrzymał, uniósł tabliczkę i podbił cenę… Za wysoko.

Wszyscy, może z wyjątkiem przewodnika, który zachował twarz pokerzysty, spojrzeli na niego ze zdumieniem. Nawet prowadzący zaniemówił na moment, zaraz jednak podjął odliczanie. Archaniołowi przeszła aukcyjna gorączka i spojrzawszy niepewnie na stojących najbliżej graczy, uderzył jednego z nich strumieniem myśli. Trafiony błyskawicznie podniósł tabliczkę i wykrzyczał nową ofertę. Gabriel odetchnął i pospiesznie się oddalił.

Długo błądził po sali, częstując się smakołykami ze stojących wzdłuż ściany stołów i rozmawiając z przewodnikiem. Może trochę snob, jednak po dłuższej pogawędce okazał się całkiem sympatycznym człowiekiem i praktykującym katolikiem.

Archanioł zaglądał właśnie do półmiska z ostrygami, objaśniając towarzyszowi zawiłości w hierarchii anielskich chórów, gdy poczuł rękę na swym ramieniu. Odwrócił się gwałtownie. Przed nim stał na oko trzydziestoletni facet, mocno już podchmielony. W lewej ręce trzymał napoczętą butelkę whisky, w prawej szklankę. I szczerzył zęby.

– Widziałem przed chwilą twoją dziewczynę – wybełkotał nieznajomy. – I pomyślałem, że pewnie chcesz się napić.

Gabriel już miał zamiar zapytać, co jest nie tak z jego dziewczyną, ale usłyszał głos przewodnika i przypomniał sobie, że przecież oficjalnie nie zna angielskiego. Odczekał cierpliwie do końca tłumaczenia, po czym zadał pytanie po włosku.

– Jeszcze nie wiesz, tak? – zdziwił się nieznajomy, gdy starszy pan mu je powtórzył. – Cóż przyjacielu, wszystkie one to dziwki i twoja wcale nie stanowi wyjątku. Wyszła właśnie z jakimś bogatym paniczykiem na balkonik, a wierz mi, na tym się nie skończy…

Archanioł zerknął w stronę potężnego okna i rzeczywiście ujrzał stojącą na balkonie parę ściskającą się namiętnie. Kobietą był niewątpliwie Loki, mężczyzną zaś najprawdopodobniej Frotenbauer.

Przewodnik przetłumaczył, wyraźnie krzywiąc się przy słowie „dziwka".

– Jeśli mogę dodać coś od siebie, signore Messaggero – zakończył. – To uważam, że była to zniewaga wymagająca zajęcia ostrego stanowiska.

Archanioł popatrzył na niego zdumiony, w pierwszej chwili nie wiedząc, o co chodzi. Zerknął też na twarze gromadzących się wokół ludzi. Ze wszystkich mógł wyczytać to samo – powinien zareagować... I przypomniał sobie, że tutaj Loki to przecież nie Loki, tylko słodka Mary Ann.

– *Si, certo!* – odpowiedział z uśmiechem miłemu starszemu panu, a potem jego pięść pomknęła z prędkością błyskawicy ku twarzy nieznajomego. Ten zachwiał się zdezorientowany, po czym runął jak długi na ziemię.

Gabriel wytarł rękę o kamizelkę i uśmiechnął się przepraszająco, a tłum nagrodził go gorącymi oklaskami. Przewodnik usłużnie podsunął mu miseczkę z lodem, by mógł do niej włożyć dłoń. Odmówił.

Z oddali rozbrzmiał dźwięk dzwonka i wszędzie pojawili się kelnerzy z tacami pełnymi kieliszków szampana. Dochodziła dwunasta.

Główna licytacja odbyła się zaraz po północy. Loki odnalazł Gabriela w tłumie i klepnął go w ramię.

– Co ty...? – syknął archanioł, ale Kłamca gestem nakazał mu milczenie.

– Patrz teraz uważnie – wyszeptał.

Z początku nic się nie działo. Ale gdy odsłonięto obraz, gdy przebrzmiały liczne ochy i achy, rozgorzała walka wieczoru. Pomimo dość wysokiej ceny wywoławczej chętnych znalazło się wielu. To nie było już jakieś tam dziełko podrzędnego płótnoskroba. To był Pollock, nazwisko, za które warto zapłacić.

Szybko jednak okazało się, że niewielu entuzjastów twórcy stać było na jego zaginione dzieło. Liczba wznoszonych w górę tabliczek kurczyła się gwałtownie. Gdy licytujących zostało tylko dwóch, Loki szturchnął Gabriela.

– Archaniele, poznaj potęgę kobiecych wdzięków – wyszeptał.

Prowadzący drugi raz wywrzeszczał zlicytowaną cenę i już szykował się do trzeciego, gdy nagle suma została podwojona. Po sali przebiegło westchnienie pełne zdumienia, a zaraz za nim garść oklasków.

Nowy lider niedługo cieszył się jednak zwycięstwem, gdyż jego przeciwnik w mig dokonał podobnego zabiegu. Maszyna ruszyła i – Gabriel czuł to wyraźnie – znowu bardziej niż o Pollocka chodziło o grę ambicji.

Walka trwała dobry kwadrans, a cena wydłużyła się już o taką kolekcję zer, że nawet prowadzący nerwowo ocierał pot z czoła. W końcu jeden z zawodników, setny raz wystukawszy coś na kalkulatorze, skapitulował.

Zwycięzca – Frotenbauer, który przed aukcją zdążył się przebrać i wyglądał teraz jak amerykański macho epoki twista – przy wtórze głośnych braw podszedł do stolika, by dopełnić formalności. Po chwili, trzymając w ręce niewielki kwit, podszedł do Lokiego.

– Oto i obraz, droga pani – powiedział z uśmiechem, wręczając mu świstek. – Liczę, że i ty dotrzymasz swojej części umowy – dodał, lekko zezując na archanioła.

– Oczywiście, panie Frotenbauer – zaszczebiotał Kłamca. – Pozwoli pan, że za chwilkę do pana dołączę.

– Będę czekał z niecierpliwością – zapewnił mężczyzna i ruszył w stronę toalet.

– Co ty znowu kombinujesz? – zapytał Gabriel.

– Muszę tylko dotrzymać umowy – odparł z rozbawieniem Loki. – Spotkamy się przy wyjściu. Za kwadrans, albo nawet szybciej.

Archanioł ledwie zdążył pożegnać się z przewodnikiem, gdy wyminął go czerwony jak burak Frotenbauer. Mężczyzna szybkim krokiem zdążał ku wyjściu i widać było, że z wielkim trudem zmusza się, aby nie biec. Chwilę później, kołysząc biodrami, nadszedł Loki.

– Coś ty mu zrobił? – zapytał boży posłaniec.

– Pokazałem mu. – Kłamca skrzywił się w uśmiechu. – Ale nie to, co chciał zobaczyć. Moja przemiana w kobietę nie była całkowita i trochę się zawiódł.

Gabriel zamrugał z niedowierzaniem. Loki chwycił go pod ramię.

– Chodź, zanim postanowi odebrać mi obraz. Poza tym chyba dość już narobiliśmy kłopotów słodkiej Mary Ann.

Loki spał w najlepsze, gdy do drzwi jego hotelowego pokoju ktoś załomotał. Po dłuższej chwili i kolejnej serii uderzeń rozbudzony bóg podniósł się z ziewnięciem, spiął włosy i przygładził brodę. Powoli podszedł do drzwi. Za progiem stał Gabriel.

– Nie mogłeś jakoś przez ścianę? – skrzywił się Kłamca. – W promieniu światła albo coś? Od tego łomotania omal mi mózg nie odpadł.

Archanioł rozsiadł się w fotelu, nie czekając na zaproszenie.

– Po tej naszej akcji – zaczął – postanowiłem sobie, że zapoznam się lepiej z twórczością pana Pollocka. Ot tak, dla poszerzenia wiedzy. I nie zgadniesz, czego się dowiedziałem.

Zamilkł na chwilę, licząc, że Loki zacznie zgadywać, o co chodzi. Ten jednak nie wydawał się zainteresowany teleturniejami.

– Otóż ten obraz, który dostałeś, *Ragnarok*...

– Co z nim? – spytał Loki z cierpiętniczą miną kogoś, kogo w środku nocy budzi pomyłkowy telefon.

– Wygląda dokładnie tak samo jak *Rytm jesieni*, tylko dobór barw ma inny. Myślę, że cię oszukano, a ten obraz to falsyfikat!

Loki, ponownie przyczesawszy palcami brodę, podszedł do leżącego na krześle garnituru. Wyciągnął z marynarki złożony na cztery arkusz papieru i podał go archaniołowi.

– „Szanowny panie Smith – zaczął czytać Gabriel. – Serdecznie dziękujemy za udostępnienie nam obrazu z pańskiej kolekcji. Z przyjemnością zawiadamiamy, że wylicytowana suma przerosła nasze najśmielsze oczekiwania". Terefere, terefere... „Zgodnie z umową, czterdzieści procent zysku przekazane zostaje na Fundusz Pomocy Dzieciom Etiopii, a pozostała część sumy zostanie przelana na pańskie konto w terminie 14 dni od dnia aukcji. Z poważaniem..."

Archanioł uniósł głowę znad kartki. Złożył list i podał Kłamcy.

– Nie rozumiem.

– To proste – odparł Kłamca, wzruszając ramionami. – Przez kilka tygodni przyglądałem się *Rytmowi jesieni*, by zapamiętać każdy szczegół, kształt każdego zacieku. A potem kupiłem zwykłe płótno i nałożyłem iluzję, zmieniając tylko kolory. Ludzie sądzą po pozorach. A już zwłaszcza nadęci fachowcy. Rozpoznali Pollocka, bo to w pewnym sensie był Pollock, tylko trochę pokolorowany... Wątpię, by ktokolwiek się zorientował... Prócz ciebie oczywiście, Gabriele. Zrobił się z ciebie prawdziwy koneser.

Po chwili posępnego milczenia archanioł klepnął Lokiego w ramię.

– Nie mieszaj mnie więcej do takich rzeczy – powiedział i nie czekając na odpowiedź, wyszedł, cicho zamykając za sobą drzwi.

Zatrzymał się przy windzie. Wcisnął przycisk.

– Głodujące afrykańskie dzieci... – mruknął, kręcąc głową.

CICHA NOC

WROCŁAW

Święty Mikołaj uciekał przez miasto, a elf pomocnik podążał w ślad za nim.

Ulica, którą biegli, nie różniła się niczym szczególnym od innych głównych ulic w wielkich miastach – pełna była kolorowych sklepowych witryn, sunących powoli samochodów i spieszących gdzieś ludzi, tego wieczoru najpewniej do domów na wigilijną kolację. Z niesionych reklamówek wystawały nawet zakupione w ostatniej chwili pięknie opakowane prezenty.

Padało. Niby nie deszcz, ale to, co docierało do ziemi, w niczym nie przypominało białej śniegowej kołderki. Niemal z miejsca zmieniało się w śliską czarno-szarą breję, postrach nieostrożnych staruszków.

Mikołaj dobiegł do skrzyżowania i nawet nie zwalniając, ruszył na drugą stronę ulicy. Zatrąbił klakson.

– Gdzie na czerwonym, kretynie?! – wrzasnął jakiś kierowca, który tylko cudem nie wpadł w poślizg.

Święty nawet się nie obejrzał. Nie musiał. Ludzie często mu mówili, że chyba ma oczy naokoło głowy. Doskonale wiedział, co dzieje się za nim i jak niewiele brakowało, by wszystkie ogniwa ogromnego łańcucha samochodów nie wyhamowały w porę. Ale wiedział też, że nie może się zatrzymać ani nawet zwolnić. Nie teraz.

– Złodziej – rozległo się za jego plecami. – Łapcie tego Mikołaja! Okradł dzieci!

Przechodnie nie zareagowali. Łapać złodzieja w wigilijny wieczór, spóźnić się przez to na kolację i, kto wie, może nawet dostać po twarzy? Nie po to płacą podatki. Elf najwyraźniej zrozumiał swój błąd, bo przy następnym okrzyku był już skuteczniejszy:

– Trzymajcie go! Zboczeniec!

Ktoś zastąpił drogę uciekającemu i spróbował złapać go za przyklejoną brodę. Święty wywinął się, walnął napastnika pięścią w brzuch, a biodrem pchnął w stronę sklepowej witryny. Wciąż uciekał, jednak goniący go elf był coraz bliżej.

Wtedy właśnie z pobliskiego sklepu wysypała się nagle z dwudziestka Mikołajów, każdy z reklamówką pełną cukierków. Kilku z nich, korzystając z uprzejmości kierowców, przebiegło szybko przez ulicę, a pozostali ruszyli w jedną i drugą stronę, rozdając łakocie dzieciom, a ulotki starszym. Zadyszany Święty nie miał pojęcia, co reklamują jego pobratymcy ani dlaczego zaczynają to robić dopiero w wigilijny wieczór. Ale dzięki nim miał nadzieję uratować skórę.

Elf również dostrzegł, co się szykuje. Zmuszając się do jeszcze większego wysiłku przyspieszył, wciąż jednak poruszając się zbyt wolno. Mikołaj był już pewien, że zdąży. Wpadł między pierwszą parę przebierańców w czerwonych czapkach i przecisnął się między nimi, uderzając od dołu w jedną reklamówkę z cukierkami. Tak jak oczekiwał, zawartość zasypała chodnik, a wszystkie dzieci na ulicy skwapliwie zaoferowały swą pomoc w sprzątaniu. Święty tymczasem minął drugą i trzecią parę swych sobowtórów, po czym skręcił wprost do najbliższej bramy. Na moment zamarł, widząc skrzynkę domofonu, ale drzwi okazały się otwarte. Wzdychając z ulgą, wbiegł na podwórze i kucnął między pojemnikami na śmieci.

Minął dobry kwadrans, zanim w ogóle odważył się poruszyć. Płuca paliły go żywym ogniem, a w pełnych śliny ustach czuł metaliczny posmak. Mimo to nie pozwolił sobie ani na głębszy oddech, ani tym bardziej na splunięcie. Całe jego ciało drżało z wysiłku... I nie tylko.

W końcu uznając, że już pora wyszedł z ukrycia, otrzepując czerwony kubrak i próbując wyplątać ze sztucznej brody pachnącą wspomnieniem mięty gumę. Nie dało się, więc mocnym szarpnięciem wyrwał cały kłąb bawolego włosia i cisnął go na ziemię.

– I tak muszę się tego pozbyć – powiedział na głos. – W tym na pewno mnie rozpozna.

– Bez tego też, Światowidzie – usłyszał.

Mikołaj uniósł głowę i zobaczył siedzącego na murku elfa. Spiczastouchy trzymał w ręku pistolet. Uśmiechał się.

– Szach i mat, brachu – rzucił z drwiną.

Święty ściągnął z głowy czerwoną czapkę. Pokręcił głową z rezygnacją.

– Więc to już koniec? – zapytał.

Elf zeskoczył i podszedł na kilka kroków, pilnując się jednak, by nie wejść w zasięg rąk przeciwnika.

– Tak, Światowidzie – potwierdził. – To już koniec. Jak mawiają, z wiary powstałeś, a w nicość się obrócisz. Gotów?

– A jeśli odpowiem, że nie?

– Nie warto – odparł elf, wzruszając ramionami. – Mam zabawną puentę na każdą okazję.

Mikołaj westchnął, po czym rozejrzał się po podwórku. Szare, odrapane i śmierdzące, z wykrzywionym przerdzewiałym trzepakiem. Z pewnością nie należało do pierwszej dziesiątki miejsc, gdzie chciałby zginąć. Nawet niebo było jak za kratami, odgrodzone rozciągniętymi na wysokości drugiego piętra sznurami na pranie. Słusznie ktoś zauważył, że śmierć nie wybiera. Na pewno nie miejsca, gdzie się pojawia. A jeśli nawet, to w swych wyborach nie kieruje się dobrym gustem.

– Kończmy to – wyszeptał zdemaskowany Światowid. – Jestem gotów.

Elf już miał coś odpowiedzieć, gdy nagle tuż nad nimi otworzyło się okno. Spiczastouchy błyskawicznie schował rękę z pistoletem za plecami.

– Tylko bez sztuczek – syknął i nieznacznie uniósł głowę.

Z okna pierwszego piętra spojrzała na niego pyzata, umorusana czymś buzia.

– Naprawdę, tatusiu! – krzyczał ktoś wewnątrz mieszkania. – Naprawdę jest tam Święty Mikołaj. I to prawdziwy, bo z pomocnikiem.

Po chwili w oknie pojawiła się druga głowa uzbrojona w dwa sterczące w górę kucyki.

– Chodź, zobacz, tato! – zawołała pełnym przejęcia głosem dziewczynka. – Dalej tu są.

– Odsuńcie się od okna – rzucił męski głos z głębi. Mała wystawiła rękę i pomachała Mikołajowi przyjaźnie.

– Odmachaj – syknął elf.

Światowid posłusznie spełnił rozkaz. Dodał także zupełnie nadobowiązkowy uśmiech. Szczery, choć trochę zbyt smutny.

– Co teraz?

– Powoli ruszaj w stronę bramy – wyszeptał niedoszły zabójca. – Tylko bez głupich numerów, bo roz…

Umilkł, gdy w oknie pojawił się ojciec dziewczynki. W zapadającym powoli mroku dało się dojrzeć jedynie jego czarną sylwetkę na tle żółtego światła z wnętrza mieszkania.

– Panowie się zgubili? – zapytał.

Elf zadarł głowę i posłał mu pogodny uśmiech.

– Ależ skąd, my tylko…

– Nie mamy dokąd pójść – dokończył głośno Mikołaj. – Jesteśmy bezdomnymi z ośrodka brata Alberta. Mieliśmy dostać pracę w…

Aż syknął z bólu, gdy łokieć drugiego przebierańca uderzył go pod żebra. Mimo to mógł być z siebie dumny. Jeśli właśnie pojawiła się jego szansa, wykorzystał ją należycie. Jeśli nie, no cóż, zawsze warto spróbować.

Mężczyzna w oknie uniósł rękę i podrapał się po głowie, po czym na chwilę zniknął im z oczu.

– Kochanie, czy możesz dołożyć jeszcze jedno nakrycie? – usłyszeli. – W tym roku niespodziewanych gości będzie dwóch.

– Myślisz, że to ci coś pomoże? – syknął elf, gdy wspinali się po schodach na pierwsze piętro.

Mikołaj wzruszył ramionami.

– Już pomogło – odparł. – Wiedziałem, że nie zabijesz mnie na ich oczach. To by się nie spodobało twoim panom, co? Zasiałoby zgorszenie, a… Jak to było? „Niepodobna, żeby nie przyszły zgorszenia; lecz biada temu, przez którego przychodzą. Byłoby lepiej dla niego, gdyby kamień młyński zawieszono mu u szyi i wrzucono go w morze, niż żeby miał być powodem grzechu jednego z tych małych". To chyba z Ewangelii Łukasza.

– Znasz Świętą Księgę, Światowidzie? – Elf wydawał się naprawdę zdziwiony.

– Znam wiele świętych ksiąg, Loki. Trzeba znać zwyczaje wroga.

Na górze szczęknął zamek i zaskrzypiały otwierane drzwi. Do pokonania zostało im tylko półpiętro. Loki przysunął usta do ucha Światowida.

– I tak cię zabiję – szepnął. – Skopałeś mi wieczór.

Przed drzwiami czekał na nich gruby, może czterdziestoletni mężczyzna o sympatycznej twarzy ozdobionej krótko przyciętą czarną bródką. Jego gładko wygolone policzki błyszczały od wtartego w nie kremu, a starannie zaczesane na bok włosy mieniły się jeszcze kroplami wody. Na lewej klapie jego szarej marynarki widniało coś, co Loki w pierwszej chwili wziął za plamę, a okazało się znaczkiem honorowych krwiodawców – maleńka, uśmiechnięta czerwona kropelka.

– Mam do panów ogromną prośbę – powiedział cicho, gdy obaj przebierańcy weszli na piętro. – Oczywiście mogą panowie odmówić, ale pomyślałem, że skoro mają panowie te stroje, a moje brzdące wciąż jeszcze wierzą w Mikołaja… i jego pomocnika oczywiście… No więc pomyślałem…

Światowid bezradnie rozłożył ręce.

– Bardzo chętnie, ale jak pan widzi, nie mamy nic prócz tych łachów.

Grubas machnął ręką.

– Mam dla nich prezenty – wyjaśnił. – Chciałem im je podrzucić pod choinkę, ale gdyby panowie byli tak mili, byłbym bardzo wdzięczny. To naprawdę wspaniałe dzieciaki i nie trzeba ani ich karcić, ani straszyć rózgami. Podejrzewam, że nawet zaśpiewają bez proszenia.

– Jak cudnie! – westchnął cicho Loki, wznosząc oczy ku niebu.

– Oczywiście jeśli panowie odmówią – ciągnął dalej gospodarz – to nie ma sprawy. Rozumiem, że mogą być panowie zmęczeni. Tak czy inaczej zapraszam na wigilijną wieczerzę. Tyle że...

Światowid uciszył go gestem i uśmiechnął się wesoło.

– Panie...

– Dorek – przedstawił się grubas, wyciągając rękę. – Roman Dorek.

– Bogusław Widzeński – zrewanżował się Światowid, ściskając podaną dłoń. – A to jest Kłam...czyński. Mirek. Znaczy Mirosław.

Loki, który do tej pory stał nieco z tyłu i blokował schody, zrobił krok w przód i również przywitał się z gospodarzem.

– Z przyjemnością wręczymy prezenty pańskim dzieciom, panie Dorek.

Sympatyczny brodacz uśmiechnął się pogodnie i zastukał cichutko do drzwi. Te uchyliły się i kobieca ręka wystawiła na próg niewielki czerwony worek.

– Jeśli panowie pozwolą, to ja teraz wejdę do środka, a panowie tak za jakieś dwie, trzy minuty. To mądre dzieci i mogłyby się czegoś domyślić.

Przestąpił próg.

– Nazywają się Jaś i Małgosia – szepnął jeszcze i zamknął za sobą drzwi.

Przebierańcy zostali sami na korytarzu.

– Jaś i Małgosia – parsknął Loki. – Jakie to oryginalne!

Światowid nie odpowiedział. W myślach układał, co powie. Nie mógł zacząć tak jak w supermarkecie, skąd miał strój, bo tam wszystko było przygotowane na masówkę: siadał na krześle, a obok ustawiała się kolejka dzieci. Każde z nich siadało mu na kolanach, mówiło życzenie i dostawało kupon na balonik i zniżkę w McDonaldzie. Tam było prosto, a tu…

– Masz jakiś pomysł, jak to zrobimy? – zapytał.

Kłamca poprawił zielony kubraczek.

– Myślę raczej, jak najlepiej odwdzięczyć ci się za całą tę szopkę – odparł. – Zupełnie nie rozumiem, dlaczego dałem się w to wciągnąć. „Niezidentyfikowany mężczyzna w stroju Mikołaja zastrzelony w Wigilię na oczach mieszkańców kamienicy…" Co mi szkodziło? Może nie co roku, ale takie rzeczy jednak się zdarzają.

Fałszywy Mikołaj zarzucił worek na plecy i złapał za klamkę.

Wchodząc do saloniku Dorków, Światowid po raz pierwszy odkrył, że naprawdę istnieją ludzie, którzy nie potrzebują wiele, by być szczęśliwymi. Owszem, znał wielu, którzy wyrzekali się dóbr doczesnych dla takich czy innych celów. Oni żyli w większym nawet ubóstwie, za to z ogromną nadzieją na przepych w wieczności. Mieszkańcy tego domu nie potrzebowali żadnych nagród. To, co mieli, wystarczało im w zupełności.

Całe wyposażenie pokoju sprowadzało się do kanapy, kilku krzeseł, suto zastawionego stołu, stojącej przy oknie choinki i regału. Ten ostatni nie był niczym innym jak drewnianą, rozkładaną drabiną malarską. Pomiędzy jej szczeblami położono polakierowane szerokie deski.

Na drabinowych półkach stały książki. Na samym dole gumowe i tekturowe Jasia, wyżej dwie półeczki na baśnie Małgosi. Potem kolekcja książek przygodowych wymieszanych ze starymi wydaniami powieści Clancy'ego i MacLeana, a na przedostatniej półce równo stojący szereg wszelkiego rodzaju poradników. Najwyższą i zarazem najwęższą półkę zajmowała oprawiona w skórę Biblia. Ku zdumieniu Światowida, nigdzie nie było telewizora ani nawet radia.

Przy oknie po drugiej stronie pokoju stała uśmiechnięta, wyglądająca na dwadzieścia kilka lat szczupła brunetka z bliznami po trądziku na pociągłej, a mimo to niezwykle sympatycznej twarzy. Zasłaniała oczy dwojgu dzieci, z których starsze, dziewczynka, mogło mieć z pięć lat. Młodsze – dwa lub trzy.

Gospodarz zatarł ręce i gestem zaprosił gości do pokoju. Światowidowi wskazał specjalnie dla niego ustawione krzesło.

– Uwaga, dzieci – powiedział głośno pan Dorek. – Zaraz odsłonimy wam oczy, a wtedy okaże się, czy byłyście grzeczne. Wiecie, kto przychodzi do grzecznych dzieci?

– Mikołaj! – zawołała dziewczynka.

– Kołaj! – spróbował powtórzyć Jaś.

Stojąca za nimi matka wybuchnęła śmiechem. Gospodarz posłał żonie karcące spojrzenie, ale zaraz również się roześmiał.

– Uwaga – powiedział po chwili. – Już.

Gospodyni cofnęła ręce.

Oczom Światowida i Lokiego ukazały się dwie najszczęśliwsze buźki na świecie. Dawka uwielbienia, jaka popłynęła w ich kierunku, sprawiła, że nawet Kłamca poczuł się nieswojo. Tylko troszkę i przez krótki moment, ale i tak było to dla niego nowe odkrycie. Nagle nabrał przekonania, że powinni stąd iść jak najszybciej.

Światowid czuł się w swej roli dużo pewniej. Nie na darmo niemal każdy supermarket chciał go mieć u siebie. Wszystkie wątpliwości co do tego, jak zacząć, rozwiały się w jednej chwili. Pozwolił dojść do głosu tkwiącej w nim mikołajowatości.

– Dobry wieczór, kochane dzieci – powiedział, przeciągając słowa. – Czekałyście na mnie?

– Bardzo, Mikołaju – powiedziała Małgosia, odruchowo chwytając brata za rękę. – Tatuś powiedział, że nie mogłeś do nas przyjść szóstego grudnia, bo miałeś dużo spraw, ale że przyjdziesz dzisiaj. I jak Jasiu zobaczył cię za oknem, i mnie zawołał, i ja też cię wtedy zobaczyłam, to od razu wiedziałam, że idziesz do nas, bo my naprawdę byliśmy bardzo grzeczni.

Światowid słuchał tego monologu, uśmiechając się i kiwając głową. Przymocowany do czapki pompon podrygiwał w rytm jego potakiwań.

– Z wyjątkiem tego razu – nie przestawała mówić dziewczynka – gdy Jasiu wszedł na parapet i prawie spadł, ale wtedy mamusia mocno go przytuliła i powiedziała, że się nie gniewa, więc to się chyba nie liczy, prawda?

– Nie – odparł Światowid, z całej siły próbując ukryć rozbawienie. – Skoro mamusia powiedziała, że się nie gniewa, i nikomu nic się nie stało, to się nie liczy.

Uśmiech na twarzy dziewczynki był coraz szerszy. Zerknęła najpierw na mamę, potem na tatę i puszczając rękę brata, postąpiła do przodu kilka kroków.

Loki pomyślał, że pewnie to przez ciekawość, co też Światowid ma w worku, ale dziewczynka nawet nie spojrzała na prezenty. Bardziej interesował ją sam Święty. Sięgnęła ręką do dużej kieszonki na piersi i wyciągnęła zamalowaną, zgiętą na pół kartkę.

– To dla ciebie, Mikołaju – powiedziała.

Ten wziął prezent i przyjrzał się uważnie. Obrazek przedstawiał, a jakże, Świętego Mikołaja stojącego przed swoimi brązowymi saniami, na których już leżał przepełniony wór wielokolorowych paczek. Psopodobne różowe renifery czekały cierpliwie, aż ich pan wsiądzie na nierówny, fioletowy kozioł i nic sobie nie robiąc z kiepskiej pogody, pogoni je do roboty.

– Dziękuję ci bardzo, Małgosiu – szepnął Światowid. Położył obrazek na swoim krześle.

Dziewczynka dygnęła i przeniosła wzrok na Lokiego.

– Dla pana elfa też bym coś narysowała, ale nie wiedziałam, że pan przyjdzie.

– Nic nie szkodzi – rzucił Kłamca, próbując się uśmiechnąć. Jak się okazało, nie było to wcale takie trudne. – Następnym razem... – zaczął, ale dziewczynka błyskawicznie odwróciła się na pięcie i wybiegła z pokoju.

Loki zerknął zdziwiony na gospodarza, ten jednak tylko wzruszył ramionami. „Nie mam pojęcia", mówił ten gest, „co szykuje moja mała".

Jaś zaniepokoił się trochę, gdy został bez siostry. Wygiął buzię w podkówkę, a rączki wzniosły się ku mamie. Kobieta wzięła go na ręce i przytuliła.

– Co się stało, Jasiu? – zapytała. – Przecież to Mikołaj. Tak czekałeś na niego. Może zaśpiewasz mu piosenkę?

– Nie – szepnął stanowczo chłopiec, wciskając nos w ramię matki.

Pan Dorek podrapał się po głowie.

– Cóż – westchnął. – Myślę, że…

W tym właśnie momencie do pokoju wróciła Małgosia, trzymając pod pachą brązowego pluszowego misia. Dumnym krokiem podeszła do Lokiego.

– To dla pana – powiedziała z pełnym przekonaniem.

Kłamca popatrzył po zebranych w pokoju, wyczekując jakiejś reakcji ze strony rodziców małej. Jakiegoś „Pan pewnie nie chce twojego misia" albo „Przecież dostałaś go od babci Józi. Babcia się obrazi". Ale państwo Dorkowie uśmiechali się tylko, najwyraźniej dumni z zaradności swej pociechy. Loki kucnął.

– Nie mogę go wziąć – powiedział z pogodnym uśmiechem. Sam się zdziwił, że przychodzi mu to coraz łatwiej, niemal odruchowo. – On jest twój.

Dziewczynka stanowczo pokręciła głową.

– Już nie – odparła. – Kiedy weszłam do pokoju z zabawkami i zapytałam, kto chce iść z panem elfem, sam się zgłosił. To dobry miś. Nazywa się Kłamczuch.

Brwi Lokiego się uniosły.

– Jak? – zapytał przekonany, że źle usłyszał.

– Kłamczuch, panie elfie. Nazwałam go tak, bo ciągle opowiada różne rzeczy, a jak się potem pytam mamy, to mówi, że to jakieś bzdurki, i pyta, gdzie to usłyszałam. Proszę, niech pan go weźmie.

Wziął zabawkę i podziękował. Nie było sensu dyskutować z tą dziewczynką. Odda potem misia rodzicom.

Zerknął w stronę Światowida. Ten uśmiechał się drwiąco, a gdy spotkał wzrok Lokiego, bezdźwięcznie powiedział „panie elfie".

Ten przejechał palcem po szyi. W przód, w tył i z powrotem. Ale kto nie wiedział, o co chodzi, myślałby, że tylko chciał się podrapać.

– Dzieci – rzekł pan Dorek – o prezenty poprosimy Mikołaja później, a teraz zaprosimy jego i pana elfa na kolację. Co wy na to?

Jedzenie było dobre, choć przywykłemu do mięsa Lokiemu czegoś w smaku potraw brakowało. Mimo to, naśladując gospodarzy, próbował wszystkiego i ani razu nie pożałował.

Gdzieś za ścianą nieszczególnie dobrany chórek zawył: „Lulajże, Jezuniu…".

Pan Dorek się uśmiechnął.

– Ktoś tu widać zaczął wcześniej – skomentował. – Strawińscy są już pewnie po kolacji.

„Nie trzeba było prosić o modlitwę Światowida", pomyślał Kłamca, krzywiąc się z niesmakiem. „Gdyby nie ten zakłamany sukinsyn, mielibyśmy z pół godziny do przodu. I ryba by nie wystygła".

Gospodyni wychwyciła jego spojrzenie.

– Coś nie smakuje, panie elfie? – zapytała.

Loki pokręcił głową.

– To tylko ość – wyjaśnił i na dowód wyciągnął iluzyjną igiełkę z ust.

Gdy tylko kobieta pochyliła się ponownie nad talerzem synka, spojrzał na Światowida.

„Głupiec", myślał, patrząc, jak tamten męczy się, by wraz z jedzeniem nie wpakować sobie do ust pęku sztucznych włosów. „Czy sądził, że składając życzenia, uratuje skórę? I to jeszcze jakie życzenia. «Abyś nauczył się odróżniać przyjaciół od wrogów». Co to w ogóle miało być?"

Poczuł na sobie wzrok gospodarza. Pan Dorek wskazał głową na trzymany w rękach półmisek.

– Pytałem, czy chce pan jeszcze uszek? Niestety, spiczastych nie mamy.

Małgosia parsknęła śmiechem, zaraz jednak opanowała się i wytarła buzię serwetką.

„Prawdziwa z niej młoda dama", pomyślał Loki z rozbawieniem. Nie zamierzał ukrywać przed sobą, że polubił tę małą. Ostatecznie lubienie kogoś to żadna sprawa i do niczego nie zobowiązuje. Absolutnie do niczego.

Mały Jaś wstał od stołu, podszedł do mamy i wtulił się w jej ramię. Zerkając w stronę gości, szeptał coś do ucha pani Dorkowej.

– Nie wiem, Jasiu – odpowiedziała głośno. – Musisz spytać pana Mikołaja.

Chłopiec przytulił się mocniej i znowu coś wyszeptał. Gospodyni wzruszyła ramionami.

– No dobrze – zgodziła się. – Ja zapytam. Panie Mikołaju, Jasiu pyta, czy mógłby już poprosić o jakiś prezent?

Samo rozdawanie prezentów pewnie nie trwałoby długo, bo nie było ich zbyt wiele. Jednak Dorkowie i tym razem musieli wszystko Kłamcy skomplikować. Dlatego też Jaś, żeby dostać nakręcaną, uśmiechniętą ciufcię, białą koszulkę z Kubusiem

Puchatkiem i mały woreczek słodyczy, musiał zaśpiewać piosenkę. Oczywiście jak każdy maluch albo nie pamiętał słów, albo też śpiewał tak cicho, że musiała mu pomagać cała rodzina.

Potem Małgosia w zamian za paczkę pasteli, duży blok i dwie drewniane ramki wyrecytowała wierszyk o Warszawie. Była tak przejęta, że nie robiła przerw nawet na wdechy, czasem więc dławiła się własnymi słowami. Mimo to, a może właśnie dlatego, prócz paczki dostała też gorące owacje. Nawet Loki złapał się na tym, że klasnął kilka razy.

Po ceremonii z paczkami przyszła kolej na wspólne śpiewanie kolęd. Pan Dorek przeprosił wszystkich na moment, a po chwili wrócił, niosąc w jednej ręce gitarę, a w drugiej saksofon. Gitarę podał żonie.

– Mam nadzieję, że Mikołaj i elf potrafią ładnie śpiewać – powiedział, mrugając do nich. Potem zaczął grać *Cichą noc.*

Loki był naprawdę szczęśliwy, mogąc w końcu nadać swoim uszom właściwy kształt. Zrobił to oczywiście dopiero w chwili, gdy zostali w pokoju tylko we dwóch. Dla niepoznaki stworzył też iluzję gumowych nakładek.

– Jak myślisz, dlaczego chciał, żebyśmy jeszcze zostali? – zapytał stojący przy oknie Światowid. Właśnie uporał się ze sztuczną brodą i używając szyby jako lustra, zdrapywał z twarzy resztki zaschniętego kleju.

Kłamca wzruszył ramionami.

– Najpewniej, by jeszcze bardziej mnie wkurzyć – odparł.

Podszedł do stołu i położył na nim iluzyjne nakładki. Sięgnął też po swój pluszowy prezent, ale zaraz gwałtownie cofnął rękę.

„Co z tobą?!" – skarcił się w myślach. „Dostajesz misia i świrujesz?"

Zamknął oczy, a gdy otworzył je ponownie, ujrzał Kłamczucha poszarpanego, bez łapki i ociekającego szarozielonym śluzem. Z lewego oczodołu niedźwiadka wypadały jedna po drugiej białe, wijące się larwy.

– Tak lepiej – szepnął do siebie.

Ale już za chwilę widok zmasakrowanego pluszaka wydał mu się nieprzyjemny. Błyskawicznie zdjął iluzję i westchnął ciężko.

– Światowidzie? – zagadnął, podchodząc do okna.

– Tak?

– Czy ty aby nie mącisz mi właśnie w głowie?

Miał to być tylko żart na poprawienie humoru. Spodziewał się, że słowiański bóg zaprzeczy gwałtownie lub chociaż zapewni, że to nie w jego stylu. Ten jednak z lekkim uśmiechem poklepał Kłamcę po ramieniu.

– Już nie – odparł. – Moja moc nie jest już tak wielka, jak kiedyś. Zadbałem tylko o pierwsze wrażenie, ale jak widzę, wystarczyło. Prawda, że śliczna jest ta mała?

– Zabiję cię za to – syknął Loki.

W myślach jednak przyznał mu rację. Mała naprawdę była śliczna. I taka mądra. A gdy recytowała…

Do pokoju wszedł gospodarz, trzymając w ręku butelkę wina.

– Bardzo przepraszam, że tyle to trwało, ale nie mogłem znaleźć korkociągu. Żona dołączy do nas później, jak tylko uśpi dzieci.

Postawił butelkę na stole i zerknął na elfie nakładki. Niby przypadkiem dotknął jednej i uśmiechnął się wesoło.

– Zaraz wracam z kieliszkami.

Kłamca patrzył, jak gospodarz najpierw uchyla lekko drzwi, zagląda, a potem powiększa szczelinę tak, by się przecisnąć, i cicho je zamyka.

– Błyska – oświadczył Światowid wpatrzony w okno.

Loki odwrócił się ku niemu.

– Co mówiłeś?

– Że błyska. – Uniósł rękę. – Tam, na horyzoncie.

– No i?

– Przypomniał mi się ten kapłan, który wkroczył między naszych i waszych wiernych wtedy na wybrzeżu, pamiętasz?

– Nie.

– No coś ty?! – Zapomniany bóg zaczął mówić z coraz większym ożywieniem. – Musisz pamiętać tego faceta. Twierdził, że wszyscy mają tych samych bogów, tylko inaczej ich nazywają. Mówił, że to nie powód do wojny. Byłeś tam na pewno.

– Nie – ponownie zaprzeczył Kłamca. – Zupełnie sobie nie przypominam.

– No, w każdym razie – Światowid nie dawał się łatwo zbić z tropu – ten gość rzeczywiście dokonał zjednoczenia. Thor wraz z Perunem posłali mu naraz swe cudeńka. Bili piorunami, aż się piasek na szkło przetopił. Zeus im potem przez lata nie mógł darować, że…

– *À propos* Zeusa. – Kłamca nagle uśmiechnął się krzywo. – Nie wiesz, gdzie on teraz jest?

– Niezła podpucha, cwaniaku – burknął słowiański bóg i zamilkł.

Gdzieś z przedpokoju dobiegł ich brzęk tłuczonego szkła. Zaraz potem pojawił się pan Dorek, informując gości, że przyjdzie, jak tylko posprząta. Obaj niezbyt wylewnie zaproponowali mu pomoc. Grzecznie odmówił.

– Dlaczego chciałeś, żebym polubił tę dziewczynkę? – zapytał Loki, gdy znów zostali sami.

– Bo inaczej mógłbyś ją zabić – wyjaśnił Światowid, siadając przy stole. – Teraz już tego nie zrobisz.

Kłamca oparł się plecami o parapet.

– Przecież nie zamierzałem jej zabijać. Nawet o tym nie myślałem.

– Ale mógłbyś, przyjacielu. Gdybyś na przykład spróbował sobie wyobrazić, jak głęboko umieszczam w głowie Małgosi obraz z twarzą Mikołaja, który dziś ujrzała. Tak, by nigdy go nie zapomniała. Ona głęboko wierzy w czerwonego świętego, a od dziś jest przekonana, że ten święty to ja. Gdy mnie teraz zabijesz, odrodzę się z brodą i w czapce z pomponem. Ale gdybyś zabił dziewczynkę…

– Przecież ona nie będzie wierzyć w Mikołaja wiecznie.

– Nie, ale czy ona jedna jest na świecie? Dzisiaj da mi szansę. Jutro znajdzie się inny dzieciak.

Loki patrzył, jak Światowid z uśmiechem rozkłada ręce, i czuł, że ponownie wzbiera w nim wściekłość. Jak mógł dać się tak wykiwać? On, pan kłamstwa, mistrz sztuczek i intryg. Gwałtownie potrząsnął głową.

– Nie możesz mieć aż takiej mocy – stwierdził. – To niemożliwe. Przecież…

– Możesz to sprawdzić, przyjacielu. – Słowiański bóg wskazał ręką drzwi. – Z wyjątkiem tego całego Dorka wszyscy śpią grzecznie i bezbronnie. Jeden strzał i…

– Wiesz, że mi nie wolno.

– Przede wszystkim mógłbyś się naprawdę zdziwić.

Drzwi do pokoju ponownie skrzypnęły i tym razem do środka weszła gospodyni, niosąc na tacy kieliszki. Pan Dorek wolał już nie ryzykować kontaktu ze szkłem. Na palcu wskazującym lewej ręki miał plaster w hipopotamy.

Świtało już, gdy Loki wszedł do wynajętego dwa dni wcześniej hotelowego pokoju. Długi spacer opustoszałymi ulicami miasta wywiał z niego niemal całą złość. Przecież wypełnił swoje zadanie. Gdy odchodził, Światowid leżał wśród kontenerów na śmieci z przestrzeloną głową. Nie żył z całą pewnością. A to, że już niedługo pojawi się prawdziwa konkurencja dla Świętego Mikołaja... Może nawet i lepiej, w końcu interesy to nie tylko zaspokajanie podaży, ale też wzbudzanie popytu.

Wydobył spod kurtki pluszowego misia i przyjrzał się dużej dziurze w jego piersi. „Kłamczuch był całkiem niezły jako tłumik", pomyślał. Chciał już cisnąć pluszaka w kąt, jednak smutna, brązowa mordka obudziła wspomnienia.

Sygin zawsze nabierała się na takie spojrzenie, dlatego też Loki przestał zabierać ją na polowania. Zawsze miał wrażenie, że wypuszczone sarny czy króliki kpią sobie potem z litościwego łowcy. O tak, jego żonie z pewnością spodobałby się Kłamczuch. Gdyby tylko otworzyła oczy...

Siedział tak jeszcze przez chwilę, po czym złapał za stojący na stoliku nocnym telefon.

– Obsługa? Dzwonię z pokoju 115... To się cieszę, że pan widzi na centralce, ale jeszcze chwila takiego tonu i napiwku pan już nie zobaczy... Tak lepiej. To jeszcze proszę o igłę i brązową nić. I może kawałek świątecznego ciasta, obojętnie jakiego.

Tacie

EGZORCYSTA

POŁUDNIOWE WŁOCHY

– To już nie jest moja córka – kolejny raz wyszeptał Michele Tonsi, mocniej zaciskając palce na rękojeści kuchennego tasaka.

Powoli zbliżał się do szczytu schodów. Jeszcze tylko parę metrów korytarza dzieliło go od pokoju dziewczynki. Przystanął na chwilę i zerknął za siebie. Z tego miejsca podjęta na dole decyzja nie wydawała się już tak dobrym pomysłem, a świadomość, że w domu nie ma nikogo prócz Mar…

– To już nie jest Marietta – zganił się.

Zrobił kolejny krok. Skryta pod dywanikiem deska zatrzeszczała zdradziecko. Zamarł w bezruchu. I wtedy właśnie usłyszał warkot…

Pies, potężny doberman, wyłonił się z cienia i błysnął szkarłatnymi ślepiami. Z rozwartego pyska skapywały białe płaty piany.

Michele przerażony upuścił nóż. Bestia, jakby tylko na to czekając, ruszyła do przodu. W ułamku sekundy powaliła mężczyznę pyskiem, sięgając szyi, i zatopiła pożółkłe kły w jego krtani. Trysnęła krew…

Gdyby ojciec Paolo miał w tej kwestii coś do powiedzenia, z pewnością nie wybrałby jezuity. Jak przystało na franciszkanina, darzył ten zakon szczerą i głęboką niechęcią.

Człowiekowi, jak on, wierzącemu, że każda istota jest mu bratem lub siostrą, a cały świat ma zadatki na stanie się w przyszłości jedną wielką animacją Disneya, nie odpowiadały metody rodem ze szpiegowskiej powieści Ludluma czy Folletta. Te przenikliwe spojrzenia, wojskowy dryl i psychoanalityczne gierki. No i ten czwarty ślub, dający więcej przywilejów niż ograniczeń.

Rzecz jasna, zdanie ojca Paola, prostego gwardiana, nie miało tu najmniejszego znaczenia. Był posłuszny watykańskim zwierzchnikom, którzy wiele razy udowadniali, że siła Kościoła polega na dobieraniu odpowiedniego narzędzia do każdej sytuacji. Zresztą pielęgnacja Ogrodu Pana to nie tylko podlewanie, przesadzanie i zbieranie owoców, lecz także czasem przycięcie czy wylanie pestycydów. Czy ojciec Paolo tego chciał, czy nie, potrzebny był im ktoś od wyrywania chwastów. A do tego jezuici faktycznie nadawali się jak mało kto.

– Ojcze gwardianie? – Stojący po drugiej stronie biurka krótko ostrzyżony blondyn w koszuli z koloratką dał do zrozumienia, że znudziło mu się kontemplowanie skromnie wyposażonego gabinetu.

Ojciec Paolo uniósł głowę i oddał mu wizytówkę. Powoli zdjął okulary. Nie miał zamiaru proponować przybyszowi, by usiadł. Młody jest, postoi…

– Cóż, ojcze Lokianie – wychrypiał zdartym od hymnów głosem – skoro tak chce Stolica Apostolska, nie zamierzam się sprzeciwiać. Tyle tylko, że nie jestem przekonany, czy wiek – ostentacyjnie zmierzył młodego kapłana wzrokiem – a co za tym idzie, doświadczenie ojca jest…

– Mam trzydzieści trzy lata, ojcze – przerwał jezuita. – Nasz Pan, będąc w tym wieku, zbawił świat. Myślę, że z jego pomocą dam radę jednemu demonowi.

Gwardian westchnął i pokręcił głową z dezaprobatą.

– Pycha jest atutem dla szatana.

– Nie pycha, ojcze – zaprzeczył młody kapłan. – Wiara. Wszak, jak mówi apostoł, wszystko mogę w Chrystusie, który mnie umacnia.

Franciszkanin kolejny raz westchnął. Z niemałym trudem wstał i ruszył w kierunku stojącej przy ścianie szafy. Otworzył jedną z szuflad, by wyciągnąć niewielką teczkę. W porównaniu z innymi była cieniutka i mogła mieścić w sobie raptem parę kartek. Ale tylko tę ozdabiał czerwony pasek.

Ojciec Paolo rozwiązał sznurek. Ostatni raz rzucił okiem na znajdujące się w środku zdjęcie, po czym podał dokumentację jezuicie. Ten, nie zaglądając do teczki, włożył ją pod pachę.

– Nawet ojciec nie spojrzy? – zdziwił się franciszkanin.

Lokian wzruszył ramionami.

– Zakładam, że gdy zjawię się na miejscu, wciąż będzie w takim stanie, więc rozpoznam ją bez kłopotu – wyjaśnił. – A gdybym miał się zgubić, zamknę oczy i dojdę po zapachu. Gdyby demony walczyły tak, jak śmierdzą, już dawno rządziłyby Niebem.

– Ojciec chyba nie zdaje sobie sprawy z powagi sytuacji! – nie wytrzymał gwardian. – Ta smarkula zamordowała własnego ojca! Poszczuła go psami!

– Jednym psem – sprostował jezuita. – Dzieciaki robią gorsze rzeczy z byle powodu. Słyszałem, że w Teksasie dziesięciolatek zastrzelił ojca, bo ten nie chciał mu dać kieszonkowego.

– Też opętany?

– Raczej zdesperowany. W „Playboyu" prezentowali zdjęcia Julii Roberts.

Ojciec Paolo zaczerwienił się po czubki uszu.

– Ależ… – zaczął, jednak Lokian nie pozwolił mu dokończyć.

– Niech ojciec posłucha – powiedział niecierpliwie. – Kilka kilometrów stąd jakiś demon posiadł ciało małej dziewczynki i z każdą chwilą rośnie w siłę. Proponuję więc, żeby dał mi ojciec coś do zjedzenia i wskazał drogę. Niczego więcej mi nie trzeba, więc pewnie już mnie ojciec nie zobaczy. Proszę tylko o obiad i transport. W tej kolejności.

Gwardian zastanawiał się przez chwilę.

– Z tego, co słyszałem, nie ponosi ojciec zbyt długo tego obiadu.

Jezuita sięgnął do kieszeni i wyciągnął pudełeczko wykałaczek.

– Zależy, co macie w karcie.

Około dwudziestej samochód zatrzymał się przed domem Tonsich. Ojciec Lokian wszedł na ganek i cicho zastukał do drzwi. Otworzyła mu trzydziestoletnia kobieta o pociągłej twarzy i ognistorudych włosach. Ich płomień wyraźnie kontrastował z bielą wymęczonego brakiem snu oblicza. Na widok koloratki ożywiła się nieco.

– Czy ksiądz jest… tym, na kogo czekamy? – Jej głos pełen był niepewności i bezsilnego smutku.

Jezuita skinął głową.

– Jestem egzorcystą – powiedział. – Przybywam z polecenia Ojca Świętego, by pomóc pani córce.

W oczach kobiety błysnęły iskierki bólu.

– To już nie jest moja mała Marietta. Ona... odeszła, a tam...

Kapłan położył rękę na jej ramieniu i uśmiechnął się.

– Tam siedzi teraz ktoś, komu należy dać do zrozumienia, że pomysł z opętaniem pani córki nie był jego najlepszym. A nikt nie zrobi tego lepiej niż ja.

Kobieta gwałtownie potrząsnęła głową.

– Ksiądz tam nawet nie dojdzie – oznajmiła, a po jej policzkach spłynęły łzy. – Ten pies...

Jezuita chwycił ją za podbródek i zmusił, by spojrzała mu w oczy. Kolejny raz skrzywił się w uśmiechu.

– Proszę tu tylko zaczekać na mojego asystenta... ojca Michelangela. Proszę mu przekazać, żeby nie wchodził, tylko zaczekał na mnie pod oknem – powiedział. – Resztę niech pani zostawi mnie... I niebiosom.

Minął ją i pewnym krokiem ruszył w stronę schodów. Warczenie rozległo się, gdy dotarł do ich połowy. Powoli i jakby od niechcenia uniósł głowę. Bestia stała u szczytu schodów, szczerząc dziko kły. Na podłogę przed zwierzęciem kapała różowa ślina, a z jego pyska wciąż wystawał uczepiony kła krwawy ochłap – pozostałość po gospodarzu.

Jezuita nie zwolnił ani na chwilę. Parł przed siebie, mrucząc coś cicho pod nosem i przekładając palcami drewniane paciorki starego różańca. Zdawał się emanować migotliwym blaskiem, to jaśniejącym, to znów blednącym niczym zasilane dynamem światło rowerowej lampki.

Pies cofnął się o kilka kroków, by wziąć rozpęd, po czym rzucił się do przodu, spiął się, skoczył, w locie rozwarł szczęki i złapał w nie... powietrze. Doberman przechylił łeb z niedowierzaniem i zamachał w powietrzu łapami, ale jakakolwiek siła miała go teraz we władaniu, grawitacja wciąż była od niej silniejsza. Wylądował gdzieś pomiędzy trzecim a czwartym stopniem, ryjąc łbem najpierw o schody, a następnie o drewnianą poręcz. Z pękniętej czaszki wyciekła strużka krwi…

Stojąca u szczytu schodów półprzezroczysta sylwetka na powrót stała się ojcem Lokianem. Jezuita wyłamał palce, chrupnął karkiem i włożył do ust wykałaczkę. Pomachawszy stojącej na dole matce opętanej dziewczynki, ruszył w głąb korytarza.

Zatrzymał się przy sporych rozmiarów lustrze wiszącym nad zabytkowym sekretarzykiem. Odsunął marynarkę. Do pasa miał zamocowaną skórzaną torebkę z Pismem Świętym i drewnianym krzyżem. Wiedział, że gdyby przyszło co do czego, żaden z tych przedmiotów nie zda mu się na nic, ale czasem trzeba zachowywać pozory. Wierni patrzą.

– Mówisz do mnie? – wycedził, uśmiechając się paskudnie do swego odbicia. Błyskawicznie dobył krzyża i wycelował nim w lustro.

– Strzeż się, demonie – dodał, nie kryjąc rozbawienia. – Szeryf jest w mieście.

Poprawił marynarkę, po czym delikatnie pchnął drzwi i wszedł do wypełnionego błękitnym blaskiem pokoju dziewczynki.

Z miejsca uderzył go potworny smród. Odór siarki, gnijącego mięsa i owocowych wymiocin w ułamku sekundy wypełnił mu oczy łzami, sprawiając, że zawartość żołądka rzuciła się w górę przełyku niczym Żydzi uciekający przez morze przed potęgą Egiptu.

Tym razem jednak to Faraon determinacji i samokontroli był górą. Ojciec Lokian przetarł łzawiące oczy i wciągnął kilka razy przepełnione odorem powietrze. Pomogło, bo raz-dwa przestał czuć cokolwiek. Zaczął za to widzieć.

Sam pokój nie prezentował się imponująco. Jedna wisząca szafka do połowy wypełniona książkami, niewielkie biurko z przykręcaną czarną lampką i obrotowym krzesłem. Oprócz tego duża dębowa szafa pamiętająca młodość Mussoliniego, spod której wystawała tabliczka ouija z mangowymi obrazkami, ani chybi sprawczyni całego zamieszania. Z masywnych drzwi mebla uśmiechały się twarze Enrique Iglesiasa i Ricky'ego Martina.

No i oczywiście łóżko. To z niego bił ten trudny do wytrzymania odór zgnilizny. Zaduch życia, które staje się śmiercią – dobrze znany policjantom wyławiającym zwłoki z mulistych kanałów lub forsującym drzwi mieszkań samotnych staruszek, których brak na ławce przed domem sąsiedzi uświadomili sobie dopiero po tygodniu. Egzorcysta wyczuł w nim coś jeszcze, jakąś subtelną nutę... Przyjrzał się.

Dziewczynka siedziała tyłem do drzwi, wlepiając wzrok w okno. Przez chwilę mogło się wydawać, że zajęta byciem brzydką i odpychającą w skali przekraczającej nawet nastolatkowe normy, nie zdaje sobie sprawy z obecności księdza, ułatwiając robotę temu ostatniemu... Naraz jednak w maleńkim karku coś strzeliło cicho i głowa opętanej, terkocząc jak nakręcana zabawka, odwróciła się powoli o sto osiemdziesiąt stopni, a tkwiący w wątłym ciele demon spojrzał na kapłana pełnymi wściekłości oczami dziecka. A właściwie już nawet nie dziecka, tylko rozczochranego, zielonego potwora o dzikich oczach i zaschniętych strugach wymiocin na brodzie. Dopiero teraz było widać, jak bardzo nowy lokator zadomowił się w ciele Marietty. Pokryty pleśnią język muskał brudne zęby z odstręczającą lubieżnością, a skapujące z czoła krople potu nadawały trupio zgniłej skórze złowrogiego blasku. Monstrualnie napuchnięte tętnice drżały pompowaną krwią, zaś ręce same, bez patrzenia dorysowywały wąsy postaciom na świętych obrazkach, których co najmniej kilkanaście leżało rozrzuconych na łóżku wokół dziewczynki.

Ojciec Lokian nawet nie drgnął. Tylko tkwiąca w jego ustach wykałaczka przewędrowała z jednego kącika ust do drugiego. Przez chwilę trwali w bezdźwięcznym pojedynku, mierząc się wzrokiem niczym rewolwerowcy w oczekiwaniu na pierwsze uderzenie dzwonu wybijającego południe. W końcu jednak jezuita przemówił:

– Nie za daleko jak na ciebie?

Nie było dymu, syku ani nagłego wichru. Żadnej odpowiedzi.

Egzorcysta uśmiechnął się. Podszedł do biurka i usiadł na krześle.

– Jesteś Żydem? – zapytał znowu. – Bo na Chińczyka mi nie wyglądasz. Nie dałeś tej małej oczu ani skośnych, ani wielkich na pół twarzy, a poza tym, znając azjatycką skłonność do małolat, pewnie robiłbyś z nią coś obscenicznego. Egipt odpada, Grecja też... Czekaj, już wiem. Pers?

Spojrzenie dziewczynki złagodniało. Język i zęby zniknęły w zamkniętych ustach, prawa ręka upuściła kredkę. Ojciec Lokian skinął głową.

– Tak myślałem – stwierdził, wskazując na zbezczeszczone obrazki. – Tylko Żyd albo Pers mógłby rysować takie loczki. No i jeszcze ten pies... Jakbym znów widział króla Dariusza.

Głowa Marietty kilkakrotnie poruszyła się w górę i w dół.

– Ale i tak uważam, że spisałeś się nieźle – kontynuował egzorcysta. – Zdradziły cię proporcje smrodu. Chrześcijańskie demony bardziej niż odleżynami i trądem śmierdzą jednak siarką i spalenizną. Trochę jakbyś pomieszał nutę głowy z nutą serca, ale to klasyczny błąd nowicjusza... To co, powiesz mi, jak się nazywasz, czy mam sam na to wpaść?

Z ust dziewczynki dobył się bulgot. Niewidoczny przybysz dopiero po chwili zapanował nad zdobycznym aparatem mowy.

– Astowidad – wycharczał. – Śmierć i Zaraza.

– Więc nie pomyliłem się. Pers. I pomyślałeś sobie, że odbierzesz diabłu kilku wiernych, tak? – drążył jezuita. – Że stary, dobry Lucyfer nie przejmie się jedną małą włoską wsią? Ledwie parę setek mieszkańców! Dla niego jak splunąć, a dla ciebie ziemia obiecana, co? Cóż, gdyby nie było to tak bezdennie głupie, powiedziałbym, że to nawet sprytny pomysł. Oczywiście jednak zdajesz sobie sprawę, że nie możemy tego tak zostaw...

W tym momencie demon zaatakował. Wyskoczył z ciała małej, co wyglądało, jakby tryskająca w górę fontanna zielonkawych wymiocin w locie przybrała humanoidalny kształt, i materializując się w pełni, rzucił w stronę kapłana. Jego wielkie, pokryte łuskami łapy momentalnie ścisnęły szyję Lokiana, a olbrzymi ogon owinął się wokół piersi, miażdżąc żebra. Bestia odchyliła do tyłu rogaty łeb, wysunęła rozdwojony język...

W tym momencie rozległ się głośny brzęk i powietrze wypełnił rój szklanych odłamków. Fala uderzeniowa zatrzęsła szafą, trzasnęła drzwiami i sprawiła, że potwór wraz ze swoją ofiarą polecieli na podłogę.

Astowidad osłabił uścisk i obejrzał się. W miejscu, gdzie jeszcze przed momentem było okno, zionęła teraz potężna wyrwa, a w niej stał sześcioskrzydły, odziany w szarą togę serafin z płonącym mieczem w dłoni. Jego twarz skryta była w cieniu kaptura.

– Kim. Ty. Jesteś – wycharczała bestia, odsuwając się powoli od ledwo żywego jezuity, by zaraz błyskawicznie się odwrócić, wznosząc łapy do walki. Serafin niespiesznie sięgnął lewą ręką do kaptura i zdjął go, odsłaniając poznaczoną bliznami i spaloną słońcem twarz. Wytatuowany wokół lewego oka płomień zalśnił krwistoczerwonym blaskiem, gdy kąciki ust anioła uniosły się w nikłym uśmiechu.

– Ho, ho, ho – wycedził przez zęby.

Dalej wszystko poszło już błyskawicznie. Przybysz uniósł miecz i skoczył do przodu. Odchylił się w zgrabnym uniku przed demonią łapą, po czym szybkim jak myśl cięciem odciął ją nieco powyżej łokcia. Potwór ryknął z bólu, odskakując i odruchowo atakując ogonem. Anioł podskoczył nad nim, po czym kucnął i chlasnął bestię od dołu przez korpus. A następnie, nim demon zdążył choćby jęknąć, poderwał się w powietrze, ujął miecz oburącz i uderzył na łeb. Najpierw od góry, ścinając czubek jednego z rogów, a następnie na ukos od dołu. Rogaty czerep podskoczył w górę, grzmotnął o sufit i spadł tuż obok wstającego z podłogi ojca Lokiana.

Jezuita spojrzał z pogardą na odrąbaną głowę i splunął jej między ślepia. Powoli przeniósł wzrok na stojącego teraz przed nim anioła.

– Nie za wcześnie, Michale? – zapytał, nie kryjąc sarkazmu. – Przecież spokojnie mogłeś poczekać jeszcze z kwadrans.

Serafin zgasił ostrze i wsadził miecz do ukrytej między skrzydłami pochwy.

– Nie jęcz, Loki. Przecież zdążyłem. Dlaczego się gorączkujesz?

– Ty się jeszcze pytasz? To miał być demon mityczny. Tak mi powiedziałeś, nie? „Łatwa robota, nie natrudzisz się, bo to jakiś pomniejszy mityczny stwór nie wiadomo skąd...” Otóż powiem ci coś, panie ekspercie. Pomniejsze mityczne stwory nie mają pieprzonych dwóch metrów i łap jak wystawa noży. To, co tu leży, to demon z waszego cholernego Piekła!

– Z wyglądu pasuje – stwierdził Michał. – Ale nie śmierdzi jak one. Tu czuć bardziej...

– Zgnilizną? Też tak myślałem – zgodził się Kłamca. – I właśnie dlatego uwierzyłem w tego całego Astowidada. Swoją drogą, Piekłu musi już na mnie bardzo zależeć, skoro specjalnie dla mnie demony zaczynają używać innych perfum.

– Jak to dla ciebie? – archanioł skrzywił się z powątpiewaniem.

Loki wzruszył ramionami.

– Przecież to o mnie mu chodziło. Śmierdział i działał jak mityczny, więc było oczywiste, po kogo poślecie. Zastanawiam się tylko, jak...

Przerwał i przyłożył palec do ust. Brodą wskazał coś za plecami archanioła. Ten odwrócił się gwałtownie. W samą porę, by złapać wychylającą się z ciała dziewczynki mglistą białą dłoń. Szarpnął i wyciągnął z wnętrza opętanej chudą, pokraczną postać. Kłamca uśmiechnął się z satysfakcją.

– O proszę! O tym nie pomyślałem – powiedział z uznaniem. – Siedziało w niej dwóch, jeden od mokrej roboty, drugi od gadki i śmierdzenia. Teraz, skoro to na pewno nie kolega, zakładam, że znów mam przyjemność z panem Astowidadem, nieprawdaż?

Chuda postać spróbowała wyrwać się ze stalowego uścisku Michała. Bez powodzenia. Zrezygnowana skinęła głową.

– Fantastycznie – ucieszył się Loki. W jego oczach zapłonął przez chwilę błysk zabójcy Baldra. – Mam nadzieję, że znajdziemy chwilkę, żeby pogadać. O pułapkach na przykład. I konsekwencjach.

– Co masz na myśli? – zapytał wódz zastępów.

Egzorcysta wskazał na uchylone drzwi.

– Tam przy schodach siedzi teraz pewnie matka tej dziewczynki. Kościół obiecał jej egzorcyzmy... Więc, na Niebiosa, dopełnijmy obietnicy.

Monica Tonsi rzeczywiście siedziała przy schodach, wlepiając przerażone oczy w ścierwo leżącego na stopniach psa. Straciła już niemal całą nadzieję, że jeszcze zobaczy córkę. Nie spodziewała się także ujrzeć młodego kapłana. Nie po tym potwornym wybuchu, przeraźliwym ryku i łomocie. Nie po przeciągającej się w nieskończoność ciszy...

„Nikt nie przeżył prócz demona", myślała. „Nie da się pokonać diabła".

I wtedy właśnie usłyszała wrzask.

– A nie mówiłem? – ucieszył się Loki. – Wrzeszczy! Znaczy się, wcale nie taki twardy.

Michał wzruszył ramionami i rzucił pełne pogardy spojrzenie na zwisającego z żyrandola Astowidada. Sznur, którym archanioł zwykle przewiązywał togę, teraz opasywał nogę demona, wgryzając się głęboko w jego kościstą łydkę. Głowa zwisała pół metra od podłogi. Ręce Astowidada były mocno skrępowane na plecach, a druga noga zgięta w kolanie i przywiązana sztywno do pierwszej pod kątem prostym. Ustawienie go w takiej pozie zajęło mnóstwo czasu, ale Kłamca upierał się, że musi być dokładnie jak na jego karcie tarota. „To symbolizuje wyczerpanie, ale i gotowość do przemian", twierdził, „czyli to wszystko, po co tu przyszedł. A poza tym, czy nie wygląda teraz cholernie zabawnie?"

Michał raz jeszcze zbliżył płonący miecz do torsu wisielca.

– Tym razem wypal coś dłuższego – poradził Loki, oglądając czarne ślady na piersi demona układające się w imiona egzorcystów. – Na przykład „Konstantynopol". Albo: „Już nigdy nie będę próbował spiskować z szatanem przeciwko armii Nieba, tak mi dopomóż Bóg". A najlepiej jedno i drugie.

– Ale po co to robimy? – zapytał archanioł. – Przecież on i tak nie umie czytać.

– Słusznie – zgodził się Kłamca. – Napisz mu więc alfabet. A przy każdej literze narysuj przykład. Przy A wytnij mu jego gębę, tak łatwo zapamiętą, przy B…

– Bałwana? – podpowiedział Michał.

– Nie, coś ty?! Przecież on z Persji jest, śniegu na oczy nie widział. Może lepiej banana albo od razu całą kiść, żeby z Księżycem nie pomylił.

Pełne przerażenia oczy wisielca rozszerzyły się jeszcze bardziej. I tak już pozostały. Archanioł przełożył broń do lewej ręki, a prawą dotknął szyi Astowidada. Powoli wstał i zerknął na egzorcystę.

– Czy demon może umrzeć ze strachu? – zapytał.

Loki zdumiony pokręcił głową.

– Chyba nie, ale to przecież ty jesteś ekspertem.

Kąciki ust Michała znów uniosły się w uśmiechu.

– No to jako ekspert stwierdzam, że może.

HOLLYWOOD

Torrence Wildhood siedział przy swoim dębowym biurku, palił cygaro i czytał „USA Today". Zdawał się zupełnie nie dostrzegać śladów błota, jakie zostawiały jego kowbojki na błyszczącym lakierowanym blacie. Ale cóż znaczy brak manier, gdy jest się człowiekiem sukcesu?

W wieku dwudziestu ośmiu lat był już jednym z najbogatszych ludzi w Hollywood, miał własne studio, udziały w kilku innych i przynajmniej raz w roku wypuszczał przebój, który ustanawiał nowy rekord kasowy. Już nieraz zdarzało mu się, że do Oscarów kilka jego filmów nie rywalizowało wcale z konkurencją, tylko między sobą.

Wszystko to Wildhood zawdzięczał swemu niezwykłemu wyczuciu. Nie uznawał badań rynku, a mimo to w niezrozumiały dla nikogo sposób wiedział, kiedy ludzie pragną romantycznej komedii, a kiedy przydałaby się aura skandalu. Zawsze na czas dawał widzom epickie widowiska czy psychologiczne thrillery. Albo western, jak teraz.

Ktoś zapukał cicho do drzwi. Torrence nie musiał trudzić się wołaniem „proszę" czy „wejść". Jego ludzie sami wiedzieli, dla kogo gabinet jest zawsze otwarty, a dla kogo wyłącznie na wyraźne wezwanie. Każdy jak saper miał prawo tylko do jednej pomyłki.

W progu stał niewysoki facet z nieco za dużym nosem i paskudnym uśmiechem, który jak na złość niemal nigdy nie znikał mu z twarzy. Teraz również.

– Nadal szukasz horroru? – zapytał. – Bo mam tu scenariusz napisany przez autentycznego egzorcystę, niejakiego ojca Lokiana, który…

Wildhood machnął ręką.

– Odpada. Prawdziwe egzorcyzmy nie są ciekawe. To tylko trochę modlitw, drobna szarpanina i łzy szczęścia. Ciut zabawniejsza pierwsza komunia czy inna bar micwa. Nie zrobisz z tego porządnego filmu.

Niski mężczyzna podszedł do biurka i rzucił na nie skrypt.

– Możesz się zdziwić. Przeczytaj choć parę scen.

Usiadł w fotelu naprzeciwko, robiąc minę Nicholsona z *Chinatown*: „Mam czas. Poczekam".

Szef z wyraźnym ociąganiem ściągnął nogi z blatu i sięgnął po scenariusz…

Z każdą kolejną przewróconą stroną uśmiech na jego twarzy się poszerzał. Gdy po jakiejś godzinie skończył, był wyraźnie zachwycony.

– Wtórne do bólu – stwierdził – ale nie da się ukryć, że znakomite. Sprawdź, czy możemy kupić prawa do serii *Egzorcysta*. Już nawet mam dla tego tytuł. – Rozłożył ręce, jakby umieszczał napis na afiszu. – „Powrót egzorcysty. Zemsta demona".

Niewysoki poderwał się z miejsca.

– Znakomity! – zawołał podekscytowany. – Zaraz dzwonię do Tarantino.

Torrence pokiwał głową.

– Aha – dodał, oddając skrypt – na plakatach ma być koniecznie, że to historia na faktach. Ludzie wierzą teraz w każdą głupotę.

...I ZAWSZE

GŁUPIEC
NA WZGÓRZU

WYBRZEŻA SKANDYNAWII
DAWNO, DAWNO TEMU...

Stary głupiec stał na wzgórzu. Wspierając się na sękatym kosturze, patrzył w stronę wioski na brzegu. Pomimo odległości dźwięki z plądrowanej osady docierały do niego z okrutną wyrazistością. Każdy krzyk zarzynanego starca, każdy jęk gwałconej kobiety, każda wyszeptana modlitwa. Zacisnął oczy. Wikingowi nie przystoi płakać.

Za jego plecami rozległo się ciche chrząknięcie. Starzec mocniej ścisnął kostur.

– Obiecałeś nam opiekę – wyszeptał, z trudem opanowując drżenie głosu. – Obiecałeś, że nie dasz nas skrzywdzić, gdy wojownicy ruszą na wyprawy. Że będziesz czuwał i ześlesz swoją moc przeciwko wrogom…

Stojąca w mroku postać schyliła się i wyrwała z ziemi źdźbło trawy. Przez chwilę bawiła się nim, przekładając między palcami, po czym włożyła je do ust.

– Cóż – przemówiła w końcu, nie kryjąc rozbawienia – wszystko wskazuje na to, że skłamałem. Nieładnie z mojej strony.

Palce na kosturze zbielały. Starzec jeszcze mocniej zacisnął wilgotne powieki, pragnąc pozbyć się już nie tylko łez, lecz także obrazu pozostałej w wiosce córki. I wszystkich innych córek, synów, sióstr, braci…

– Oby Odyn wywarł na tobie srogą pomstę, zdrajco.

Postać się zaśmiała.

– Odyn? Przekaż mu serdeczne pozdrowienia. Powiedz, że dla niego szykuję coś lepszego.

– Bądź przeklęty, Loki…

Źdźbło trawy przewędrowało z jednego kącika ust do drugiego.

– Zobaczę, co da się zrobić.

NOWY JORK
WSPÓŁCZEŚNIE

Z zasady Loki nie miał nic przeciwko technologii. Wręcz przeciwnie, odpowiadała mu większość ludzkich osiągnięć na czele z samochodem, telewizorem i lodówką. Były jednak chwile, gdy ich nienawidził. Chwile jak ta.

Po omacku, zajęty odwzajemnianiem pocałunków siedzącej na nim nagiej piękności, próbował zlokalizować ręką telefon. Normalnie by odpuścił, ale odkąd skrzydlaci upodobali sobie tę formę komunikacji, musiał albo odbierać, albo potem gęsto się tłumaczyć. Smycz – oto czym dla niego było urządzenie, za które zapłacił prawie czterysta dolarów kradzioną kredytówką.

Wreszcie poczuł pod palcami wibrujące urządzenie. Zręcznie zrzucił z siebie dziewczynę i przyłożył słuchawkę do ucha.

– Lokstar Val Hallen – wycedził. – Słucham.

Zaszczebiotał jakiś przejęty kobiecy głosik. Kłamca poderwał się na równe nogi.

– Naprawdę? Ależ oczywiście. Zaraz będę.

Odłożył telefon i jakby z niedowierzaniem popatrzył na rozłożoną na łóżku, gotową na wszystko kocicę.

– Muszę lecieć – powiedział, wciągając dżinsy. – Bardzo pilna sprawa.

– Załatw to i wracaj szybko – odparła dziewczyna. Loki uśmiechnął się smutno.

– Niestety, ślicznotko, to akurat może potrwać całą wieczność. A po takim czasie nawet taki kretyn, jak ten twój osiłek, zorientowałby się, że coś jest nie tak.

– Nie nazywaj Dave'a kretynem! – oburzyła się dziewczyna. – Mógłby cię rozgnieść na miazgę.

– Wcale by mnie to nie zdziwiło. – Kłamca uporał się z koszulką i wsunął buty. Podniósł z krzesła płaszcz. – Taka szafa jak on? Szkoda tylko, że z tak maleńkim kluczykiem, prawda?

– A ty to niby co masz, złamasie?! – wrzasnęła za nim, ale odpowiedział jej tylko tupot nóg na schodach.

Lało jak z cebra. Wielkie krople bębniły w dach samochodu i rozbijały się o przednią szybę. Wycieraczki raczej wiosłowały, niż odgarniały wodę.

Loki z trudem zmuszał się do patrzenia na jezdnię. Jego myśli krążyły wokół usłyszanych przez telefon słów. Jakim cudem mogła się obudzić? Przecież Gabriel nie dawał jej żadnych szans. Dziwił się, że w ogóle przeżyła. A teraz… Jakim cudem?

Samochód zahamował na miejscu dla karetek. Kłamca wysiadł, ale coś mu się jeszcze przypomniało. Pstryknął palcami, po czym sięgnął ku siedzeniu pasażera. Gdy po chwili wyprostował się ponownie, trzymał w ręku bukiet czerwonych róż.

Niektóre płatki drżały jeszcze niedawną niematerialnością, a wstążka z komputerową precyzją dobierała sobie kolor.

– Proszę pana – rozległo się gdzieś z boku.

Loki powoli odwrócił głowę i zobaczył młodego pielęgniarza. Chłopak, wyraźnie jeszcze świeży w swej robocie i niezaprawiony w ulicznym boju, uśmiechał się niepewnie.

– Pan wybaczy, ale tu nie wolno parkować. To miejsce dla karetek.

Kłamca skinął głową. Sięgnął do kieszeni i wyciągnął kluczyki. Rzucił je młodemu.

– Tylko nie zarysuj lakieru.

Zostawiając chłopaka z rozdziawioną gębą, pewnym krokiem ruszył w stronę szpitalnego wejścia.

Starzec stanął na ruinach wioski.

Zgliszcza pobliskiej chaty należącej niegdyś do młodego Olafa, który miał pojąć za żonę jego córkę, wciąż jeszcze nie przestały się tlić. I tam właśnie, u progu, starzec znalazł ciało swego jedynego dziecka, zupełnie jakby dziewczyna była przekonana, że nawet pusty dom jej wojownika może dać schronienie przed hańbą i śmiercią. Leżała teraz w strzępach ubrania, ze spaloną twarzą, przybita do ziemi ostrym kołkiem. Jak wszystko wokół śmierdziała spalenizną, pogardą ognia…

Siwy, zgnębiony człowiek zacisnął zęby, odetchnął głęboko, po czym wykreślił kosturem okrąg. Wewnątrz naszkicował drzewo. Dobywszy noża, zrobił nacięcie na ręce i pozwolił, by kilka czerwonych kropel skapnęło na rysunek. Na koniec z przewieszonej przez ramię sakwy wydobył świecę. Zapalił ją. Wiedział, że przyjdzie mu teraz długo czekać, ale nie dbał o to. I tak nie miał już dokąd iść. Wyjął chleb, bukłak z wodą, kawałek suszonego mięsa. Znalazł miejsce choć trochę w cieniu, wydeptał rosnącą na nim trawę, podłożył sobie sakwę pod plecy i usiadł, pogrążając się w zapamiętanym z czasów eskapad czujnym półśnie.

Ci, na których czekał, przybyli około południa. Choć wyglądali inaczej, niż ich sobie wyobrażał, nie wątpił, że to właśnie oni. W tę okolicę zapuszczali się albo samotni szaleńcy, albo zbrojne hufce wojska czy znakomicie strzeżone kupieckie karawany. Ich było tylko dwóch. Jeden niósł młot, a drugi wspierał się na włóczni.

Gdy się zbliżyli, najpierw poderwał się na kolana, a potem oddał im pokłon z taką gorliwością, że stuknął głową o ziemię, rozbijając sobie czoło. Potężniejszy przybysz wybuchnął śmiechem. Niższy, jednooki, skarcił go gniewnym spojrzeniem i grotem włóczni wskazał starca.

– Kim jesteś? – zapytał dudniącym głosem. – I któż dał ci prawo, by tak śmiało wzywać do siebie swego boga? Zwłaszcza po tym, co uczynił Asom twój lud…

Jakby w odpowiedzi na te słowa rozległ się głośny skrzek i po chwili na ramieniu Odyna usiadł czarny kruk. W tym momencie starzec po raz pierwszy zwątpił, czy modlitwa na pewno była dobrym pomysłem…

Holowi szpitala daleko było do dramaturgii tego z *Ostrego dyżuru,* ale i tak wyglądał przytłaczająco. No i śmierdział. Wszystko przez to, że zgodnie z prawem stanowym na parter miał wstęp każdy, nawet ten, kogo nie było stać na opłacenie łóżka na wyższych piętrach. Nie można wszak pozwolić na to, by jakaś zaraza rozprzestrzeniła się po całym kraju tylko dlatego, że chory nie miał akurat ubezpieczenia.

Pełen altruizmu przepis okazał się nie lada gratką dla niezliczonych bezdomnych czy narkomanów. Zwłaszcza wieczorami. Zwłaszcza deszczowymi wieczorami. Loki bywał tu wiele razy i doskonale wiedział, że gdy tylko przekroczy szklane drzwi, skierują się ku niemu oczy większości zgromadzonych w holu, a ledwie zrobi kilka kroków, zaatakuje go legion „starych", „szanownych panów" czy „kolesiów", prosząc o solidną dawkę drobnych dla weterana czy samotnej matki. Taki los czekał niemal każdego, kto nie był odziany w wyliniałe futro i trzy warstwy owiniętego drutem kartonu. Ale Kłamca wiedział też, jak sobie z tym radzić.

Przekroczywszy próg, zatrzymał się i sięgnął do kieszeni. Ze środka wydobył pudełeczko wykałaczek. Pozwolił też, by przy okazji na podłodze wylądował skórzany portfel. Stał jeszcze przez chwilę, karmiąc się wygłodniałymi, skierowanymi ku podłodze spojrzeniami i udając, że nad czymś się zastanawia, po czym ruszył ku recepcji. Nim zdążył dojść do połowy holu, za jego plecami rozpoczęła się uliczna wersja amerykańskiego futbolu – bez kibiców i drużyn, każdy przeciw każdemu. I nikt nie zaczepił go o drobne. „Ciekawe, czy ten byczek Dave bardzo lubił swój portfel", pomyślał jeszcze przelotnie Loki.

Podszedł do zielonego kontuaru recepcji i cicho zastukał w blat. Po drugiej stronie szczupła Meksykanka, na oko czterdziestoletnia, wlepiała przekrwione oczy w monitor. Była tu nowa, a przynajmniej nowa dla Kłamcy. Może z jakiegoś programu, może na zastępstwie. Głośne, nerwowe staccato palców na klawiaturze sugerowało, że nie było to jej ulubione zajęcie. Kłamca poprawił opadające na twarz włosy i chrząknął. Kobieta uniosła głowę.

– Słucham? – burknęła.

– Czy mógłbym rozmawiać z doktor McCornick? Nazywam się Val Hallen.

Meksykanka spojrzała na niego podejrzliwie.

– Jest pan jej pacjentem?

– Moja żona jest – odparł Loki z nienagannym uśmiechem. – Właśnie się przebudziła po całych wiekach śpiączki.

Recepcjonistka, wyraźnie zaznajomiona ze sprawą, spuściła nieco z tonu.

– Ta spod pięćset dwa? – zapytała tylko. – Niech pan chwileczkę zaczeka. – Wskazała mu wolne krzesło, a sama podniosła słuchawkę.

Kłamca usiadł i spojrzał za siebie na hol. Ostatnia kwarta meczu o portfel właśnie miała się ku końcowi. Zwycięzca, wychudzony Murzyn z długimi czerwonymi dredami na głowie, wygrzebał się z pobojowiska i zgrabnie umknął próbującemu go złapać strażnikowi. Po chwili był już na ulicy. Z wypchanym po brzegi portfelem deszcz przestawał stanowić problem. Pozostali uczestnicy zawodów również, choć mniej chętnie, opuścili hol szpitala. Kilku opornych wyniosła ochrona. Wykałaczka w ustach Lokiego przewędrowała do drugiego kącika ust.

Rozległ się dzwonek. Z windy wysiadła doktor McCornick. Wyglądała bardziej naukowo niż niejeden mikroskop: źle dopasowane oprawki okularów zsuniętych na sam czubek nosa, zapięty pod samą szyję nieskazitelnie biały uniform i kok, który spokojnie mógłby być chlubą najbardziej nawet wybrednej gejszy. No i oczywiście wystający z kieszeni stetoskop – lekarze noszą je przecież jak znak rozpoznawczy, choćby zajmowali się chorobami stóp.

Kłamca wstał. Ze zdziwieniem zauważył, że na twarzy doktor McCornick nie pozostał najmniejszy nawet ślad niedawnej ekscytacji. A przecież gdy dzwoniła, wręcz szalała z podniecenia.

– Niestety – powiedziała, gdy podeszła bliżej – mam dla pana złe wieści. Te kwiaty raczej nie będą potrzebne.

Loki nie zrozumiał.

– Jakieś badania?

– Przykro mi, ale nie – zaprzeczyła. – Przebudzenie było jedynie chwilowe. Obudziła się, reagowała na pytania. Powiedziała, że chce się z panem widzieć, a gdy wyszłam pana zawiadomić, zasnęła znowu. Dzwoniłam ponownie, ale już pana nie było. A ta kobieta, która odebrała...

Kłamca podszedł do drzwi windy i wypluł wykałaczkę do stojącego w rogu śmietnika.

– I tak chcę ją zobaczyć. Skoro przebudziła się raz, to może obudzi i drugi. Zresztą i tak dawno u niej nie byłem.

– Oczywiście, proszę – powiedziała, wcisnęła przycisk i gestem zaprosiła Lokiego do środka. – Pojadę z panem.

Winda zatrzymała się na piątym piętrze. Wysiedli i razem poszli do sali pięćset dwa.

Sygin leżała na łóżku – złotowłosa i ciągle młoda. Jak zwykle, gdy do niej przychodził, dreszcz podniecenia i silny ucisk w okolicy podbrzusza przypomniały mu, dlaczego dawno temu dał się usidlić. Piękna Sygin o pełnych ustach, oczach głębokich i zielonych jak morskie królestwo Aegira, teraz niestety zamkniętych, piersiach jak...

McCornick wyjęła z jego ręki kwiaty i wstawiła je do stojącego na stoliku pustego wazonu. Podszedł do łóżka, po chwili wahania usiadł na jego skraju.

– Jeżeli pan chce – powiedziała lekarka, podchodząc do drzwi – zostawię was samych.

– Gdyby była pani tak uprzejma – odparł Loki z wdzięcznością.

– W razie czego będę na końcu korytarza. Tak bardzo mi przykro.

Wyszła. Kłamca wstał i zdjął płaszcz. Powiesił go na stojącym w kącie wieszaku. Gdy ponownie spojrzał na żonę, jej oczy były otwarte. Zamiast zieleni kryły w sobie jednak... drogę. Znał zasady, wiedział, że Droga Umysłu jest najwyższą próbą zaufania, że wstępujący na nią całkowicie powierza się osobie, w głąb której wchodzi. Bo tam, na końcu drogi może się kryć wszystko, a świat ma inne zasady, często tworzone na poczekaniu. Mimo to Loki ani przez chwilę nie miał wątpliwości. Dotknął czoła Sygin, ucałował je i patrząc żonie w oczy, ruszył w podróż.

Znał tę ścieżkę, tak jak i nieobce mu było wzgórze, ku któremu wiodła. Czarny pył pod stopami przypominał, że w tym miejscu stała niegdyś wioska. Gdzieniegdzie wznosiły się jeszcze porośnięte mchem resztki niedopalonych ścian, cokoły obalonych posągów, ślady po zasypanych spiżarniach. Powyżej, nieco w głębi lądu białe zęby skalistego klifu szczerzyły kły ku morzu. Loki uniósł głowę... i zdumiał się niepomiernie. Na szczycie, tym samym, gdzie drwił kiedyś ze starego głupca, znajdował się teraz dom, a właściwie zamek... Walhalla.

Posępna ruina otoczona poszczerbionymi resztkami muru przywodzącymi na myśl rząd dotkniętych szkorbutem zębów. W szarym, bladym świetle wyglądała niezwykle ponuro, wręcz mrocznie. Porastające ją ciemnobrązowe pnącza zdążyły uschnąć i teraz sztywno drgały poruszane wiatrem. Ogromne okiennice, wszystkie zamknięte na głucho, pociemniały jak puste oczodoły. Trup starej wiary wpatrywał się w Kłamcę zarazem bezradnie i nienawistnie.

Loki poczuł dreszcz niepokoju. Nie, nie przez sam widok Walhalli. Mniejsza o nową lokalizację, to w żaden sposób Kłamcy nie zaskoczyło. Zanim nastąpił jej koniec, bywało, że siedziba Asów pojawiała się w różnych miejscach jako niemal idealne odbicie oryginału. Tyle że… no właśnie. To, co miał przed sobą, to i tak za dużo. Z właściwej siedziby Asów nie zostało przecież nic prócz fundamentów. Nie mogła się odrodzić. Nie po tym, co spotkało Odyna i resztę.

– Zdziwiony, zdrajco?

Wyrwany z zamyślenia Kłamca odwrócił się gwałtownie i spojrzał prosto w oczy starego głupca. Jeszcze przed chwilą ich tu nie było, to pewne, bo tylko ślepiec mógłby nie zauważyć odciętej głowy na wbitym w ziemię kiju. Szczegół bardzo pasujący do spalonej wioski, ale nie tak nieznaczny, by stopić się z tłem. Czerep zarechotał.

– Nie spodziewałeś się, że mnie jeszcze spotkasz, prawda?

– Chyba nawet o tym nie myślałem – powiedział Loki, kręcąc głową, po czym skrzywił się w dzikim uśmiechu. – Ale nawet jeśli, nie wpadłbym na to, że specjalnie dla mnie nadziejesz sobie głowę na kij. Jestem pod wrażeniem. Długo czekasz?

– Nie kpij, zdrajco – żachnął się starzec. – Są dużo gorsze rzeczy niż pozbawienie ciała głowy i nabicie jej na własny kostur.

– Niech zgadnę... Już wiem. Utrata honoru?

– Żebyś wiedział! – Głowa tak mocno zakołysała się na kiju, że niewiele brakowało, by spadła. – Honor jest najważniejszy. I dana obietnica... To przez ciebie tu tkwię. Przez układ z tobą. Skazany przez własnego boga.

Kłamca wzruszył ramionami, usiadł na zwęglonym kawałku krokwi i sięgnął do kieszeni po wykałaczki. Ze zdumieniem odkrył, że nie ma już na sobie koszulki i dżinsów. Zamiast nich odziany był w krótką płócienną tunikę i skórzane spodnie. Przy zdobionym pasie wisiały sztylet i sakiewka, a nieopodal stał prosty miecz oparty o resztki nadproża.

Stary głupiec z satysfakcją przyglądał się zaskoczonej twarzy boga.

– Jak widzisz, Odyn nierychliwy, ale sprawiedliwy. Nie tylko ja zostałem ukarany. A już myślałeś, że ci się upiecze, co? Myślałeś, znikniesz tam, gdzie chodzą w cudacznych, jarmarcznych kaftanach, a wtedy nie dosięgnie cię zemsta? Ale się przeliczyłeee... – Loki poderwał się nagle i z całej siły kopnął głowę, a ta poleciała w powietrze i z głuchym łomotem roztrzaskała się na pobliskiej skale. Zamilkła.

Przez dłuższą chwilę Kłamca słyszał tylko szum morza. Potem, cicho szurając podeszwami skórzanych butów po pokrytej czarnym pyłem ziemi, coraz pewniejszym krokiem ruszył przed siebie. Do Walhalli.

– Sam jesteś głupcem, skalna pokrako! – wrzasnął karzeł, wskazując olbrzyma struganym kijkiem. – Aż niepodobna, że jesteśmy z tego samego łona!

– Ano niepodobna – zgodził się wielkolud oparty o potężne wrota boskiej siedziby. W przeciwieństwie do brata wydawał się wzorem spokoju. Tylko głaszcząca potężną maczugę chropowata dłoń i drgające nerwowo czarne wąsiska pozwalały odróżnić go od posągu. – Przy mnie wyglądasz, jakby matce przed połogiem zebrało się na gazy.

Twarz karła, przed chwilą ledwie różowa, spurpurowiała z wściekłości.

– Może i ja jestem pierdnięciem, ale w takim razie ty jesteś tym, co zwykle pojawia się chwilę później. I tak samo śmierdzisz!

Olbrzym wzruszył potężnymi ramionami. Od początku nie miał chęci na żadne gadki, bo przecież doskonale wiedział, jak to się skończy. Jak zawsze! No ale brat to brat, choć pokurcz. Wypadało go choćby spytać, czy też nie ruszy w drogę. A ten od razu się wściekł, jakby rzeczywiście byli tu komuś potrzebni. Nikt przecież nie odwiedzał Walhalli co najmniej od kilku stuleci, nawet sam Odyn zmienił się nie do poznania. Podobno…

– Ktoś się zbliża – powiedział nagle karzeł, a w jego głosie słychać było satysfakcję. – I co na to powiesz, tchórzu? A gdyby nas tu teraz nie było? Co by się stało?

Olbrzym przyjrzał się wędrowcowi. Pomimo przypasanego miecza i pewnego kroku nie wyglądał groźnie. Nie uznałby go za wojownika nawet dzieciuch, co wierzy w babcine bajeczki… Mimo to wielkolud wzniósł maczugę i wsparł ją na ramieniu. Ukradkiem zerknął w stronę brata i z ulgą odkrył, że nawet po solidnej kłótni rozumieją się bez słów. Karzeł uniósł swój kostur, by wykreślić wokół krąg ochronny. Palce lewej ręki ułożył w pierwszą z run i ukrył dłoń w rękawie szaty. Był gotowy.

Tymczasem obcy minął już stojący u szczytu wzgórza złamany drogowskaz i nie zwalniając, ruszył w stronę zamku.

Pokurcz oparł kostur na ramieniu i postąpił krok do przodu, uważając, by nieopatrznie nie opuścić kręgu.

– Ja będę mówił – syknął.

Nie czekając na odpowiedź olbrzyma, zawołał:

– Kim jesteś? Skąd idziesz? I dokąd zmierzasz?

Ale przybysz szedł spokojnie dalej. Obojętnie minął linię ostrokołów na przedpolu, nie zwolnił na chybotliwym pomoście i bez zwalniania przekroczył próg roztrzaskanej bramy. To, że zdawał sobie sprawę z obecności wartowników i że w ogóle słyszał pytania, okazał dopiero, gdy znalazł się w odległości kilku kroków od strażników zamku.

– Jestem wędrowcem – rzekł. – Idę stamtąd. – Wskazał kciukiem za plecy. – A dokąd zmierzam, mógłby pytać tylko ostatni matoł.

– Ty! – wycharczał karzeł. Wściekłość niemal odebrała mu głos. – Teraz cię poznaję. Jednak wróciłeś, psie!

Loki błyskawicznie wyszarpnął miecz i skręciwszy tułów, pogroził ostrzem olbrzymowi próbującemu zajść go od tyłu. Wielkolud zastygł w pół kroku, po czym wycofał się za plecy brata i wpuszczony przezeń do kręgu schował się w magicznym polu.

Przybysz z uśmiechem opuścił oręż.

– Jak widzisz – powiedział, nie kryjąc rozbawienia – i kłamca Loki musi czasem dotrzymać obietnicy. Ciekaw jestem tylko, jak zbudowaliście to wszystko po tym, jak zmiótł was Ragnarok?

Bracia spojrzeli po sobie zdziwieni i niemal równocześnie wzruszyli ramionami, uznając zapewne, że gadanie bzdur to kolejna ze sztuczek usynowionego przez Asów olbrzyma.

– Zapytam kogoś lepiej poinformowanego. – Loki machnął ręką. – Kto jest teraz panem na tym zamku?

– Jak świat światem – wycedził karzeł – Walhallą rządził i rządzić będzie Odyn, władca Asów. A ty, zdrajco, nie uczynisz już ani jednego kroku w stronę domu bogów.

Uniósł do góry dłoń, wokół której mienił się błękitną poświatą utkany czar. Widząc to, Kłamca odrzucił miecz i powoli uniósł ręce.

– Wyrabiasz się, maluchu. – Skinął głową z uznaniem. – Nie podejrzewałem cię o to.

– Wyrabiasz się? Dziwnie nauczyli cię mówić, ale domyślam się chyba, co chciałeś rzec – rzekł mag z dumnym uśmiechem. – Ale to raczej z ciebie, Loki, jest już stary dziad bez dawnego oka. Dałeś mi tak wiele czasu na utkanie czaru.

– Nie mówiłem wcale o tkaniu czarów. – Uśmiechnął się bóg. – Miałem na myśli kłamstwa. Aż dwa na jednym oddechu, w dodatku tak lekko, to naprawdę prawdziwe osiągnięcie. Oczywiście nie dla mnie, ale każdy od czegoś zaczyna, czyż nie?

Zanim przebrzmiało ostatnie słowo, Loki znów trzymał w ręku broń. Karzeł zaczął wykrzykiwać zaklęcie i już miał nim cisnąć, gdy w miejscu, gdzie przed chwilą stał przybysz, naraz spostrzegł brata. Wiedział, co to oznacza, więc powstrzymał w ostatniej chwili iskrzącą między palcami moc i obrócił się na pięcie. Tak jak przypuszczał, Loki, który wykorzystał swój giętki język, by nawinąć mu na uszy kłamstwa i uśpić jego czujność, iluzyjnie zaszedł go od tyłu.

Teraz był tuż za nim, wdarłszy się w głąb kręgu przez przerwaną linię piasku, i unosił ostrze do zadania zdradzieckiego ciosu w plecy. Prawie mu się udało, ale w ostatniej chwili

Mag cofnął się o krok i wystrzelił mocą prosto w twarz boga kłamstwa. Ten wrzasnął, upadł, przez chwilę drgał w konwulsjach, lecz potem stał się martwym… olbrzymem.

Pokurcz oniemiał, a palce jego prawej dłoni mocniej ścisnęły kostur. Głośny śmiech potwierdził jego najgorsze obawy. Nie tylko dał się podejść, zwątpił w moc własnego kręgu i przez to zabił własnego brata, lecz także tym gwałtownym odskokiem sam siebie pozbawił ochrony. Jego lewa stopa znajdowała się teraz poza wyrysowaną na ziemi linią.

– Aż tak bardzo wyszliście z wprawy, że zapomnieliście o podstawach? Wydaje mi się to wręcz niemożliwe. Wy, stwory, powinniście mieć ewolucyjnie wpisane w geny właściwe odruchy obronne, nie? – zapytał głos Lokiego za jego plecami. – Wiesz, wykrywanie iluzji, odporność, jak myślisz?

Karzeł nie zdążył odpowiedzieć. Poczuł tylko żar, potem chłód, a później jego głowa potoczyła się i zatrzymała na środku kręgu.

Kłamca spojrzał na nią z niesmakiem i już miał rzucić kolejny drwiący komentarz, gdy nagle w jednej chwili świat pogrążył się w mroku. Gęsta ciemność opadła niczym ciężka kurtyna, niczym świńska krew z wiadra zawieszonego dla kawału nad drzwiami i ledwie rozlała się po ziemi, błysnęły w niej żółte ślepia demonów.

Przyszły zewsząd. Część z dzikim rykiem wyłoniła się prosto z gleby, bryzgając wokół błotem i lawą. Niektóre sfrunęły z dachu Walhalli, gdzie do tej pory udawały ozdobne gargulce. Najwięcej jednak wypadło przez otwarte z impetem wrota Asowego domostwa. Wyglądały przeróżnie, jak różne są ludzkie lęki i strachy, znać było w nich jednak pomiot tego samego nasienia. Nocne koszmary, które czy łypią w ciemnościach, czy szepczą złowrogo tuż za uchem, tak samo ściskają serce, a umysł wpędzają w szaleństwo. Jedne miały rogi proste niczym górskie kozice, inne zakręcone jak barany. No i szpony. Cały asortyment szponów, kłów czy pazurów przez tysiąclecia przysposabianych tylko do jednego – niesienia jak najokrutniejszej śmierci... To właśnie zwykle czyniły i wyraźnie chciały czynić również teraz.

Loki miał prawo być z siebie dumny. Nie tylko uniknął pierwszego lecącego nań stwora, lecz także zgrabnie trzepnął go między oczy rękojeścią. Podobnie gładko poszło mu z następnym demonem, niedawnym gargulcem, który, pikując, nabił się na wystawione w górę ostrze. Potwór pisnął przeraźliwie i gwałtownie wzleciał w powietrze. Opadł kilka kroków dalej, przygniatając sobą kilku współtowarzyszy wyłaniających się właśnie z ziemi. Kłamca wiedział jednak, że to niczego nie zmienia. Bitwy nie da się wygrać punktami za styl, a przy takiej przewadze szanse miał raczej mizerne. Mimo to próbował. Machał mieczem na lewo i prawo, robił uniki, kucał i podskakiwał. Przy wtórze demonich wrzasków wzlatywały ku niebu odcięte łapy i łby, bryzgała cuchnąca, gorąca posoka...

Z czasem jednak ruchy Lokiego stawały się coraz wolniejsze, mniej precyzyjne. Zaczął popełniać błędy, a każdy z nich kosztował go ranę, ból i utratę krwi. Demonów natomiast wciąż przybywało, miast ubywać, i te nowe były coraz silniejsze.

Wreszcie Kłamca, choć nie zaprzestał walki, niemal z ulgą powitał ciemność, jaka przybyła doń wraz z ciosem w kark... i przeszywającym bólem. Na koniec pomyślał jeszcze, że przynajmniej nie padnie przed swym wrogiem na twarz. Tłok wokół na to nie pozwalał.

Istoty mityczne nie mają zaświatów ani świetlistych tuneli, tak przynajmniej zawsze mu mówiono. Zdziwił się więc niepomiernie, gdy pośród śmierdzącej demonami ciemności, w której się znalazł, nagle ujrzał światło. Zdziwił się i nawet trochę ucieszył, bo skoro jednak istniało dlań życie po śmierci, to mogło to też oznaczać nowe otwarcie, nowe możliwości. Tam go jeszcze nie widzieli, nie znali. Nie wiedzieli, do czego mógł być zdolny.

Radość nie trwała jednak długo. Ból karku, żeber i słony, metaliczny posmak w ustach uzmysłowiły mu, że mimo wszystko nadal żyje. Co więcej, tkwi po uszy w gównie, a to najbardziej osadzona w rzeczywistości forma egzystowania.

Gdy jednak otworzył oczy, wbrew sobie musiał przyznać, że wpadł w gówno wyjątkowo okazałe i wbrew wszystkiemu dobrze zachowane – znajdował się bowiem w sali biesiadnej Odyna, najważniejszej komnacie Walhalli, w zasadzie gotowej na przyjęcie utrudzonych bojem bohaterów. Suto zastawione stoły ustawione w podkowę, ściany ozdobione przepięknymi gobelinami tkanymi złotem oraz krwią podbitych i ofiarowanych bogom ludów. Na klepisku rozłożone skóry mitycznych zwierząt, a w każdym rogu stojak na broń bohaterów. Nad głową miał zastygłe w nieczasie jezioro zawieszone wolą pana wód, Aegira, a wokół roznosił się wszechobecny zapach krwi. Raj prawdziwych wojowników.

Loki zmrużył oczy. W przeciwległym końcu sali na tronie rzeźbionym w smoczym kle siedział Odyn. Ojciec i władca Asów trzymał na kolanach włócznię, tę samą, którą wieki temu złamał archanioł Michał. Nie mogło być mowy o pomyłce, na całym świecie istniała tylko jedna taka włócznia. Tak jak tylko jeden był Odyn. Był!

Kłamca z niemałym trudem uniósł się na kolana, a potem wstał. Poczuł zawroty głowy, jednak wolno, zataczając się i trzymając za bok, ruszył w stronę tronu. Nie wiedział po co, ale czuł, że musi. Gdy od pana zamku dzieliła go już tylko szerokość stołu, Odyn, opędzając się od krążącej mu przy twarzy muchy, wyszczerzył się w nasączonym drwiną grymasie. Jego dudniący głos obudził echo:

– Czy nie wydaje ci się, że bóg kłamstwa powinien być jakoś przygotowany na takie sztuczki? Wiesz, wykrywanie pułapek, szybki kontratak, jak myślisz?

Loki rozmasował obolały kark.

– I co? – odgryzł się. – Miałem ich wszystkich wykończyć, a później zwyczajnie tu zapukać? Zepsułbym ci cały efekt.

Odyn przytaknął i oparł włócznię o tron. Machnął ręką na owada i wybuchnął śmiechem.

– Wiesz, że swoim sarkazmem niszczysz mi cały plan rozmowy?

Kłamca wzruszył ramionami, czego natychmiast pożałował. Ostrze bólu pognało wzdłuż pleców i niemal zwaliło go z nóg.

– Pewnie liczyłeś – wycedził przez zaciśnięte zęby – że zapytam cię, kim jesteś? Przeliczyłeś się, mam to w dupie. Wystarczy mi tylko fakt, że nie jesteś Odynem, a wszystko tu wokół to jedna wielka bzdura. Wierz mi, znam się na tym, tylko zwykle robię to lepiej.

Przyciągnął najbliższe krzesło i usiadł. W tym momencie na stole pojawił się mały pojemnik z wykałaczkami. Loki wziął jedną i włożył do ust. Siedzący na tronie ani przez moment nie wydawał się zbity z tropu. Wręcz przeciwnie, nie krył rozbawienia.

– Gdybym był prawdziwym Odynem, miałbyś się z pyszna, prawda? Ale to nieważne. Na twoje szczęście bądź nieszczęście to nie jest Walhalla, a ja nie jestem jej władcą.

Z każdym kolejnym słowem jego twarz ulegała przemianie. Zniknęła gdzieś przepaska skrywająca pusty oczodół, wysunięte kości policzkowe zmalały, czyniąc twarz bardziej pociągłą i jakby gładszą. Włosy okryła czerń, a gęsta broda zmieniła się w obłok szarej mgły i rozwiała w nicość. Potężne ramiona wojownika, jego szeroki, ozdobiony napierśnikiem tors, ogromne jak bochny chleba dłonie – wszystko poczęło tracić kształt. Po chwili na tronie zamiast dostojnego wikinga siedział… anioł. Dwie pary złocisto-białych skrzydeł mieniły się w oświetlającym Walhallę blasku, a kruczoczarne włosy opadały na jasnobrązową twarz. Tylko uśmiech nie uległ zmianie. Nadal był pełen rozbawienia i niemal przyjazny. Gdyby rekin śmiał się do swych ofiar, robiłby to pewnie w ten sam sposób. Loki skrzywił usta z niesmakiem.

– Czy już do końca prześladować mnie będą te skrzydła i pedalskie gęby?

Anioł rozłożył ręce z uśmiechem, jakby chciał powiedzieć: „Co ja ci na to, kotku, poradzę?”.

– Wiesz, kim jestem? – zapytał, wstając.

Powoli zszedł po stopniach i usiadł naprzeciwko Lokiego, opierając włócznię o stół. Wokół niego to pojawiały się, to znów znikały w niebycie tłuste, bzyczące muchy.

– Powiedzmy, że masz trzy szanse.

Kłamca wyciągnął wykałaczkę z ust i rzucił w twarz rozmówcy. Tak jak się domyślał, przeleciała przez nią i cicho wylądowała na podłodze.

– Zakładam, że nie jesteś jednym z tych dobrych. Oni mnie nie biją.

– Ciepło.

Loki oparł łokcie na stole i złożył dłonie, skubiąc kciukami czubek nosa.

– Nie podejrzewam też, żebyś był wielkim szefem.

– A to dlaczego? – zapragnął wiedzieć skrzydlaty.

– Taki pedant jak on nie przybrałby nawet na moment tak głupiego wyglądu.

– Jak Odyn?

– Jak ty – wyjaśnił Kłamca. Sięgnął po kolejną wykałaczkę. – Zgadłem?

– Tak, nie jestem Lucyferem – wycedził anioł. – Nazywam się Belzebub.

– Czytałem, czytałem. – Loki pokiwał głową. – Świńska głowa na kiju, wyspa pełna chłopców. To chyba twój największy sukces, co?

Oczy Belzebuba zapłonęły żądzą mordu.

– Jak rozumiem, przysłano cię, byś się ze mną dogadał. – Bóg fałszu kontynuował z uśmiechem. – Nie udały się zamachy, nie udały się kuszenia, więc przyszedłeś wprost. A cała ta pułapka to tylko pokaz sił. Mam rację?

– Zapytaj swojego karku – odparł upadły anioł, powoli odzyskując zimną krew. – I każdej rany, jaką zadały ci moje demony. A co do mojej misji, miałem sprawdzić, czy okażesz się dla nas przydatny.

– I co?

– Jak widać – Belzebub uniósł rękę i wykreślił w powietrzu dziwny znak – nie jesteś. Spodziewaliśmy się, że twoja hardość to jedynie poza, ale nawet jeśli, to wyplenienie jej z ciebie nie jest warte zachodu. Pozwól więc, że okażę ci rozczarowanie mojego pana. Nazywa się Behemot i stoi właśnie za tobą.

Jak na zawołanie powietrze wypełniło się odrażającym odorem zgnilizny.

Kłamca spojrzał za siebie. Potężne, sięgające sklepienia wrota Walhalli niemal w całości zasłaniał teraz stwór wyglądający jak ścierwo szarego goryla, którego ktoś dla zabawy skrzyżował z nietoperzem, a potem dodał po dwie ręce z każdej strony. Behemot uniósł się na tylne łapy, przez chwilę bezskutecznie usiłował rozłożyć skrzydła, po czym ryknął. Głos bestii zawierał w sobie cały ból ludzkości, wszystkie cierpienia upadłych aniołów, agonię płonącej Ziemi, a nawet wrzask bólu rodzącego się Wszechświata. Brzmiało to, jakby z boskich opowieści o początku ktoś wyjął całe cierpienie i włożył je w jeden ryk.

Loki poczuł ten cios bardziej niż wszystkie poprzednie. W pierwszej chwili zawył z bólu, a zaraz potem sam zaczął wrzeszczeć. Zamknął oczy, przyłożył dłonie do uszu i krzyczał, byleby tylko zagłuszyć otaczający go dźwięk. Ten jednak wlewał się w niego porami skóry, wnikał wibracjami targającymi całym ciałem, przewiercał się przez powieki, przenikał między palcami, prąc na bębenki.

Kłamca wiedział, że nie ma szans, i gdy już prawie się poddał, a z jego oczu popłynęły krwawe łzy, głos Behemota przybrał jakby bardziej kobiecy ton, a potem przeszedł z demonicznego w niemal ludzki wrzask bólu... i walki. Kłamca powoli uniósł rękę i przetarł oczy. Tam, gdzie jeszcze przed kilkoma sekundami stał potwór, teraz znajdowała się Sygin. Jego Sygin. Ubrana w bojowy strój *skjaldmær*, wikińskiej tarczowniczki, zgięta wpół i z rękami na udach krzyczała ostatkiem sił, ale wciąż z taką mocą i siłą, że rozrzedzała tym krzykiem mrok na zewnątrz. Demony łypały na nią z przestrachem, wiele rozwiało się niczym mgła.

Loki odwrócił głowę i popatrzył na przerażonego Belzebuba. Jego niematerialne ciało migotało coraz intensywniej, aż zaczęło się rozmywać. Bóg fałszu nie czekał. Ignorując ból, rzucił się przez stół i złapał za włócznię.

„Skoro jest iluzja, gdzieś tu musi być oryginał", myślał gorączkowo.

Głos jego żony z wolna przeradzał się na powrót w ryk bestii. Sygin słabła.

„Byleby tylko złapać Belzebuba! To on jest wrotami piekieł. On wpuszcza tu Behemota".

Pewniej uchwycił drzewce i cisnął włócznią w tron Odyna. Przez moment sądził, że chybił, ale zaraz wśród rozbłysków na siedzisku pojawił się zraniony demon. Sługą Lucyfera wstrząsały konwulsje, jednak jego oczy cały czas były pełne skupienia. Mimo bólu zachował najwyższy poziom koncentracji, trzymając piekielne wrota otwarte na oścież.

Głos Sygin cichł jak szept wśród piekielnych wrzasków, czasu było coraz mniej i od chwili, gdy Behemot rozniesie Kłamcę żalem i bólem świata, dzieliły ich już tylko sekundy. Świadom tego Loki doczłapał do tronu, wyszarpnął włócznię i z całych sił wbił ją ponownie, i jeszcze raz, i jeszcze.

Gdy w sali zaległa już cisza, on dalej dziurawił martwy zewłok. Z otępienia wyrwało go dopiero ledwie słyszalne nawoływanie żony.

– Loki!

Kłamca odwrócił się i ujrzał, że jego wybawczyni leży na posadzce. Pognał ku niej, lekceważąc ból, odrzucając na bok skrwawioną włócznię. Przeskoczył przez stół i niemal przewrócił się na łbie jakiegoś rozciągniętego na podłodze zwierzęcia. Sygin oddychała płytko, z wysiłkiem, ale poznała go, wciąż była przytomna. Uklęknął przy niej.

– Uratowałam cię – wyszeptała, uśmiechając się, a cienka strużka krwi wyciekła z kącika ust. Loki pogładził żonę po złotych włosach.

– Zgadza się. Uratowałaś. Jak zawsze. Tylko co ty tu robisz?

– Mój umysł – odpowiedziała z wysiłkiem. – Jesteśmy w moim… On obiecał, że się obudzę, jeśli tylko umożliwię wam spotkanie. Powiedział, że ma dla ciebie lepszą ofertę niż tamci i… Loki, tak mi przykro… Mało cię nie zabiłam, ale chyba jestem silniejsza, niż myślał… On…

Zakrztusiła się. Krople krwi trysnęły na twarz Kłamcy, ale ten nawet nie mrugnął. Mocno chwycił dłoń Sygin w obie ręce.

– Spokojnie – wyszeptał. – Teraz na pewno się obudzisz. I wszystko będzie dobrze.

Pokręciła głową.

– Ja umieram, Loki.

– Bzdura! – niemal krzyknął. – Dopóki ja żyję…

– Ty też umierasz, kochanie – odparła ze spokojem.

Uśmiechnął się i raz jeszcze pogładził ją po włosach.

– Nie zabiją mnie, dopóki trwa moja legenda. To przepowiednia. A mnie się wcale nie spieszy, by…

– Spotkamy się już niedługo – przerwała mu i to był koniec. Jej ciałem targnął jeszcze dreszcz, a potem odeszła…

Kłamca siedział tam jeszcze przez chwilę z zamkniętymi oczami. Gdy je otworzył, znów znajdował się w szpitalnej sali, a właściwie w jej progu, wynoszony przez dwóch rosłych pielęgniarzy. Doktor McCornick i cała chmara innych białych kitli razili Sygin prądem, tocząc zaciekłą walkę z piskiem aparatury i prostą linią na ekranie. Loki szarpnął się już niemal dla zasady, zerkając na kwiaty w wazonie. Zanim go wyprowadzono, stworzył jeszcze niewielką kopertę. Na bileciku w środku widniał krótki napis: „Dziękuję i do zobaczenia. L.".

WYBRZEŻA SKANDYNAWII
WSPÓŁCZEŚNIE

Loki stał na wzgórzu. Jeszcze miesiąc temu nie był pewien, czy je odnajdzie. Potem te wszystkie formalności z przewiezieniem ciała. Teraz jednak patrzył na świeżo usypaną mogiłę, nad którą zamiast krzyża wyrastał niewielki dąb. Kłamca zmuszał się, by zapłakać, ale bez skutku. W uszach miał wciąż jej krzyk, ten sam, którym go uratowała. Dziką pieśń miłości i ofiary…

Za plecami usłyszał chrząknięcie. Pokręcił głową.

– Później, Gabrielu – wyszeptał. – Dużo później…

SPIS TREŚCI